Gunter Haug

RIFFHAIE

Inhaltsangabe

Nach dem Erfolg von »Tiefenrausch« der nächste Knüller von Gunter Haug: »Riffhaie«. Mord im Paradies!
Was ist geschehen auf der traumhaften Malediveninsel?
Muss Kriminalkommissar Horst Meyer wieder mal seinen Urlaub opfern, um einen Mord aufzuklären? Führt die Spur zurück nach Deutschland, nach Heilbronn, in die württembergische Weinmetropole?
Welche Rolle spielt die goldene Kette eines Heilbronner Juweliers in diesem Fall? Fragen über Fragen türmen sich vor Kommissar Meyer und seinen Begleitern auf!
Spannend, witzig und flott geschrieben: ein echter Schwabenkrimi aus dem Gmeiner Verlag!

Schwabenkrimis im Armin Gmeiner Verlag: die mit dem besonderen Pfiff!

Gunter Haug, selbst begeisterter Taucher, hat nach fast einem Dutzend Büchern zur Landesgeschichte jetzt bereits seinen zweiten Kriminalroman vorgelegt. Schon sein erster, 1998 erschienener Krimi »Tiefenrausch« ist bei den Rezensenten auf begeisterte Zustimmung gestoßen.
Haug ist Abteilungsleiter im Fernseh-Landesprogramm beim SWR. 1996 erhielt er den deutschen Preis für Denkmalschutz.

Gunter Haug

RIFFHAIE

Kriminalroman

SCHWABENKRIMIS
IM GMEINER VERLAG

Die Deutsche Bibliothek – CIP-Einheitsaufnahme

Haug, Gunter:
Riffhaie : Kriminalroman /
Gunter Haug. - 1. Aufl. - Messkirch : Gmeiner, 1999
(Reihe Schwabenkrimi)
ISBN 3-926633-42-5

1. Auflage 1999
Lekotrat: Isabell Michelberger, Meßkirch
Umschlaggestaltung: Frank Heine, Stuttgart
Gesetzt aus der 10/14 Punkt Stempel Garamond
Druck: Elsnerdruck GmbH, 10722 Berlin
Printed in Germany
ISBN 3-926633-42-5

Für Karin,
Elke und Hans-Jürgen,
Regina und Stefan
als Dank für so manche Anregung zwischen zwei Malediven-Tauchgängen im korallengebleichten Indischen Ozean ...

Kapitel I

Ein grauenhafter, langgezogener Schrei zerfetzte plötzlich die flirrende Luft über dem in der Sonne glühenden Inselstrand.

Mit einem Schlag beendete er die mittägliche Idylle im Schatten der Palmen, denn das war kein normaler Schrei, das war ein Mensch in panischer Todesangst! Wie eine Drohung hallte er im Trommelfell der Urlauber nach, die auf ihren Liegestühlen vor sich hindösend die Zeit bis zum nächsten Tauchgang totschlugen.

»Horst – um Gottes willen, was war das denn?!« Schreckensbleich unter ihrer Urlaubsbräune richtete sich Claudia kerzengerade auf und suchte im Gesicht ihres Mannes nach einer Antwort auf das furchtbare Etwas, das ganz ohne Zweifel gerade wie ein Blitz aus heiterem Himmel auf der idyllischen Malediveninsel eingeschlagen war.

Aber Horst Meyer, von Hause aus Kriminalkommissar und mit schrecklichen Ereignissen von Berufs wegen leider nur zu vertraut, war genauso ratlos wie seine Frau. Klar war ihm nur: da musste etwas Entsetzliches passiert sein oder vielmehr, es passierte gerade im Augenblick! Aber was? Das Grauen schlich dem Kommissar langsam den Rücken hoch, denn hier ging es ganz eindeutig um Leben und Tod!

Und das so hautnah mitzuerleben, war auch der erfahrene Kriminalist alles andere als gewohnt, denn wenn er an den Schauplätzen eines Mordes, Totschlags oder was auch immer eintraf, dann war das Drama, das sich zugetragen hatte, schließlich meist schon lange vorbei.

Aber jetzt war es noch gegenwärtig, jetzt ging es noch ganz eindeutig um die nackte Existenz eines Menschen, das Grauen war spürbar. Es hing wie ein Menetekel am strahlendblauen Himmel unter der erbarmungslos herniederknallenden Tropensonne!

Auch die anderen Urlauber waren aus ihren Liegestühlen aufgesprungen oder kamen aus den Bungalows gerannt. Verstört liefen sie am Strand zusammen und blickten hektisch auf den palmengesäumten Uferbereich, dann wieder ins Inselinnere zum Restaurantbereich oder auf die fast spiegelglatte, um diese Uhrzeit schwarzblau glitzernde, unendliche Fläche des Indischen Ozeans, aus dem sich ganz weit weg, am Horizont, zwei, drei Kleckse verloren, die ihre Nachbarinseln im Ari Atoll darstellten – irgendwo weit draußen, fast schon am Äquator, in der Unendlichkeit des tropischen Meeres.

Aber nichts war zu sehen, was auf die Ursache des grässlichen Schreies hätte hindeuten können, nichts, gar nichts. Doch eines stand fest: da war etwas gewesen. Die Ruhe täuschte, denn gehört hatten ihn schließlich alle, diesen verzweifelten Schrei, wie ihn nur ein Mensch in höchster Todesangst ausstoßen konnte. Da war etwas passiert, doch wo um alles in der Welt war es gewesen? Und: konnte man vielleicht ja doch noch zu Hilfe kommen, war es eventuell noch nicht zu spät für eine Rettung?

Gerade begannen die ersten Diskussionen unter den Touristen, zu denen sich in der Zwischenzeit auch die genauso verstört wirkenden Hotelbediensteten gesellt hatten, Männer aus Sri Lanka und Indien. Keine Frauen, denn Frauen war die Arbeit und der Kontakt mit Touristen in der streng moslemisch ausgerichteten Republik Malediven verwehrt. Plötzlich deutete einer der Angestellten mit ausgestrecktem Arm hinaus aufs Meer. Was er sagte, verstand keiner der Urlauber, doch die weit aufgerissenen Augen und der Tonfall in seiner Stimme waren Hinweis genug: er hatte es gesehen! Er hatte die Ursache des Todesschreis ganz offensichtlich entdeckt und jetzt ... Jetzt hatten es auch die anderen im Blickfeld! Um Gottes willen!!

Da draußen, keine dreißig Meter von ihnen entfernt, direkt am Hausriff, befand sich ein Schnorchler! Gerade war er aus dem Wasser aufgetaucht, die Taucherbrille war verrutscht, sie hing ihm seitlich über den Kopf und der Schnorchel, das konnte man selbst auf diese Entfernung sehen, schien merkwürdig verbogen. Verzweifelt ruderte er mit den Armen in der Luft herum, oder ... Nein!!! Vielmehr mit dem, was von seinen Armen noch übrig war!

Schrecklich! Wie paralysiert starrten die Beobachter auf die gespenstische Gestalt im gerade eben noch so friedlich daliegenden Meer. Und ganz offensichtlich fehlte dem Schnorchler das komplette rechte Handgelenk, an dessen Stelle nur ein grässlich blutender Armstumpf zu sehen war.

»Nun steht da nicht so nutzlos rum und gafft den armen Kerl da draußen an! Tut endlich was! Kommt mit und helft mir!« Horst war der Erste, der sich vom Bann des schrecklichen Anblicks befreien konnte. Doch noch bewegte sich keiner in der Gruppe am Strand.

Um die anderen aus ihrer Erstarrung zu lösen, schrie Horst aus Leibeskräften: »Auf, los!! Jetzt macht schon!

Helft ihm!« Er rüttelte den ihm am nächsten Stehenden, einen rotblonden, sommersprossigen Engländer mit einem gewaltigen Sonnenbrand, an der Schulter, brüllte ihm ein: »Hurry up! Come on!!« entgegen und zerrte ihn hinter sich her.

Horsts entschiedene Aktivität wirkte offensichtlich wie ein Signal: Nun kam Bewegung in die ganze Gruppe und die Urlauber begannen, den schmalen Strand in Richtung Meer hinabzurennen.

Doch genau in diesem Moment wurden sie auch schon wieder von einem entschieden herausgebrüllten »Stop!!« gebremst.

Verwundert schauten die Touristen auf einen der ceylonesischen Kellner, der sonst, wie all die anderen Bediensteten, die Zurückhaltung in Person war, und der sie nun mit einem einzigen energischen Befehl zum Innehalten gebracht hatte. Was sollte das denn bedeuten?

Im selben Atemzug folgte die grausige Entdeckung. Mit ausgestrecktem Arm deutete der ceylonesische Boy auf das offene Meer, nur wenige Meter neben den in Lebensgefahr geratenen Schnorchler: »See! Danger! Sharks! (Haie!)«.

Und nun sah es jeder: drei große schwarz-graue Rückenflossen tauchten aus dem Wasser auf, charakteristisch nach hinten gebogen – ganz eindeutig: Haie! Sie hatten den Schnorchler angegriffen und sie würden es gleich wieder tun! Denn sie hatten ihr Opfer bereits verletzt, Blut war ins Meer geflossen und Blut machte sie regelrecht irrwitzig! Da kam jede Hilfe zu spät und außerdem: jeder, der sich im spontanen Eifer gleich ins Wasser gestürzt hätte, um dem Verunglückten zu Hilfe zu kommen, wäre todsicher selbst ein Opfer der vor Mordlust im Blutrausch fast irrsinnigen Haie geworden!

»Dann macht doch wenigstens ein Boot klar!«, rief Horst verzweifelt in die ohnmächtig und ratlos am Strand stehende Menschenansammlung hinein.

Das war offenbar genau in diesem Augenblick bereits geschehen, denn von der Nordspitze der Insel her, also aus Richtung Tauchbasis, raste mit Höchstgeschwindigkeit das Motorboot der Basis heran, das normalerweise in der Lagune zum Wasserskifahren eingesetzt wurde. John und Angela von der Basis hatten die Lage als erste erkannt und richtig eingeschätzt, denn sie versuchten nun, den Verunglückten in letzter Sekunde noch zu retten.

Doch dann überschlugen sich die Ereignisse, die sowieso schon in Sekundenbruchteilen abliefen: Gerade als das Boot die Geschwindigkeit abrupt drosselte, um nicht über den Schwimmer hinwegzurasen, stieß der einen zweiten Schrei aus! So laut, so unbeschreibbar schrecklich, dass den hilflosen Beobachtern am Strand trotz der sengenden Hitze das Blut in den Adern gefror.

Der Schrei endete in einem erstickten, jämmerlichen Gurgeln und dann war der Schnorchler weg, spurlos verschwunden von der Wasseroberfläche, von einem der Haie in die Tiefe gezogen ... aus ... vorbei ...

Totenstille senkte sich bleiern über den Ort des Dramas.

Mit einer hilflosen Geste spähten die beiden Tauchlehrer an jener Stelle ins Meer, an der sie das Opfer zum letzten Mal gesehen hatten, doch außer einer Wolke dunkelroten Wassers, das sich rasch mit der Strömung nach Süden verflüchtigte, war nichts, rein gar nichts mehr von dem Drama zu sehen, das sich hier vor wenigen Sekunden abgespielt hatte ...

Der Super-GAU für einen Taucher war passiert! Das, wovon immer alle sprachen, woran aber ernsthaft doch keiner so recht glauben wollte, war eingetreten.

Grauenhaft!

Und ausgerechnet in dieser Situation wollten sie morgen einen Bootstrip zum »shark point« unternehmen? Also dorthin, wo sich Weiß- und Schwarzspitzenriffhaie sozusagen ein Stelldichein gaben! Nein danke – von Haien, vom Tauchen, vom Schnorcheln, vom Wasser und eigentlich auch vom so lange herbeigesehnten Maledivenurlaub hatte Horst die Nase gestrichen voll!

Ob sie wohl einen vorgezogenen Rückflug nach Deutschland bekommen könnten, ob sich das Hotel oder die Reiseleitung ...

Horsts düstere Gedankengänge über das Meer, die Haie und die Stornierung ihres Urlaubs wurden jäh unterbrochen: »Meine Damen und Herren«, quäkte ihm da eine leicht verzerrte Frauenstimme ins Ohr. »Wir haben unsere Reiseflughöhe bereits verlasssen ...«

Du meine Güte, oder vielmehr: Gott sei Dank! Es war alles nur ein dummer Traum gewesen und Horst befand sich samt Claudia sowie zwei Kollegen erst in der Landephase seines Maledivenurlaubs, auf den er sich schon so viele Jahre gefreut hatte! Und überhaupt: diese Monsterstories von Schnorchler-fressenden Haiungetümen und der ganze Quatsch, das gabs doch nur in Hollywood und in den dünnen Zeitungen mit den dicken Buchstaben! Da war wohl die Fantasie heftig mit ihm durchgegangen, weil er vorhin zu Beginn des Fluges und zur Einstimmung auf den Urlaub in einer Taucherzeitschrift den Artikel über die Haie gelesen hatte und über die weltweite Initiative »protect the sharks!« (»Schützt die Haie!«). Denn die gnadenlose Verfolgung der Haie durch den Menschen hatte tatsächlich schon so weit geführt, dass sie gewaltig dezimiert worden waren und man sich allmählich ernsthafte Gedanken über den Schutz der eigentlich friedliebenden und Menschen praktisch nie und erst recht nie ohne Grund angreifenden Haifische machen musste.

Na ja, ein Alptraum zwar, den er da geträumt hatte, aber andererseits konnte es auch nicht schaden, solchermaßen praktisch »vorgewarnt« sich mit etwas mehr Respekt in die Tiefen des Ozeans zu begeben. Und diese ganzen Angebereien von sogenannten Taucherfreunden und ihren Haistories, wie sie mit ihnen gekämpft oder sie womöglich sogar selber von Mund zu Mund gefüttert hatten: ätzend! Taucher waren manchmal halt auch nicht besser als Kleingärtner, wo jeder den größten Rettich oder die prächtigste Sonnenblume erntet, dummerweise immer dann, wenn es grade keiner kontrollieren kann ...

Immerhin, der Flug war ansonsten erstaunlich gut verlaufen. Erst die Ankündigung über die Bordlautsprecher, man befände sich bereits im Landeanflug auf Hulule, die Flughafeninsel der Malediven, und solle nun bitte die Rückenlehnen wieder senkrecht aufrichten, das Rauchen einstellen und sich anschnallen, hatte ihn aufgeweckt. Zum ersten Mal in seinem Touristenleben hatte Horst den überwiegenden Teil eines Langstreckenfluges tatsächlich in Morpheus' Armen verbracht – und somit dummerweise ausgerechnet den Kinofilm verpennt, der ihn dieses Mal wirklich interessiert hätte.

»Aber alles kann man halt nicht haben, gell Schatz!«, resümierte er, immer noch im Halbschlaf, zufrieden vor sich hingrummelnd und tätschelte seiner Claudia sachte das Bein.

Die allerdings schien davon offenbar wenig erbaut – na ja, hatte er halt im Schlaf wieder mal ein bisschen geschnarcht – und legte seine Hand wieder auf Horsts Knie zurück.

Komisch, Claudia hatte doch sonst keine so feuchten Hände und etwas angeschwollen schienen sie während des langen Sitzens im Flugzeug auch zu sein.

Horst öffnete die Augen und warf einen forschenden Blick auf seine rechte Seite, wo ihn allerdings nicht der eigentlich erwartete Anblick seiner besseren Ehehälfte Claudia empfing, sondern das dickliche Antlitz einer verlegen lächelnden Zeitgenossin namens Uschi Abele, seiner ehemaligen Sekretärin bei der Ulmer Mordkommission.

Schlagartig setzte sich der Kriminalkommissar auf, Blut schoss ihm ins Gesicht: »Oh, Bebele, Entschuldigung! Ich hab' gedacht ..., ich mein', da ist doch vorher noch die Claudia ...«

»Ja – und jetzt bin ichs halt bloß«, kommentierte die als Bebele – ihrem anfangs heftig umkämpften Spitznamen aus gemeinsamen alten Ulmer Kripotagen – angesprochene Uschi Abele mit leicht angesäuertem Gesichtsausdruck das Geschehen. »Deine Claudia hat sich vorhin weggesetzt, als du grade so schön laut geschnarcht hast. Außerdem hat sie da vorne, wo ich saß, besser den Film sehen können. Und mich hat der sowieso nicht interessiert. Deshalb haben wir die Plätze getauscht!«

Aha, so war das also gewesen, doch das Bebele wäre nicht das Bebele, wenn sie nicht noch einen draufgesetzt hätte. »Aber wenn einen die eigene Frau mal fünf Minuten alleinlässt, dann gleich an der nächsten rumzufingern, also Horst, ich weiß nicht ...«, sprachs, die Kanaille, und verzog tadelnd die eh schon traditionell herunterhängenden Mundwinkel noch weiter nach unten.

Na – ob das wirklich so eine gute Idee gewesen war, die Uschi Abele mit in den Urlaub zu nehmen. Horst kamen, zum x-ten Mal übrigens, entschiedene und ziemlich heftige Zweifel daran. Doch Horst hatte dem Drängen seines Kumpels Michael »Sputnik« Protnik nachgegeben, quasi als Reminiszenz an alte, vergangene Zeiten, an damals (dieses »damals« lag erst genau vier Monate zurück), als sie noch gemeinsam als Kollegen bei der Ulmer Mordkommission auf Verbrecherjagd gegangen waren.

Nun war es Horst ja endlich gelungen, sich ins württembergische Unterland nach Heilbronn, in die ungekrönte württembergische Weinhauptstadt versetzen zu lassen, in Claudias Heimat und endlich weg von seinem partei- (welche Partei, das ist ja im Ländle seit 50 Jahren klar, da gibt's eigentlich immer nur die eine!) und linientreuen Vorgesetzten Oberrat Unterhauser und dem ganzen Filz in der dortigen Direktion. Und das alles in der Hoffnung, in Heilbronn sei alles anders, denn da, wo Wein wächst und auch entsprechend gerne getrunken wird, da, heißt es, seien ja schließlich auch die Menschen anders, liberaler halt – hoffentlich! Und diese Hoffnung soll man – so zumindest sah es Horst – bekanntlich nie aufgeben.

Wie auch immer – der einsam in Ulm zurückgebliebene Sputnik Protnik hatte sich in seiner Verzweiflung ausgerechnet bei seiner einstigen Intimfeindin Uschi Abele nicht nur ausgeheult, sondern ganz offensichtlich auch getröstet. Und das bei den legendären Wort- und anderen Gefechten, die sich das Bebele und der Sputnik im Verlauf ihrer gut und gerne fünfjährigen »Zusammen«arbeit bereits geliefert hatten. Unfassbar! Aber jetzt waren die beiden mit einem Mal ein Pärchen, das heißt korrekterweise ein Paar, angesichts der Körperfülle der zwei Wuchtbrummen: na ja, so gesehen passten sie wirklich ausgezeichnet zueinander (ein Wunder, dass sie nicht Übergepäck für diese Masse Mensch zahlen mussten).

Und so war es gekommen, dass der völlig vereinsamte Protnik eines schönen Tages bei Horst in dessen neuer Heilbronner Dienststelle angerufen und gefragt hatte, ob er ihn denn womöglich mit in den Urlaub auf die Malediven nehme, da ginge im November last-minute-mäßig sicher noch etwas. Und kaum hatte Horst freudig zugestimmt, da hatte die Kanaille weiter ausgepackt und Horst eröffnet, dass dann aber natürlich auch die neue Freundin mit dabei sei. Horst war einverstanden gewesen, die wollte er kennenlernen, die sich tatsächlich mit dem Sputnik auf eine Partnerschaft einließ! Und als dann endlich der Name der neuen Auserwählten fiel, da war es schon zu spät! Also hieß die Devise: das Beste daraus machen – und schließlich sind ja manche Menschen im Urlaub wie ausgewechselt ... Hoffentlich!

Mit einem langgezogenen Seufzer dehnte Horst seine schmerzenden Gliedmaßen, die durch den fast zehnstündigen Flug stocksteif geworden waren. Alles spielte sich ab wie immer: als sie beim Einchecken endlich an die Reihe gekommen waren, da hatten längst schon andere Fluggäste die heiß begehrten Sitze in der »first row«, der ersten Reihe, oder die »emergency seats«, die Sitze am Notausstieg, belegt. Und das waren die einzigen im Flieger, die einem Ein-Meter-fünfundneunzig-Mann einen einigermaßen bequemen Flug mit zumindest einem Hauch von Beinfreiheit garantieren konnten. Pech gehabt! Bei den Rauchern hätte er zwar noch etwas kriegen können, aber Horst hatte in stummer Resignation den Kopf geschüttelt: Nein danke, als wandelndes Räucherstäbchen wollte er seinen Tauchurlaub nicht beginnen, dann nahm er eben lieber das Martyrium von zehn Stunden im Schraubstock auf sich.

Doch so schlimm war es dann gar nicht gekommen, denn er hatte ja tatsächlich einen Großteil des Fluges verschlafen. Die Maschine war jetzt bereits auf 5000 Meter heruntergegangen, mal schauen, ob schon etwas von der Insellandschaft der Malediven zu sehen war. Horst schob die Sonnenblende an seinem Fenster hoch, gleißendes Tageslicht stach ihm in die Augen und nahm ihm für einen Moment die Sicht. Auf den Malediven war es schließlich schon 10 Uhr morgens Ortszeit. Als er sich schließlich Sekunden später an die Helligkeit draußen gewöhnt hatte, bot sich ihm ein überwältigender Anblick: wie Tränen im Ozean schien Insel an Insel unter dem Flugzeug im dunkelblauen Meer zu schwimmen! Fast kreisrund und üppig bewachsen, mit einem Ring aus blütenweißem Sand ringsherum: kleine buntschillernde Öltropfen auf dem Wasser, fast wie Perlen aneinandergereiht. Und einige Dutzend von ihnen – mal mehr, mal weniger – bildeten zusammen eines der zahlreichen Atolle. Atolle, also diese größtenteils unter Wasser liegenden fast ringförmigen Korallenriffe, die jahrhundertelang als unüberwindliche Hindernisse die Kapitäne der großen europäischen Segelschiffe in Alarmstufe eins versetzt hatten. Heutzutage, in den Blütezeiten des weltweiten Tourismus, sah man die Dinge, gerade auch als Europäer, völlig anders. Was früher einmal in den Zeiten der alten Windjammer für Angst und Schrecken gesorgt hatte, war heute nur noch wunderschön: das warme Meer war zum Schwimmen da, die mächtigen Kalkformationen der Korallenriffe bildeten eine farbenprächtige Augenweide allererster Güte!

Tausende solcher Inselchen lagen hier verstreut im Meer, manche nur ein paar Quadratmeter groß, andere drei-, vier-, fünfhundert Meter lang und vielleicht hundert Meter breit. In der Inselmitte reckten sich meist große Palmen in die Höhe, umsäumt von dunkelgrünem Buschwerk, mit bräunlich-gräulichem Palmstroh gedeckte Hütten, vom Strand ins Meer hinausverlaufende Bootsanlegestege, oft eine schneeweiße Lagune auf einer Inselseite. Und manchmal ganz nah, kreisrund um die Insel herum, manchmal weiter entfernt, schlängelte sich ein dunkles Band zwischen dem azurblauen Wasser des Strandbereichs und dem tiefen Blau des Ozeans: das war das Hausriff, hier hatten Milliarden und Abermilliarden von Korallenpolypen im Lauf der Jahrhunderte eine Kalksteinlandschaft unter Wasser geformt, die in allen Regenbogenfarben prangte. Ein ideales Revier für Fische in allen Farben, Größen und Variationen, die sich dort in riesiger Zahl tummeln. Tausende, Hunderttausende: ein Unterwassermärchen, wie geschaffen für begeisterte Taucher und Naturliebhaber!

Wenn es je ein Paradies geben sollte, dieses Fleckchen Erde hier könnte es sein!

Jetzt entdeckte Horst zwischen den einzelnen Inselchen, die nun immer deutlicher zu erkennen waren, je tiefer die Maschine im Landeanflug herunterging, die ersten Schiffe. Große Frachter, tief im Wasser liegend, die durch die Bewegung ihrer Schiffsschraube eine kilometerweite v-förmige Spur im sonst vollkommen glatten Ozean nach sich zogen. Und da und dort winzige weiße Nussschalen mit Dachaufbauten: das mussten die legendären Dhonis sein, die maledivischen Fischerboote, mit denen heutzutage die Touristen auf den Inseln der einzelnen Malediven-atolle verteilt wurden und die von den Tauchbasen auch für die Tagestrips zu den bekannten Tauchplätzen benutzt wurden. Und mit solchen Spielzeugschiffchen, so wirkten sie wenigstens von oben, waren die maledivischen Seefahrer Tausende von Seemeilen durch das weiß Gott nicht immer so ruhige Meer geschippert, bis nach Madagaskar, auf die Seychellen, Arabien, Indien, Ceylon: faszinierend! Horst atmete tief ein, ganz benommen von seinen ersten Eindrücken.

Sanft setzte die Maschine nun auf der Landebahn der maledivischen Flughafeninsel Hulule auf und das anfängliche nervöse Kribbeln in der Magengegend war endlich verschwunden, das sich eingestellt hatte, als Horst beim Anflug über die benachbarte, dicht bebaute Hauptstadtinsel, hinuntergeschaut hatte auf die in der Sonne glänzende goldene Kuppel der Moschee von Male und dann auf den Klecks im Meer, der den Flughafen samt Landebahn darstellen sollte. Offenbar war die Landung auf dem Male Airport für den Piloten kein größeres Problem gewesen, na denn: Horst sollte es recht sein.

Gleich beim Verlassen der Maschine, als sie die Gangway hinunterstiegen, umfing sie eine Hitze, wie sie in Deutschland selbst an den sogenannten Hundstagen kaum zu verspüren ist.

»Also 35 Grad im Schatten – mindestens«, meinte Claudia, die sich jetzt wieder zu ihrem Horst gesellt hatte, mit einem fröhlichen Lachen, das er schon seit Wochen nicht mehr an ihr gesehen hatte. Der Umzug von Ulm nach Heilbronn, die Umgewöhnung für die Kinder in der neuen Umgebung (Schule, Kindergarten), die Auflösung ihrer – ehrlich gesagt nicht sonderlich viel abwerfenden – Kinderarztpraxis in Ulm, die Suche nach einem Job als Urlaubsvertretung bei den Heilbronner Ärzten, das alles hatte schon gewaltig an den Nerven gezerrt, und deshalb hatten die beiden darauf bestanden, an ihrem vor langer Zeit gebuchten, vierzehntägigen Traumurlaub auf den Malediven festzuhalten. Ob sich der eine oder andere an den Kopf tippte oder nicht: dreieinhalb Monate nach dem Umzug, vier Monate nach dem Beginn bei einer anderen Dienststelle in den Urlaub zu düsen, den beiden Meyers war das egal. Sollten die Leute reden was sie wollten –

immerhin waren die beiden Kinder in der Obhut der Oma, die während ihrer Abwesenheit »das Haus hütete«, wie sie es nannte. Der Oma wars recht, so hatte sie bei den geliebten Enkeln eine zeitfüllende Aufgabe während der trüben Novembertage zu erfüllen und saß nicht einsam und verloren zu Hause in ihrer Wohnung. Die Kinder brauchte man erst gar nicht zu fragen, denn die Oma kochte besser als Mama oder gar Papa, spielte mehr Spiele mit ihnen, las geduldiger Bücher vor, strickte die schöneren Schals für die Puppen, mit einem Wort: es waren alle zufrieden! Ja, doch, sie hatten es sich schließlich verdient, punktum!

»Jetzt muss ich denen von vorher in der Maschine aber doch Abbitte leisten«, unterbrach Claudia die Urlaubs-Rechtfertigungsüberlegungen ihres Gatten.

Irritiert schaute der sie von der Seite an. »Wie, wieso? Gabs da irgendwie Probleme während ich geschlafen habe?«

»Nein, Probleme keine«, lachte Claudia. Schon wieder zeigte sie dieses Lachen, das ihm an ihr immer so gefallen hatte und das fast vom Abgrund der alltäglichen Probleme verschluckt worden wäre! »Ich hab' die nur vorher gefragt, ob sie wirklich glauben, dass es so warm werden wird, als die sich im Flugzeug umgezogen haben. Kurzer Rock, kurze Hose, keine Socken, Sandalen, T-Shirt. Hab' ich ehrlich gesagt nicht glauben können, und jetzt ...«, Claudia hielt einen Moment inne und zog sich den Pullover über den Kopf, »jetzt läuft der Schweiß an mir gerade so herunter! Trotzdem – spitze!!«, sprachs und drückte Horst einen dicken Kuss auf die Wange.

Mit anderen Worten: der Urlaub versprach wirklich, perfekt zu werden!

»Na komm schon Protnik, auf gehts«, drehte sich Horst zu seinem ehemaligen Mitarbeiter und Kollegen um. »Jetzt noch durch den Zoll und ab gehts auf die Insel!«

»Mach langsam, Hotte«, stöhnte der »Sputnik« mit hochrotem Kopf und wischte sich die Schweißtropfen von der Stirn. »Das ist ja unglaublich! Eine richtige Affenhitze!«

»Furchtbar«, pflichtete seine Begleiterin, das Bebele, ihm bei. »Komm, komm, Protnik, mach dass wir in die Ankunftshalle kommen, dort haben sie hoffentlich eine Klimaanlage!« Im Eiltempo watschelte die Matrone los, den unglücklichen »Sputnik« Protnik hinter sich herziehend.

Die Meyers sahen sich in die Augen und lachten los. »Das ist ja mal wieder typisch deutsch: wenns warm ist, da zergeht man gleich wegen der Affenhitze und sehnt sich nach dem Winter. Im Winter dann ists zu kalt, da wollen sie auf die Malediven. Aber kaum dass sie da sind, da würden sie sich am liebsten in den Kühlschrank setzen. Unglaublich!«

»Immerhin sind da die Russen anscheinend kein Haar anders als die Deutschen«, pflichtete Horst bei. »Der Protnik und das Bebele, ein Herz und eine Seele, wenns um den Kummer und das Wetter geht.«

»Na komm, Horst, der Protnik ist doch auch Deutscher – schon seit über 20 Jahren!«

»Ja, weil sein Großvater mal einen gekannt hat, der einen gekannt hat, der einen deutschen Schäferhund besitzt.

Aber seis drum, der Protnik hat ja auch eine astreine Aussprache, ich glaub' gar nicht, dass der überhaupt noch russisch kann – außer dem Begriff Sputnik«, fügte er grinsend hinzu. »Sputnik« hatten die anderen bei der Ulmer Kripo ihren wehrlosen Kollegen eines Tages getauft, in Anspielung auf seine deutsch-russische Abstammung. Dem »Sputnik« hatte das zwar nicht die Bohne gefallen, aber was sollte man machen? Und mittlerweile hatte sich Protnik an seinen Spitznamen gewöhnt – im Gegensatz zu seiner neuen Freundin Uschi Abele, die immer noch kritisch die Stirn runzelte, wenn sie mit »Bebele« angesprochen wurde. Übrigens war das Horsts Erfindung gewesen, der über die ganzen Jahre hinweg (immerhin fünf an der Zahl) kreuzunglücklich mit seiner Sekretärin nur darauf gesonnen hatte, sie elegant wieder loszuwerden. Da hatte ganz einfach die Chemie nicht gestimmt – und jetzt, jetzt flog man sogar miteinander in den Urlaub ...

Die Schlange an der Passkontrolle glich derjenigen auf den meisten Flughäfen weltweit, wo für die Einreise ein Visum benötigt wurde. Obwohl ...

»Verglichen mit Ägypten ist das ja richtig erholsam hier«, zog Horst den Vergleich mit dem letzten Tauchurlaub und den Einreiseformalitäten in Hurghada, wo das Chaos perfekt und der als einziger arbeitende Zollbeamte sich fast die Finger wundschrieb, während drei Kollegen mehr oder minder gelangweilt neben ihm standen und Däumchen drehten.

»Eine Viertelstunde, dann haben wirs geschafft«, pflichtete Claudia ihm bei. »Und ohne uns können die sowieso nicht mit dem Boot zu unserer Insel starten ... Und schön kühl ist es hier ja auch noch«, fügte sie mit einem amüsierten Seitenblick auf das schweißnasse Traumpaar Bebele/Sputnik noch hinzu.

»Pass- and Healthcontrol«, las Horst auf dem Schild über einem der Einreiseschalter.« Muss man da auch noch einen Gesundheitscheck über sich ergehen lassen?«

Claudia zuckte mit den Schultern. »Sicher nur eine Formalität – aber guck, da sitzt einer, der schaut sich den Zettel mit dem Visum an, den wir im Flieger ausgefüllt haben, und die Kollegin da hinten, die blickt einem nochmal tief in die Augen und macht dann den Stempel in den Pass. Arbeitsbeschaffung, aber immerhin geht's ruck-zuck und freundlich sind sie hier auch noch, also gut, alles halb so wild.« Zufrieden lächelnd zückte sie den Reisepass mit dem Visumformular.

»Also kommt, Protnik, geht ihr schon mal vor, sonst wird das ja nie was«, drehte sich Horst zu den beiden Urlaubsbegleitern um.

»Was meinen die denn da auf dem Schild? Das mit dem Pass ist ja noch klar, aber das andere«, fragte der in Sachen Fremdsprachen etwas weniger versierte Protnik den Kollegen. Das war schon in Ulm seine Achillesferse gewesen, sobald irgendeine englische Formulierung aufgetaucht war, hatte sich der Sputnik hilfesuchend an Horst wenden müssen. Aber schließlich war es für den Mann aus Russland ja schon eine Menge Arbeit gewesen, sich perfekt (und das war er, das musste ihm der Neid lassen) in die Abgründe der deutschen Grammatik zu begeben. Und dann nochmal eine Sprache beherrschen – irgendwann war halt der Kanal voll oder der Eimer leer, ganz nach Standpunkt ...

»Da musst du dich gesundheitlich checken lassen – geh einfach her, streck dem den Reisepass hin, sperr den Mund auf und mach ganz laut Aaahh! O.K.?«

Zweifelnd blickte Protnik in Richtung Horst und gerade machte er den Mund zu einer Frage auf, da kam ein freundliches »Please!« vom Einreiseschalter.

»Na auf, mach schon, lass die Leute nicht warten«, schob Horst den Sputnik in Richtung Verwaltungsakt. »Und schön Aaaahh sagen, klar?«

Gesagt – getan. Und wie! Kaum war Protnik am Schalter angelangt, da zückte er mit einer unnachahmlich-schwungvollen Handbewegung seinen Reisepass, riss im selben Moment den Mund auf und aus seinem Rachen erscholl ein langgezogenes, gurgelndes Aaaah.

Augenblicklich verstummten die Gespräche an den Nachbarschaltern und verwirrt blickte der kleine kaffeebraune Einreisebeamte auf: direkt in die Mundhöhle des Kriminalkommissars aus Ulm, der in einer merkwürdigen Sprache mit ihm zu kommunizieren schien.

»Mensch, Horst, jetzt hast du den Salat!«, zischte Claudia. »Und was jetzt?«

»Dieser Idiot! Dass der aber auch immer alles wörtlich nehmen muss! Und dann immer gleich noch einen draufsetzen! Oh Protnik!« Horst stöhnte auf und arbeitete sich – das Bebele energisch auf die Seite drückend – zum Schalter vor.

Dort hatten sich inzwischen drei weitere Beamte eingefunden, die sich offenbar noch nicht ganz schlüssig darüber zu sein schienen, ob sie das merkwürdige Verhalten des Fluggastes aus Deutschland als ihnen fremde Landessitte, als Provokation oder als Fall von eindeutigem Schwachsinn werten sollten. Und das hieße ja dann: Gesundheitskontrolle nicht bestanden, also nichts wie zurück nach Hause.

Gerade als die Mienen sich allmählich zu verfinstern begannen, wobei sich Horst wunderte, dass das bei der Gesichtsfarbe überhaupt noch möglich war, griff er in die Affäre ein. »Oh sorry, Sir. This should only be a joke! Don't worry. This was only a joke! Too loud, too big, you understand?« Also: Mit dem Hinweis auf Protniks Körperfülle und den misslungenen Versuch, einen Scherz im tristen Einreisealltag machen zu wollen, sollten sie die irritierende Verhaltensweise des Urlaubers am besten vergessen. Schwamm drüber – nix passiert! Na hoffentlich!

Was folgte, war eine geflüsterte Diskussion der vier Beamten untereinander, bis endlich derjenige, der in Protniks unergründlichen Schlund hatte schauen müssen, aufblickte, verlegen lächelte und meinte: »O.K., Sir, you can move!«, sprachs – und knallte in diesem Fall höchst selbst sämtliche Stempel auf sämtliche Formulare und winkte den seltsamen Mann aus Germany weiter.

Lächelnd nahm Horst Blickkontakt mit dem Beamten auf und zuckte mit den Schultern. Noch einmal kam ein verlegenes Lächeln von dem Malediver zurück, und der Alltag kehrte wieder ein. Protnik watschelte eilig durch den Schalter, Uschi Abele jedoch warf Horst einen wütenden Blick zu, Claudia verdrehte in gespieltem Entsetzen die Augen und die vorhin so jäh unterbrochenen Gespräche wurden wieder fortgesetzt.

Aber einer war sauer, megasauer sogar! »Also das vergess' ich dir so schnell nicht, du Fiesling! So eine Granatenschweinerei! Das hätte ich nicht von dir gedacht.« Protnik war regelrecht beleidigt, da würde Horst gleich bei der Ankunft auf der Insel seinen eingeschnappten Kollegen zur Hotelbar schleppen und ihm mindestens zwei Margaritas einflößen müssen. Wenn das bei dem Grad der Säuernis nur reichte!

»Ja – und was soll denn nun das schon wieder? Jetzt durchleuchten die unser Gepäck zum zweiten Mal!«, irritiert deutete Uschi Abele auf die großen Scannerboxen der Zollbeamten kurz vor dem Ausgang des Flughafens. »Das ist doch Quatsch, unsere Koffer jetzt, wo wir längst gelandet sind, nochmal auf Waffen zu untersuchen! Meinen die etwa, wir würden unser Hotelboot entführen oder was?«

In der Tat standen auch die anderen vor einem Rätsel, Horst eingeschlossen. Es machte ja nun wirklich keinen Sinn, das Gepäck, das gerade frisch aus dem Bauch des Flugzeugs angerollt gekommen war, erneut zu durchleuchten. Doch gleich darauf wurde er eines Besseren belehrt.

»Nur keine Panik, Gnädigste! Das hat schon seinen Sinn, das hab' ich schon die letzten beiden Male mitgemacht«, mischte sich da ein dunkelgelockter, nach Horsts professionellem Blick eindeutig gefärbter, Modeaffe in die Diskussion ein. Jawohl, Modeaffe! Horst blieb seinen Vorurteilen treu: wer so aussah, Goldkettchen um den Hals und ums linke Handgelenk, dicker Siegelring an der rechten Hand, Designertaucheruhr (die waren ja grade »in« diese

Dinger, die bis auf 200 Meter gingen – als ob irgend jemand so tief hinunter tauchen könnte!). Und dann ganz in Schwarz der Herr: schwarze Hose, schwarze, pingelig polierte Schuhe, schwarzes Hemd, aufgeknöpft bis zum Bauchnabel, Ärmel umgeschlagen und ein schickes niedliches schwarz-graues Pulloverchen lässig übergeworfen. Brrrrr!

Aber Uschi Abele war hin und weg – genau die Sorte Frau, die auf solche Typen stand. Verzückt verdrehte sie die Augen, misstrauisch beobachtet von Protnik, dem natürlich der eigenartige Reiz, den der Modeaffe auf seine Liebste auszusenden schien, nicht entgangen war.

»Gestatten Sie, Sauer, Karl Sauer aus Essen, genannt Charlie!«, stellte der Dunkelmann sich vor.

Protniks Prusten wurde von einem wütenden Blitz aus Uschis Augen unterbunden und schon begann sie wieder dahinzuschmelzen wie ein Osterhase im Hochsommer. »Ach ja, sie wissen Bescheid? Ist das also etwas ganz Harmloses?«, machte sie auf die Naives-kleines-Mädchen-lässt-sich-von großem-starkem-Mann-beschützen-Tour.

»Paß auf, das ist eine Guillotine, da wird man mit dem Kopf voraus reingesteckt und dann machts peng und ab ist die Rübe!«, grummelte Protnik sarkastisch vor sich hin. »Und jeder zehnte ist dran. Da guck – du bist an der Reihe!«

Und noch ehe Uschi Abele ihm eine standesgemäße Erwiderung an den Kopf werfen konnte, denn sie hatte grade schon den Mund geöffnet, aber zu spät, schob er sie auf den nunmehr freien Durchgang am Scanner zu und schubste ihr Gepäck auf das Laufband, das die beiden Koffer in den Schlund der Durchleuchtungsmaschine beförderte. Auf der anderen Seite kamen sie nach wenigen Sekunden wieder zum Vorschein und gerade wollte Uschi danach greifen, um sie vom Laufband zu nehmen, da schaltete der Beamte am Monitor den Rückwärtsgang ein, und die Koffer verschwanden von neuem im Scanner. Ratlos blickte Uschi ihre Mitreisenden an, doch mehr als ein Achselzucken wussten die als Kommentar nicht abzugeben.

Ehe das Rätselraten längere Zeit andauern konnte, legte der Zöllner wieder den Vorwärtsgang ein. Die Koffer erschienen zum zweiten Mal, doch jetzt stoppte das Band und ein zweiter Beamter deutete auf das erste Gepäckstück. »Please open this«, wies er sie an, den Koffer zu öffnen.

Uschi, die nicht die Spur einer Ahnung hatte, was das nun schon wieder bedeuten sollte, tat, wie ihr geheißen wurde. Als sie die Verschlussschnallen geöffnet hatte, sprang der Deckel auf und der Beamte begann sogleich, mit den Händen in den Wäschestücken zu wühlen.

»Ich tippe auf eine bestimmte Form von Sado-Maso, wetten?«, raunte Horst, der mal wieder die Klappe nicht halten konnte, Claudia und Protnik ins Ohr.

»Na wer weiß, es gibt Dinge, die gibt's gar nicht«, auch Claudia fragte sich, was die Durchsuchaktion wohl sollte. Denn was um alles in der Welt sollte man wohl auf die Malediven hereinschmuggeln – den Waffencheck hatten sie ja schon längst in Frankfurt hinter sich gebracht.

Da schien der Zöllner fündig geworden zu sein. Mit triumphierendem Lächeln holte er eine Trinkflasche von der Art hervor, wie man sie beim Camping bei sich hat, um zwischendurch mal schnell einen Schluck Wasser zu nehmen oder sich die Hände zu waschen.

»What is this?« Na, wenn der nicht wusste, wie eine Flasche aussieht! Du meine Güte, wohin waren sie denn da geraten?

Er schüttelte die Flasche, die ganz eindeutig bis an den Rand vollgefüllt war. Sein Lächeln gefror allmählich.

Da schoss Horst mit einem Mal die Erkenntnis durch den Kopf: »Mensch, Alkohol! Der sucht nach Alkohol!«

»Na und, ist es ja auch«, gab Protnik genauso ehrlich wie verständnislos unumwunden zu.

»Bestes Obstwasser, 48%, das hab' ich bei einem Bauern auf der Alb, der selber Schnaps brennt, neulich kaufen können. Ein richtiger Rachenputzer!«

Jetzt war der auch noch stolz auf seinen Kauf, der in Wirklichkeit eine Katastrophe heraufbeschwor!

»Sputnik, begreif doch! Das haben wir doch in den Reiseführern gelesen! Die Malediven sind ein moslemisches Land, da ist Alkohol streng verboten! Du darfst keinen Tropfen davon einführen und erst recht keinen Einheimischen damit in Berührung bringen. Alkohol gibts nur auf den Hotelinseln und auch da nur in Bereichen, in denen die Malediver nicht bedienen dürfen!«

Uschi, die mit einem Ohr mitgehört hatte, ging sichtlich ein ganzer Kronleuchter auf, zugleich entwickelte sich in ihrer Fantasie die Horrorvision eines düsteren modrigen Gefängnislochs irgendwo in den Kellern von Male.

Doch Uschi wäre nicht Uschi, wenn sie nicht sofort den Ernst der Lage mit der ihr eigenen legendären Schlagfertigkeit in einen Etappensieg erster Klasse umgemünzt hätte. Energisch wandte sie sich dem Zollbeamten zu, der noch mit der Flasche und der nunmehr eisigen Miene vor ihr stand: »Das ist Medizin, alles Medizin da drin!« Und schon nahm sie die Flasche aus den Händen des verdutzten Maledivers und schraubte sie auf.

Horst dachte, er müsse in den Boden hinein versinken! Ein scharfer Alkoholduft breitete sich um die Gruppe herum aus! Da hatte einer wohl den ganzen Vorlauf mit in seinen Fusel hineingeschüttet und dann nur auf einen Dummen wie Protnik gewartet, dem er das Gesöff als bestes Obstwasser viel zu teuer verscherbeln konnte. Na ja, wer sich in seiner Jugend in der endlosen Taiga nur von selbstgebranntem Kartoffelschnaps ernährt hatte, konnte auch keine Geschmacksnerven mehr besitzen!

Mit anderen Worten: Alles war klar! Uschi Abele und womöglich mit ihr die ganze Gruppe war des streng verbotenen Alkoholschmuggels auf die Malediven überführt, so eindeutig, eindeutiger ging es gar nicht mehr! Hätte er nur darauf bestanden, den Tauchtrip allein mit seiner Claudia zu unternehmen!

Aber wieder hatte nicht nur Horst die Rechnung ohne das schlagfertige Bebele gemacht, die allmählich zu großer Form auflief. »Ja, riechen! Hier, bitte!«, und damit streckte sie dem Zöllner die geöffnete Flasche vor die Nase.

Angewidert schüttelte der sich und streckte abwehrend die Hände von sich.

»Da, bitte, Medizin! Probieren!«, hilfesuchend wandte sich Uschi um. »Komm, Horst, übersetz das dem mal, der soll mal einen Schluck aus der Pulle nehmen! Oder nein, halt, noch besser!«

Mit einem verschmitzten Augenzwinkern drehte sie sich wieder in Richtung des nun immer verwirrter dreinblickenden Beamten um.

»Hier, sehen Sie! Medizin, nur Medizin! Verstehen, ja? Da, Schulter kaputt, nix gesund! Medizin gut, Schulter damit einreiben! Kapieren?« Mit einem Ruck hatte sie den Halsausschnitt ihres Pullovers gepackt und ihn über die linke Schulter gezogen, so dass der fassungslose Beamte einen entsetzten Blick auf ihren BH und den sich darunter verbergenden gewaltigen fleischigen Hügel werfen musste, ob er nun wollte oder nicht.

So etwas hatte es seit Bestehen von Male International Airport noch nicht gegeben! Und das in einem zutiefst moslemischen Land, wo sich die Frauen in der Öffentlichkeit nur äußerst selten und dann auch nur bedeckt von oben bis unten zeigen durften. Und Uschi Abele hatte praktisch in Sekundenbruchteilen ihr halbes Innenleben vor dem vollkommen unvorbereiteten Zöllner ausgebreitet. Horst sah das Unheil förmlich auf sich zukommen.

Doch nun geschah etwas, das durchaus dafür getaugt hätte, beim Vatikan als wundergleiches Geschehen im zu Ende gehenden 20. Jahrhundert angemeldet und anerkannt zu werden. Der Beamte und mehrere seiner Kollegen, die den mehr oder minder appetitlichen Strip des Bebele hatten miterleben müssen, waren am Ende ihres Stehvermögens angelangt. Mit einer hastigen Bewegung winkten sie die gesamte Gruppe durch und drückten Uschi ihre »Medizinflasche« so schnell in die Hand, als hätten sie eine Handgranate in den Fingern, deren Sicherungsstift bereits gezogen worden wäre.

Draußen vor dem Flughafen schnappten alle nach Luft – Claudia war die Erste, die wieder zu Atem kam: »Mensch, Uschi, das war aber knapp! Da war zwischen Himmel und Hölle aber auch wirklich alles drin!«

»Aber in Nullkommanichts so dreist zu lügen und dann auch noch die Frechheit mit dem Pulloverstrip zu besitzen! Alle Achtung, Uschi! Dazu gehört schon ein gewaltiges Maß an krimineller Energie!«, setzte Horst bewundernd hinzu.

»Jetzt aber mal ehrlich – wozu braucht ihr um alles in der Welt hier denn drei Liter Obstwasser? So kalt ist es am Äquator ja weiß Gott nicht?« Claudia kannte als Ärztin eigentlich nur eine Antwort darauf, aber die hatte nichts mit der Schulter zu tun, sondern war vielmehr ein Stockwerk tiefer an der Leber angesiedelt. Taktvoll, wie sie nun mal war, wollte sie diese Mutmaßung aber lieber für sich behalten.

»Ja, das müsst ihr grade fragen!«, schaltete sich Protnik in die Diskussion ein. »Weißt du noch, wie Horst von eurem letzten Ägyptentrip zurückgekommen ist. Mehr tot als lebendig. Dem hats ja fast den Bauch zerrissen damals!« Allein beim Gedanken an die Darminfektion seines Lebens wurde es Horst schon wieder sterbenselend.

»Und was hast du damals gesagt? Erinnerst du dich?« Herausfordernd blickte Protnik dem Kollegen in die Augen und beantwortete die Frage gleich selber. »Nämlich dass du nie mehr ohne Flachmann in ein südliches Land gehst, und dass du morgens und abends beim Zähneputzen immer einen Schluck aus der Pulle nimmst, das tötet jede Form von Magen-Darm-Bakterien garantiert ab und ist wesentlich billiger, als sich hier so einen 38prozentigen Softie-Whisky reinzuziehen, das Glas um acht Dollar oder noch mehr!«

Wo er Recht hatte, hatte er einfach recht, der Protnik. Nur weil er in Ägypten den Flachmann mit dem Hochprozentigen vergessen hatte, war Horst aus dem letzten Urlaub mit einer gewaltigen Diarrhoe zurückgekehrt, die ihn noch wochenlang verfolgt hatte. Alle bisherigen Urlaube in südlichen Ländern hatte er dank seiner »Geheimwaffe« problemlos und beschwerdefrei überstanden.

Aber dennoch: »Ja aber, doch kein Sprudelglas voll morgens und abends! Mit der Menge in eurer Flasche kannst du ja eine ganze Insel lahmlegen, Sputnik«, wandte Claudia, die Ärztin, darauf ein.

»Na ja – und was wäre gewesen, wenn ihr wieder mal eure Medizin vergessen hättet? Auf den Knien dankbar wärt ihr uns gewesen – oder?« Provokativ blickte Protnik in die Runde, unterstützt von einem heftig mit dem Kopf nickenden Bebele.

Horst begriff, dass sich da jede weitere Diskussion erübrigte und beendete rasch die Debatte mit einem genauso versöhnlichen wie sachdienlichen Hinweis: »Seis drum, ist ja alles gut gegangen! Jetzt sollten wir uns aber mal um unseren Transfer auf unsere Insel kümmern, anstatt hier über Magenprobleme und Landessitten zu diskutieren. Nicht dass die sonst womöglich noch ohne uns abfahren!«

Mit dem Transfer zur Viersterneinsel »Golden Lagoon Beach Resort« im Ari Atoll hatte es problemlos geklappt, auch wenn die dreieinhalbstündige Fahrt mit dem Speedboot nichts für schwache Magennerven gewesen war. Aber wer einen Hunderter beim Transport sparen wollte, der musste wohl oder übel das Speedboot nehmen, das trotz seiner Bezeichnung natürlich wesentlich langsamer ans Ziel kam als das »Maldivian Air Taxi«, ein Wasserflugzeug.

»Das nächste Mal, das schwöre ich dir, da habe ich die zwei Hunderter auch noch parat, sparen hin oder her! Und wer nicht mit will«, Horst warf einen Seitenblick auf Protnik und Uschi Abele, die mit deutlichen Anzeichen völliger Erschöpfung gerade aus dem Boot kletterten, »der soll halt weiter mit dem Boot über das Wasser düsen oder sonstwas machen! Basta!«

Claudia nickte. »Einverstanden – aber vielleicht nehmen wir ja das nächste Mal auch eine Insel, die näher am Flughafen liegt, dann geht's mit dem Boot. Teilweise ja sogar mit dem Dhoni, das stelle ich mir ganz schön vor.«

Horst wiegte den Kopf. »Schön schon. Aber zu nahe am Flughafen – ich weiß nicht so recht. Da sind damals vor 25 Jahren die ersten Ferienanlagen entstanden. Ob da unter Wasser nicht mittlerweile alles regelrecht abgefischt ist. Also die Korallen haben da sicher gelitten, bei so vielen Tauchern. Vorsicht hin oder her. Und vor 20 Jahren waren ja noch längst nicht alle Tauchbasen so aktiv in Sachen schonendes Tauchen wie das heute ist: keine Handschuhe, nichts abbrechen, möglichst nicht berühren und so weiter.

Und dann die Nähe zum Hafen mit den ganz großen Frachtern dort. Ich weiß nicht.«

»Na – was solls, jetzt sind wir erst mal da und machen uns zwei herrliche Wochen. Ohne Nebel, ohne Kälte, ohne Stress und ohne furchtbare Chefs und missmutige Mitmenschen!«, Claudia drückte ihrem Horst einen dicken Schmatz auf die Wange. »Komm, Schatz – ab jetzt ist Urlaub. Schluss mit irgendwelchen Diskussionen. Aus! Basta! Fertig!«

»Wo du Recht hast, hast du Recht«, innig nahm er Claudia in den Arm und schaute in die Runde der übrigen Feriengäste, die das Speedboot zusammen mit ihnen auf die Insel befördert hatte. Im Großen und Ganzen schienen das recht nette Leute zu sein, zumindest hatten momentan alle ihr Sonntagsgesicht aufgesetzt, hoffentlich blieb das die nächsten 14 Tage so. Nur dass der Gigolo vom Flughafen, der schwarzgewandete Rächer der Enterbten, der das Bebele so eindeutig angemacht hatte, ausgerechnet ebenfalls mit auf ihre Insel gefahren war, das schmeckte Horst ganz und gar nicht. Wo es auf den Malediven doch so viele Inseln gab! Ausgerechnet das »Golden Lagoon Beach Ressort« hatte der sich aussuchen müssen! Irgendetwas stimmte mit dem Kerl nicht, war sich Horst mit der langjährigen Routine des Kriminalkommissars klar. Aber was? Quatsch – alles Hirngespinste aus einem überarbeiteten Polizistenschädel: und schließlich konnte man sich die Miturlauber genauso wenig aussuchen wie die Nachbarn oder die lieben Verwandten. Außerdem gabs ja genug andere Leute, mit denen man sicher ganz gerne und ganz gut in Kontakt kommen würde. Also: der Urlaub unter Palmen – ja da war auch tatsächlich schon die erste! – konnte beginnen. Und doch ...

Kapitel IV

Gerade war er inmitten des schönsten bunten Fischschwarms am Hausriff auf 15 Meter Tiefe angelangt, vor ihm ein prächtiger blau-grün schimmernder Napoleon-Fisch mit gut und gern anderthalb Metern Länge, da ... Nein! Das konnte einfach nicht wahr sein!

Doch! War es aber! Das Telefon klingelte laut, vernehmlich und unangenehm. Draußen war es noch dunkel. Wer um alles in der Welt riss einen denn zu nachtschlafender Zeit aus den schönsten Träumen? Im Halbschlaf tastete Horst nach dem Telefon, fand mit der Rechten den Hörer und nuschelte benommen hinein: »Hello – what's the matter?«

Das, was darauf vom anderen Ende der Leitung zurückkam, ließ Horst im ersten Augenblick an sich und seinem Verstand zweifeln. Mit einer Lautstärke, als befände er sich unmittelbar neben Horsts Trommelfell, blökte eine ihm nur allzu vertraute Stimme ins Ohr: »Unnnn? Wieeee?«

Das konnte, Horst verzog schmerzvoll das Gesicht, nur einer sein: Claudias Vetter aus Heilbronn-Kirchhausen, der die Meyers, seit sie zurück in Claudias alte Heimat gezogen waren, auf Schritt und Tritt verfolgte, ob die beiden nun wollten, oder nicht. Einer von der Sorte, der alles wissen und überall die Nase hineinstecken muss, um hinterher für sich das Beste herauszuziehen, sollten die anderen, hatte man sie erst mal ausgesaugt, dann bleiben, wo sie wollten.

Es handelte sich bei dem nächtlichen Anrufer also um niemand anderen als den Vetter Kai, genannt »Kaile« Leer, einen Heizungsbauer, der an diesem Tag offenbar nichts anderes vorhatte, als die Verwandtschaft auch noch 8000 Kilometer entfernt auf einem Sandhaufen im Indischen Ozean heimzusuchen. Claudia hatte es klugerweise vorgezogen, sich schlafend zu stellen, mit dem Erfolg, dass Horst den Kerl nun an der Strippe hatte.

»Unnnn? Wieeee?« Wie Horst diese blödsinnige, maulfaule Art, Fragen nach dem Befinden zu stellen, auf die Nerven ging! Übersetzt aus dem Prolo-Fränkischen ins Umgangs-Hochdeutsche sollte das in etwa heißen: »Na, wie geht's euch?!« Eine Begrüßung wie »Guten Tag« oder »Grüß Gott« gabs nicht, wenn man dem begegnete, immer nur dieses unsägliche »Unnnn? Wieeee?«!

»Gut!« Wenn der Blödmann glaubte, er könne nun ein stundenlanges Frage- und Antwort-Spiel beginnen, hatte er sich aber gewaltig geschnitten. Der schien ja ganz schön Zeit zu haben – wahrscheinlich hing er wieder am Telefon von irgendeinem Menschen, bei dem er nach Feierabend schwarz arbeitete, ganz sicher nicht am eigenen, privaten zu Hause. Und sicher hatte er dem gesagt, er müsse nur mal ganz schnell zu Hause anrufen ...

»Hab mir den Malediven-Katalog besorgt, da steht die Telefonnummer von eurem Hotel drin! Gut, gell!« Auch noch Eigenlob! Aber bauernschlau war der Kerl, das musste man ihm lassen.

»Sag mal – hast du dann auch die Zeittabelle gelesen?«

»Nö – wieso?« Aha – und sich jetzt wieder blöd stellen!

»Die Malediven sind Deutschland vier Stunden voraus, bei dir ist es also erst 8 Uhr abends, aber hier ist es jetzt 24 Uhr, Mitternacht, verstehst du? Ich bin grade vor einer halben Stunden eingeschlafen!«

»Oh! Hab ich dich geweckt?«

»Na, wie kommst du denn auf sowas? Also uns gehts gut, alles roger hier! Das Meer hat viel Wasser, die Palmen sind hoch und der Strand ist sehr sandig. O.K.? Schöne Grüße an alle – tschüss dann!« Ohne einen weiteren mehr oder minder sinnvollen Kommentar des Vetters aus Dingsda abzuwarten, knallte Horst den Hörer zurück auf die Gabel.

Er hatte den Kerl ganz einfach gefressen! Nicht nur, dass der ihm ständig mit irgendwelchem Blödsinn auf die Nerven fiel, nein, er hatte den Meyers auch noch den Vornamen eines ihrer Kinder abgekupfert. Das »Kaile« und seine Frau hatten zwei Monate vor Claudia und Horst Nachwuchs bekommen – ebenfalls eine Tochter. Und bei irgendeinem Familientreffen war die Sprache auf Vornamen gekommen. Claudia und Horst hatten der staunenden Verwandtschaft verkündet, dass sie für ihre Tochter den Namen Sina bevorzugen würden, während sich das Kaile und seine Frau noch nicht so recht entschieden hatten. Doch kaum war deren Tochter geboren, hatte sie den Vornamen Sina erhalten. Das habe man sich schon längst so ausgedacht gehabt, hieß es dann mit einem Mal. Zähneknirschend hatten die Meyers nun umdisponiert: ihr Kind hieß nun eben Nina!

Mit einem Seufzer ließ er sich zurück auf das Kissen sinken: Hoffentlich konnte er gleich wieder einschlafen! Schließlich steckte einem der Flug schon noch irgendwie in den Knochen. Wo war er vorhin im Traum stehengeblieben? Richtig: bei der Erinnerung an all die tollen Fische, die sie schon am Nachmittag nach ihrer Ankunft beim Schnorcheln am Hausriff gesehen hatten.

Allein auf dem Bootsanlegesteg zu stehen und ins kristallklare Wasser zu schauen, war ein Erlebnis der besonderen Art: in allen Farben schillernde Lippfische, Schwärme mit Tausenden von kleinen Makrelen, ein Flötenfisch, der langgezogen wie eine Stricknadel im Wasser lag und – war da nicht eben ein Trompetenfisch unter ihnen vorbei geschwommen? Die hatten doch so einen merkwürdigen gelben Schwanz oder war das doch etwa eher ein ... Inmitten seiner Betrachtungen über die Fischwelt der Malediven dämmerte Horst ganz allmählich wieder ein, dem nächsten Abenteuer unter Wasser entgegen ...

»Also – jeder checkt die Ausrüstung von seinem Buddy nochmal durch. Sitzt alles richtig, ist das Ventil an der Flasche offen, stimmt der Druck?« Tom, der Chef der »Manta Dive Basis« war aber eindeutig von der superpingeligen Truppe!

Horst verdrehte leicht die Augen und wandte sich seinem »Buddy«, seiner Tauchpartnerin, Claudia zu. Die deutete ein tadelndes Kopfschütteln an: »Lieber ein bisschen überkorrekt, als irgend so ein schlampiger Abstürzer, dem deine Gesundheit schnurzegal ist«, flüsterte sie ihm zu.

Tom schien etwas mitbekommen zu haben. »Ist euch noch irgendwas unklar, habt ihr noch Fragen?«

»Nein, nein, alles roger! O.K.!«, Horst schüttelte den Kopf.

»Na, dann kanns ja losgehen. Also dann, ihr könnt ins Wasser marschieren. Wenns in Brusthöhe ist, dann macht ihr euch vollends fertig und wartet, bis alle beisammen sind. Vamos!«

Ächzend erhob sich Horst von dem Betonsockel, auf dem sie mit ihrem Equipement samt 12-Liter-Pressluftflasche aus Stahl bisher gesessen hatten. Das war immer der unangenehmste Teil der Taucherei: sich vollbepackt vom Strand aus zum sogenannten Check-Dive, zum Kontrolltauchgang, ins Wasser zu schleppen. Und das alles eingezwängt in einen hautengen vier Millimeter dicken Neoprenanzug, der einem bei 35 Grad im Schatten den Schweiß aus sämtlichen Poren trieb! Doch ein solcher

Check-Dive war schon in Ordnung und jede verantwortungsbewusste Tauchbasis hielt obligatorisch daran fest. Also nicht nur die Überprüfung des Logbuchs, ob die Tauchprüfung bestanden worden war, wieviele Tauchgänge man bisher absolviert hatte, ob zu Hause ein Gesundheitscheck gemacht worden war. Das alles musste ergänzt werden durch eine Beobachtung des Tauchers unter Wasser, in zirka 10-15 Metern Tiefe: ob man noch das Ausblasen einer vollgelaufenen Maske unter Wasser beherrschte, ob die Wechselatmung mit dem Partner oder dem Divemaster klappte, ob man die Handzeichen verstand und – ganz allgemein – wie man sich da unten verhielt und bewegte. Denn das alles hatte jeder von ihnen zwar irgendwann einmal gelernt, aber die meisten tauchten halt doch nur im Urlaub, ein oder zwei Mal im Jahr. Und bei sechs oder noch mehr Monaten Pause dazwischen, da war schnell etwas vergessen, das später eventuell lebenswichtig sein konnte, wenn man ohne erfahrenen Instructor zu zweit »alleine« am Riff in 20, 25 Metern Tiefe vorbeischwebte.

Insgesamt waren sie sechs Taucher, vier Neuankömmlinge und zwei, die in der letzten Woche mit ihrer Tauchausbildung begonnen hatten und nun heute die Prüfung unter Wasser ablegten. Erst danach, am Nachmittag, sollte dann noch die schriftliche Prüfung folgen. Ja, die Sitten waren streng beim Tauchen, Gott sei Dank, denn durch bodenlosen Leichtsinn und haarsträubende Unfälle war die Sportart in den letzten Jahren immer mal wieder in die Negativschlagzeilen geraten. Und dem konnte man am besten mit einer sorgfältigen Ausbildung und gewissenhaften Tauchbasen gegensteuern. Dennoch: Horst war froh, dass er diese Mühle hinter sich hatte, im Urlaub auch noch büffeln und Prüfungen machen zu müssen. Der arme Protnik! Doch der hatte es unbedingt so gewollt, der wollte unbedingt auch mal mittauchen und so blieb ihm nichts anderes übrig, als sich zum Kurs anzumelden, ein Buch zu schnappen und mit dem Lernen zu beginnen. Horst war verwundert genug, dass der Dicke überhaupt einen Arzt gefunden hatte, der ihm seine Tauchtauglichkeit bestätigt hatte. Wer weiß, wie er den aufgegabelt hatte! Sicher noch mit den alten connections ...

»Also – alles ready? Gut – dann Masken auf, pumpt ein bisschen Luft in eure Jackets, atmet durch den Schnorchel und dann schwimmen wir noch die zehn Meter weiter zur Boje«, Tom war wirklich ungeheuer aufmerksam, daran gab es nichts zu deuteln.

An der Boje angekommen, folgte die nächste Anweisung: »So, da geht nun eine Leine hinunter bis auf den Grund in 12 Metern Tiefe. Wir gehen nun an der Leine hinunter und warten auf dem Grund, der ist sandig, bis alle unten sind. O.K.? Also«, Tom senkte den Daumen der rechten Hand nach unten, mit der linken hielt er seinen Inflatorschlauch in die Höhe, drückte auf einen Knopf und ließ die Luft aus seinem Jacket entweichen. Und schon war er, begleitet von einem leisen Blubbern, von der Wasseroberfläche verschwunden.

Horst tat genau dasselbe wie Tom, das heißt, er versuchte es. Aber nichts tat sich. Vorschriftsmäßig ließ er die Luft ab, atmete beim Abtauchen sogar noch aus, doch er brachte den Kopf einfach nicht unter Wasser. Selbst Claudia war schon weg. Mist, verfluchter! Das fing ja gut an! Und die Strampelei mit den Füßen, die verschlang sicher wieder eine Unmenge an kostbarer Pressluft aus der Flasche, wo er doch sowieso meistens der Erste war, der seine Luft verbraucht hatte und seinen Begleitern schmachvollerweise das Zeichen zum Auftauchen geben musste.

Wütend zappelte er an der Oberfläche. Blöde Angeberei! Was musste er auch damit prahlen, dass er im Baggersee nur noch zwei Kilo Blei zum Abtauchen benötigte! Fürs salzhaltige Meerwasser hatte er sich ein Kilo mehr geben lassen, was ihm einen skeptischen Blick von Tom eingehandelt hatte, aber bitte, so wollte er es haben. Und nun hing er wie bestellt und nicht abgeholt im Wasser und kam keinen Zentimeter tiefer. Ein, wenn nicht zwei Kilo mehr Blei hätte er fürs Erste halt doch gebraucht, den Auftrieb im Salzwasser hatte er total unterschätzt.

Doch jetzt zog etwas an seinem Bleigurt und beförderte ihn mit dem Kopf unters Wasser. Es war Tom, der unten auf dem Grund seine Schäflein gezählt und gemerkt hatte, dass einer fehlte. Links und rechts in Horsts Jacket stopfte er ein Bleigewicht hinein und tatsächlich: jetzt ging es problemlos hinunter! Na also! Blamage gerade noch vermieden! Und die anderen Übungen, die würde er nun schon hinkriegen!

So war es auch – Horst und die anderen fünf hatten den Check-Dive bestanden und waren noch eine halbe Stunde unter der Führung von Tom am Hausriff entlanggetaucht. Wunderschön war das gewesen! Hauptsächlich bei den ersten Tauchgängen im Urlaub überkam Horst jedesmal eine ungeheure Euphorie. Oder sollte das etwa schon ein

Symptom von Tiefenrausch sein? Nein, der begann doch noch nicht bei 15 Metern, da musste man schon auf mindestens 25 bis 30 Meter abtauchen!

Eine Muräne hatten sie gesehen, sie musste deutlich über anderthalb Meter lang sein, denn ihr Körper hatte schlangengleich schon rund einen Meter vor den Tauchern aus einer Riffspalte hervorgeguckt. Bewunderswert, wie sich diese Lebewesen durch das scharfkantige Riff schlängelten, ohne sich zu verletzen. Und irgendwie greulich war ihr Anblick ja schon, mit den kleinen Augen, dem immer drohend geöffneten Maul, das den Blick auf die spitzigen scharfen Zähne zeigte. Dabei war das gar keine Drohgebärde, sondern sozusagen nur ein »Luftholen« unter Wasser, weil die Kiemen der Muräne nicht ausreichten, genug Sauerstoff aus dem Wasser zu filtern. Aber das konnte man hundertmal hören oder lesen, zumindest Horst betrachtete die gelblich-braun gesprenkelte Muräne immer mit dem nötigen Respekt und Sicherheitsabstand.

Die Stelle, an der sie die Muräne sahen, war ganz offensichtlich ein sogenannter »Putzerplatz«. Nur vier-fünf Zentimeter große Lippfische, die klassischen Putzerfische, schwammen hier der Muräne ins geöffnete Maul und schienen bei der ganz offenbar sorgfältigste Zahnpflege zu betreiben. Und nun kam noch ein anderer Gast hinzu: ein prächtiger großer blaugepunkteter Juwelenzackenbarsch. Auch er ließ sich einmal gründlich durchchecken, ließ sich von den Putzerlippfischen die Kiemen reinigen, dann die Schwanzflosse, doch dabei kam er nun irgendwie der Muräne in die Quere. Und das bedeutete ein wütendes Aufeinander-Einhacken, bis schließlich sowohl der Zackenbarsch als auch die Muräne den geziemenden Abstand voneinander einhielten und die Putzorgie weitergehen konnte.

Toll! Begeistert sah Horst sich unter Wasser um – genauso hatte er es sich vorgestellt, und genauso erlebte er es jetzt auch. Sicherheitshalber nun noch ein kurzer Blick auf die Pressluftanzeige: Oh nein!!! Ausgerechnet er war allem Anschein nach wieder der Erste, bei dem die Luft zu Ende ging. Nur noch knapp 50 bar! Es half alles nichts, er musste Tom, dem Divemaster die geballte Faust einer Hand zeigen und ihm damit das Zeichen geben, dass er seine Luft fast bis auf die Sicherheitsmarge verbraucht hatte und auftauchen musste.

Tom registrierte Horsts Zeichen und signalisierte ihm, dass er verstanden hatte, indem er die Spitzen von Daumen und Zeigefinger zusammenführte und so ein »O« für O.K. formte. Dann deutete er auf Horst und anschließend auf Claudia, legte nun beide Zeigefinger parallel aneinander (das Zeichen für »Zusammentauchen«) und wies anschließend mit dem Daumen nach oben. Im Klartext also: Horst und Claudia sollten zusammen auftauchen, während Tom mit den anderen noch eine Weile unten blieb, zumindest so lange, bis ihm der nächste das 50-bar-Zeichen gab.

»Puhh, war das herrlich«, sprudelte es aus Horst heraus, kaum dass er an der Oberfläche war, seine Tarierweste mit ein paar Stößen Pressluft gefüllt und das Mundstück der zweiten Stufe des Lungenautomaten ausgespuckt hatte.

»Wunderbar«, bestätigte auch Claudia, die nur einen Meter von Horst entfernt aus dem Wasser auftauchte.

»Aber was wird wohl Tom sagen, wenn er registriert hat, dass wir den Sicherheitsstop auf fünf Meter ausgelassen haben?«

»Mist!«, entfuhr es Horst. Und vor lauter Ärger wegen dieses Versehens übersah er eine kleine Welle, die gemächlich in Richtung Ufer trieb. Schwupp! Schon war es passiert: Horst erwischte dank seines geöffneten Mundes eine ordentliche Portion Salzwasser und war die nächste halbe Minute mit sich und einem halberstickten Husten beschäftigt, ehe er wieder an die Sache mit dem verpassten Dekostop auf fünf Meter denken konnte.

»Na ja, so schlimm ist das ja wohl auch nicht, bei den knapp 15 Metern, die wir unten waren. Und dann grade mal«, er zog den linken Arm aus dem Wasser und schaute auf seinen Tauchcomputer, »na ja, 43 Minuten Tauchzeit. Da ist eine Dekopause noch lange nicht notwendig!«

»Im Prinzip hast du ja recht«, gab Claudia zu, »aber der Tom und die Chrissie haben es doch ganz klar gesagt, dass sie grundsätzlich bei jedem Tauchgang, ob tief oder nicht tief, ob lang oder kurz, einen dreiminütigen Dekostop auf fünf Meter einlegen. Und dass wir das auch immer tun sollen, solange wir hier sind. O.K., den Kopf wird er uns schon nicht runterreißen.« Damit drehte sie sich auf den Rücken und paddelte gemütlich auf das Ufer zu. Dank des Auftriebs durch die mit Luft gefüllte Tarierweste legte sie den Kopf ganz entspannt tief in den Nacken und genoss das prickelnde Gefühl, das die heiße tropische Sonne der Malediven auf der durch den Tauchgang abgekühlten Gesichtshaut hinterließ.

Einige Minuten nach den Meyers waren auch die anderen wieder zurück an der Tauchbasis und Tom, der Divemaster, kam auf die beiden zu. »Also, alles klar ihr zwei. Aber ...«

»... aber das nächste Mal vergessen wir auch den Sicherheitsstop auf fünf Meter nicht«, fiel ihm Horst ins Wort. »Versprochen!«

Tom lächelte. »Na dann ist ja wirklich alles roger. Dann könnt ihr, wenn ihr Lust habt, heute Mittag den Bootstrip mitmachen oder euch zwei Flaschen leihen und selber am Hausriff entlangtauchen. Ganz wie ihr wollt.«

»Wo geht's denn hin?«, fragte Claudia, die eine ordentliche Aversion gegen Bootstrips bei Tauchurlauben hegte. Da jettete man zu den schönsten Korallenriffen um die halbe Welt und hatte dann direkt vor sich die allerbesten Tauchbedingungen. Man brauchte praktisch nur zu stolpern und schon lag man mit der Nase in einer zauberhaftbunten Märchenwelt unter Wasser. Und da mussten die mit ihren Nussschalen immer noch stundenlang übers Meer düsen, nur um in ihr Taucherlogbuch einen neuen Namen, einen neuen Spot, eintragen zu können. Dabei waren die Fische dieselben, hier wie dort – und auf jeden Fall tausendmal bunter und zahlreicher als in den zahlreichen trostlosen schlammigen Baggerseen in Deutschland. Aber bitte, wenn die das brauchten. Sie jedenfalls brauchte das nicht!

»Also, der Platz ist wirklich super. Das ist ein Kanal am Außenriff, da könnt ihr ein bisschen Strömungstauchen. Euch einfach so durchtreiben lassen. Echt spitze! Und so stark ist die Strömung nicht«, fügte er rasch hinzu, als er den skeptischen Blick bemerkte, den Claudia in diesem Moment Horst zuwarf.

»Na ja – und wie lange dauerts bis zu der Stelle?«, Claudia war sich eigentlich ganz sicher, dass sie heute Nachmittag nicht auf dem Boot dabeisein musste.

»Das geht schnell, keine dreiviertel Stunde, dann sind wir da.« Tom machte eine wegwerfende Handbewegung.

Na, die dreiviertel Stunde kannte Claudia! Da musste man auf jeden Fall noch eine Viertelstunde dazurechnen – mindestens! »Ach, ich glaube, wir bleiben erst mal am Hausriff, da wars doch so schön grade. Was meinst du, Horst?«, fragend schaute sie Hotte in die Augen.

Der nickte zustimmend. »Morgen ist auch noch ein Tag, da macht ihr doch den Ausflug zum »Manta Point«. Da wär' ich auf jeden Fall gerne dabei.«

»Na gut, auch recht! Macht, was euch gefällt. Für den Trip morgen früh müßt ihr euch aber am besten gleich am Schalter in die Liste eintragen, sonst ist das Boot voll und ihr guckt in die Röhre. Zum »Manta Point«, da wollen nämlich alle mit. Total ungewöhnlich, dass die Mantas Ende November noch da sind. Das ist echt super, das versprech' ich euch! Allerdings«, und dabei warf er einen schrägen Blick auf Claudia, »der Trip dauert eine gute Stunde, bis wir da draußen sind, das muss dir klar sein!«

»Schon gut!«, resigniert zuckte Claudia die Schultern. Also doch Bootfahren! Andererseits wollte sie sich die riesigen Planktonfresser mit ihrer mächtigen Flügelspannweite von über drei Metern nicht entgehen lassen, die man am »Manta Point« anscheinend aus allernächster Nähe beobachten konnte.

»Also dann, bis morgen – und für heute nachmittag sagt ihr Chrissie, dass sie euch zwei Tauchflaschen bereitstellen soll. Tschüss!«, und damit marschierte Tom zum Schalter der Tauchstation, wo schon wieder zwei Neuankömmlinge mit ihm einen Checktauchgang vereinbaren wollten.

»Die sind schon in Ordnung hier, glaube ich. Nicht solche kodderschnäuzigen Kotzbrocken, wie vor zwei Jahren, mit denen man keinen einzigen halbwegs normalen Satz wechseln konnte«, fasste Claudia ihre ersten Eindrücke von der »Manta Dive Basis« zusammen, während sie ihre Ausrüstung im Süßwasserbecken durchspülte.

Als sie das Tarierjacket aus dem Wasser hob, fiel ihr Tauchermesser, das sich im Jacket verfangen hatte, zu Boden. Gerade wollte sie sich herunterbücken, da schoss blitzartig eine Gestalt um die Ecke, ergriff das Messer und hielt es ihr zusammen mit einer formvollendeten Verbeugung hin. »Bitte schön, Gnädigste. Nichts passiert! Das edelste Messer für die schönste Taucherin der Malediven!«

Es handelte sich um niemand anderen als den schwarzgekleideten Modeaffen vom Flughafen in Male, der sich dort an das Bebele herangemacht hatte. Horst stöhnte innerlich. Der hatte ihm gerade noch gefehlt, mit seinem salbungsvollen Gewäsch!

Claudia schien jedoch gar nicht so negativ berührt von dem Süßholzraspler. »Vielen Dank auch. Aber sagen sie Claudia zu mir!«

»Ja gerne doch, Gnädigste. Und ich bin Charlie. Charlie Sauer aus Essen. Aber als Taucher sind wir uns ja schon etwas näher, da sind wir ja wie üblich schon beim Du. Ich darf doch dabei bleiben!«

Ach du kriegst die Tür nicht zu! Das war ja nicht auszuhalten!

»Natürlich, Charlie. Und vielen Dank auch!«

War denn das die Möglichkeit – Claudia schien richtiggehend hinwegzuschmelzen bei dem ganzen albernen Schmäh! Das hätte er von seiner Frau dann doch nicht erwartet. Weiber! Leicht angesäuert hing Horst seinen tropfnassen Anzug zum Trocknen auf einen Kleiderbügel. Da kam ihm der Anmacher schon wieder in die Quere – wenn der wüsste, wie bescheuert er aussah mit seinem schwarzen Strampelanzug, der schon über den Knien endete!

»Na, heute wenig Luft gehabt?«

Auch das noch! Konnte der einen denn nicht in Ruhe lassen? »Na ja, es ging so«, knurrte Horst distanziert in sich hinein.

»Du musst dich ganz einfach ein wenig ruhiger im Wasser bewegen. Nicht so viel zappeln – und dann: langsam atmen, nicht stoßweise, ganz langsam ein- und ausatmen. Dann geht's gleich viel besser. Du wirst schon sehen!«

»Möglich!«, Horst war kurz davor zu explodieren. Sollte der schwarzgefärbte sich doch um seinen eigenen Dreck kümmern. Kein Mensch hatte den um Rat gefragt.

»Nun gut. War nur ein Tip. Kannst mich immer um Rat fragen, falls dir was unklar ist. Ich habe den Advanced (den Fortgeschrittenenschein) und den Rescuediver (Rettungstaucher) gemacht, alles also kein Problem. O.K.?«, kumpelhaft haute er Horst auf die Schulter.

Claudia, die genau mitbekommen hatte, wie es in Horst ausschaute, wirkte, als könne sie kaum noch an sich halten, um nicht vor Lachen loszuprusten. Doch glücklicherweise hatte der Zoro nun schon sein nächstes Opfer ins Visier genommen. Dabei handelte es sich um eine üppig ausgestattete Strandfee, die sich gerade kurz von ihrem Liegestuhl erhoben hatte, auf dem sie in der Sonne vor sich hindöste. Bekleidet (konnte man das überhaupt noch so nennen) war sie mit dem knappsten Bikini, den Horst je in seinem Leben gesehen hatte. Allein der Tanga, du liebe Güte, das haute ja den stärksten Bären glatt um! Und um sämtliche Klischees quasi auf einmal zu bedienen, war der Bikini durch ein Leopardenmuster verziert, während sich die Besitzerin des Fetzchens Stoff mit einer wasserstoffblonden Mähne schmückte, die ihr bis auf die Brustwarzen fiel, während Finger- und Fußnägel in den unterschiedlichsten Regenbogenfarben prangten: vom schrillen Gelb über ein knalliges Orange bis zu einem giftigen Grün. Selbstredend gehörte als Tüpfelchen auf das »i« auch noch eine megagroße und genauso coole dunkle Sonnenbrille aufs sorgsam gepuderte Näschen, und fertig war die Sexfalle. Bei etwas näherem Hinblicken im Tageslicht – und welcher Mann hätte sie nicht intensiv ins Visier genommen – fiel jedoch relativ schnell ins Auge, dass die Ablenkungsmanöver mit den verschiedenfarbigen Fingernägeln und dem knappen Bikini durchaus begründet waren: ihre besten Tage hatte die Diva ganz offensichtlich schon lange hinter sich.

Kein Problem jedoch für Charlie Sauer aus Essen, der offensichtlich sowieso eine gewaltige Affinität zum weiblichen Geschlecht verspürte. Kaum hatte er die Strandschönheit registriert, da fuhr er sich auch schon mit seiner Linken übers schwarzgefärbte, minipligelockte Haupt und stolzierte lässig in Richtung Liegestuhl, nicht ohne vorher noch sein Tauchermesser (ein riesiges neonfarbenes Teil, mit dem man einen Bullen hätte töten können) zu ergreifen und dieses Attribut seines männlichen Wagemutes beim Dahinschlendern wie zufällig auf seine Schärfe zu überprüfen. Was nun kam (»Hallo, wie geht's«, »Darf ich mich neben Sie setzen?«, »Wie wärs mit einem kleinen Cocktail an der Poolbar?«) konnte man sich lebhaft vorstellen.

Belustigt grinsten die anderen vor sich hin. »Na, der geht ja ran wie Blücher«, kommentierte Hans, der gerade den praktischen Teil seiner Tauchprüfung bestanden hatte, das Balzverhalten des Zoro.

»Ja – aber da steht ja auch das ganze Scheunentor sperrangelweit offen«, warf Petra, seine Partnerin, nun ein. »Ich hab die Blonde vorhin schon beobachtet, als wir den Strand hochgelaufen sind. Da hat sie sich mit ihrem Liegestuhl genau in Position gelegt – und zwar, das könnt ihr mir glauben, nicht wegen der Sonne!«

»Sei's drum, so haben die auch was vom Urlaub und sind glücklich und zufrieden. Und wir haben den Angeber eine Zeitlang vom Hals!«, Horst war zufrieden.

»Eben! Wie wärs mit einem kleinen Drink auf der Restaurantterrasse, zur Feier des Tages, weil wir grade unsere praktische Prüfung bestanden haben?«

Claudia, der die beiden ganz offensichtlich sympathisch waren, nickte. »Aber gern, sowas muss gefeiert werden!

Das ist doch schön, wenn sich die Büffelei im Urlaub gelohnt hat.«

»Genau! Aber pass auf, Hans, mehr als einer ist nicht drin. Heute abend kommt ja noch die Theorie!« Petra beugte einer allzu ausschweifenden Feier lieber gleich mal vor.

»Schon gut, schon gut!«, Hans hob abwehrend die Hände hoch. »Dann kommt halt heute Abend die Fortsetzung. O.K.?«

»O.K.!«, nickte Horst, dem es andererseits schon fast wieder zu schnell ging mit der Intensität der Bekanntschaft. Ein gemeinsamer Drink pro Tag hätte für den Beginn einer Bekanntschaft ja eigentlich auch ausgereicht. Andererseits: sie waren im Urlaub, also gut ...

»Aber erst mal die Prüfung schaffen, sonst gibts höchstens einen Kater, klaro?«, Petra tätschelte ihrem Hans die Wange.

Der spielte den Entrüsteten: »Ja also, die Prüfung. Du kannst mich zwar für dumm halten, aber soo blöd dann auch wieder nicht. Das sind ja Fragen, da gehört man eingesperrt, wenn man die falsch beantwortet! Multiple choice – also da muss man ja balla-balla sein, wenn man die falsch ankreuzt!«

»Und was ist mit den Rechnungen, Reststickstoff nach zwei Tauchgängen, Tauchgangsplanung und so? Na, da hast du anfangs aber einige Male daneben gelegen!«

»Das ist ja auch eine ganz schön komplizierte Kiste, mein lieber Herr Gesangverein! Und später, da braucht man den ganzen Mist doch gar nimmer, oder?«, Hans richtete einen fragenden Blick auf Horst.

Der wiegte den Kopf. »Na ja, eigentlich nicht. Uneigentlich aber schon. Wenn dein Tauchcomputer ausgefallen ist, zum Beispiel. Man ist ja nicht immer mit so vielen Tauchern zusammen, wie hier auf den Malediven. Denk nur mal an Bonaire in der Karibik. Da lädst du dir ein paar Flaschen in den Jeep und gehst dann irgendwo an einer Einstiegsstelle ins Wasser. Und sowieso, sich immer auf die Technik zu verlassen, das ist halt auch so eine Sache. Ist glaube ich schon ganz gut, wenn mans selber drauf hat. Wobei, das gebe ich zu: auf dem Hinflug musste ich auch erst mal wieder mit der Tabelle üben, bevor ich wieder wusste, wie's geht.«

Inzwischen waren sie auf der Restaurantterrasse angekommen. Dort saßen schon Protnik und das Bebele, beide allem Anschein nach intensiv in ihre Bücher vertieft. »Na, die erste Lektion im Wasser schon rum, Sputnik? Wie wars denn so?«, rief Horst dem Kollegen schon von weitem zu, und ohne eine Antwort abzuwarten, schob er Hans und Petra an den Tisch der beiden und führte sie ein: »Das sind ebenfalls zwei Tauchkollegen, die haben grade ihre praktische Prüfung bestanden und wollen einen darauf trinken!«

Protnik und das Bebele sahen von ihren Büchern auf und blinzelten kurzsichtig in die Sonne. Hans machte einen Schritt nach vorne und streckte die Hand in Richtung Uschi Abele aus: »Feierabend!«. Auch Protnik bekam einen Händedruck von ihm ab: »Feierabend!«

Verwirrt starrte Protnik auf sein Gegenüber: »Nein, noch nicht ganz. Die zwei Kapitel da soll ich bis heute nachmittag auf jeden Fall noch durchlesen, hat die Chrissie von der Basis gemeint.«

Hans grinste über das ganze Gesicht, während Protnik und das Bebele nun erst recht verwirrt aus der Wäsche schauten. »Nein, nein. Entschuldigung, so war das nicht gemeint mit dem Feierabend! Ich heiße nur so, Feierabend, Hans Feierabend! Das kommt davon, wenn man beim Tauchen nicht gleich auf Du macht. Also«, und nochmal streckte er den beiden die Hand entgegen, »nachdem Sie ja demnächst auch zu der Clique der Taucher gehören werden: ich bin der Hans und das ist die Petra! Grüß Gott!«

So ganz recht schien Uschi Abele die Sache mit dem kumpelhaften Du aber nicht zu sein: »Na, ich tauche aber nicht. Und ich wills auch gar nicht lernen!«, gab sie, spitz wie eine Nähnadel, zu bedenken.

Doch Hans ließ sich nicht von seinem Kurs abbringen: »Mitgefangen, mitgehangen!« Mit einem Blick auf die neben Uschis Stuhl liegende Maske samt Schnorchel und Flossen fügte er noch hinzu: »Und ein bisschen Schnorcheln ist ja immer drin. Das ist fast genauso gut wie Tauchen!« Kräftig schüttelte er dem Bebele die Hand.

Auch bei Protnik schien sich die Begeisterung in engen Grenzen zu halten, so gut kannte Horst seinen Kollegen. Der war vermutlich wieder mal nur eifersüchtig, dass sich da womöglich jemand zwischen ihn und die Meyers schob. Aber mit solchen Kinkerlitzchen wollte sich Horst gar nicht erst beschäftigen.

Aber immerhin: »Also, ich bin der Michael und das ist die Uschi«. Das Bebele kommentierte die Vorstellung zwar mit einem scharfen Seitenblick, aber was sollte sie dagegen schon unternehmen?

»Hallo Uschi, hallo Micha!«, nun schüttelte auch Petra den beiden die Hand. Protnik war zwar bei der Verkürzung seines Vornamens zusammengezuckt – Horst wusste, das konnte er noch viel weniger leiden, als »Sputnik« genannt zu werden – aber Protnik war andererseits zu feige, um die Sache gleich richtigzustellen.

Und so verging nach dem Mittag auch der Nachmittag in lockerer, entspannter Atmosphäre: ein bisschen trinken, ein bisschen reden, ein bisschen tauchen, ein bisschen dösen. Abends im Restaurant etwas essen, leider viel zu wenig Fisch und keine asiatische Küche, sondern nur »international food«, aber dennoch: hier zu sitzen, unter vom glasklaren Sternenhimmel beschienenen Palmen, am Abend immer noch gut und gerne 25 Grad (plus!!), eine üppig blühende Vegetation entlang der sich zu den einzelnen Bungalows hinschlängelnden Wege, da und dort ein rotes, blaues oder gelbes Licht, das die verschiedenen Büsche illuminierte, ja, doch – die Menschen hatten es schon selbst in der Hand, nicht nur Natur zu zerstören, sondern auch Paradiese zu erschaffen. Denn so schön, wie diese Insel sich mittlerweile den Touristen präsentierte, so schön war sie früher nie gewesen, nicht für die paar Einheimischen, die hier vielleicht einmal im stetigen Kampf mit der Natur ein armseliges Leben geführt hatten, und nicht, wenn die Investoren, die die Hotelinsel konzipiert und finanziert hatten, hier nicht den Komfort und Luxus (also zumindest elektrischen Strom und Süßwasser aus einer Meerwasserentsalzungsanlage) eingerichtet hätten, den ein Urlauber an der Schwelle zum nächsten Jahrtausend vom Paradies heutzutage ganz einfach erwartete. Palmen und Sandstrand allein: nein, das war schon lange nicht mehr paradiesisch genug!

Kapitel VI

Der nächste Tag hatte es wirklich in sich. Wenn man sich mitten im Urlaub tatsächlich wecken lassen musste – um 7.30 Uhr schon (!) – also irgendwo war das ja irgendwie schon ganz schön bescheuert, musste Horst sich selbst eingestehen. Aber andererseits hätte er sonst genausowenig wie Claudia den Trip zum »Manta Point« mitmachen können, und das bedeutete halt: 8 Uhr Frühstück, 8.30 Uhr zurück ins Zimmer, sich fertig machen, um dann spätestens um 8.45 Uhr an der Tauchbasis zu erscheinen, Equipement fertig machen, aufs Boot bringen und dann: ab die Post.

Und wie voll das Taucherboot dieses Mal tatsächlich war: das bedeutete Alarmstufe eins für die beiden Basisleiter Tom und Chrissie, die sogar wegen des enormen Andrangs ihren Gehilfen Achmed mit aufs Boot genommen hatten. Man sah ihnen die Anspannung an: immerhin 18 Taucher beim Trip an den »Manta Point«, aber dennoch waren sie ganz offensichtlich bemüht, nett und freundlich gegenüber jedem und jeder noch so dummen Frage zu bleiben. Immerhin.

Horst und Claudia ergaben sich schweigend in ihr Schicksal, mindestens eine Stunde lang eingezwängt inmitten von Tauchern aller möglichen und unmöglichen Nationalitäten (wobei sich die Deutschen eindeutig in der Überzahl befanden) in Richtung »Manta Point« geschippert zu werden.

Aber wie gesagt, die Sache war einmalig, Tom erklärte es ihnen nochmal: »Normalerweise sind die Mantas schon spätestens Mitte November weg, die schwimmen ja immer dem Plankton hinterher, von dem sie sich ernähren. Aber El Niño hat in diesem Jahr alles durcheinandergebracht. Das Plankton ist noch da, deshalb ist das Wasser auch noch so verhältnismäßig trüb, tja – und wie die Korallen aussehen, das habt ihr ja selber mitbekommen!«

In der Tat – nur war das den Meyers in ihrer Euphorie bei ihrem ersten Tauchgang noch gar nicht so recht aufgefallen: die Riffe waren so gut wie tot, das berüchtigte »coralbleeching« (die Korallenbleiche) hatte erbarmungslos zugeschlagen. Eigentlich war es nur mehr eine skurrile, blässlich-weiße Trümmerlandschaft, die man anstelle des in allen Farben schimmernden Korallenriffs unter Wasser antraf, und schuld daran war eben, zumindest sagten das die Taucher, El Niño. Der hatte das Meer im Mai und Juni auf 35 Grad, in den Lagunen gar auf 40 Grad Celsius aufgeheizt, und zwar weltweit, rund um den Äquator. Und das war für die empfindlichen Korallenpolypen entschieden zuviel gewesen, mehr als 30 Grad vertrugen sie nun mal nicht. Deshalb waren sie abgestorben, ob ganz und gar oder ob etwas weiter drinnen, im Kalkskelett der Koralle, einige Polypen noch überlebt hatten, das würden die nächsten Monate zeigen.

Doch Hoffnung gab es, zunächst einmal durch die Tatsache, dass die Fische in selten gesehenen Massen die Riffe besuchten und immerhin dafür sorgten, dass die grünlichen Algen, die sich zwischenzeitlich auf den abgestorbenen Korallenblöcken angesiedelt hatten, weggefressen wurden und so Luft und Licht für die Ansiedlung neuer

Polypen geschaffen wurden. Zum anderen erzählten die Einheimischen, daß es so etwas in der Vergangenheit immer mal wieder gegeben habe. Na hoffentlich!

Am »Manta Point« angekommen (nach eineinviertelstündiger Fahrt, Claudia hatte es doch geahnt!), erlebten sie die nächste negative Überraschung. Andere waren auch schon auf dieselbe Idee gekommen, den Mantas nochmal einen Besuch abzustatten, solange die sich noch hier aufhielten. Und so dümpelten bereits fünf weitere Taucherboote in den sanften Wellen des Indischen Ozeans.

»Du meine Güte«, stöhnte Claudia. »Und dafür hab' ich mich mitten im Urlaub in aller Herrgottsfrühe wecken und mich dann mit dieser Sardinenbüchse eine halbe Ewigkeit lang übers Meer schippern lassen! Mehr als ein paar Taucher sehen wir da unter Wasser doch garantiert nimmer!«

Auch Horst war skeptisch, wollte es sich aber nicht anmerken lassen. »Na, wart' doch erst mal ab. Vielleicht sind die ja schon eine Weile drin und kommen gleich wieder hoch.«

»Ja, genau wie die da drüben. Da, schau! Die hüpfen jetzt gleich ins Wasser!« Dabei streckte sie den Arm aus in Richtung Osten. »Da – und die da genauso! Da haben die Feierabends aber schon einen guten Riecher gehabt, dass sie da nicht mitgegangen sind!«

»Die wollten nicht, weil sie noch Anfänger sind. Das hast du doch selbst gehört!«

»Na ja, auf jeden Fall tauchen die jetzt quietschvergnügt am Hausriff rum und lachen sich eins! Und der Zoro, der hat den Braten wohl auch gerochen – guck mal, der ist heute auch nicht dabei!« Tatsächlich, der schwarzgefärbte »Rescuediver« war nicht mit aufs Boot gekommen.

»Kunststück – der steckt noch mit seiner Tussi zusammen unter der Bettdecke – wetten?«, fiel Horst das naheliegendste Motiv ein, das den Modeaffen bewogen haben könnte, auf das Manta-Abenteuer zu verzichten.

»Also – alle fertig? O.K.! Ihr sechs mit mir, die anderen sechs mit Chrissie und der Rest mit Achmed!« Tom, der Divemaster, unterbrach die Diskussion, die sowieso zu keinem greifbaren Ergebnis geführt hätte. »Gut – also meine Gruppe zuerst: ihr springt rein und dann taucht ihr gleich ab, auf 15 Meter. Da treffen wir uns dann. Alles klar? Gut! Und ab die Post!«

Einer nach dem anderen sprang mit einem lauten Platschen vom Boot ins Wasser und tauchte sofort, nachdem er das O.K.-Zeichen gegeben hatte, ab. Und siehe da: auch bei Horst klappte es nun – dank der zusätzlichen zwei Kilogramm Bleigewicht, das er nach den Erfahrungen beim Checkdive an seinem Gürtel befestigt hatte.

Kaum war er unten auf dem Grund bei den von Tom angegebenen 15 Metern angelangt, da gings auch schon weiter. Tom vornedraus, die anderen paarweise hinterher. Die Sicht war mittelprächtig – na klar, das Plankton! – und Strömung war auch zu spüren, ganz ordentlich sogar. Das würde ihn wieder Unmengen von Luft kosten, dachte Horst, während er angestrengt gegen die Strömung anpaddelte. Und kaum war es gedacht, musste er auch schon wieder einen besonders tiefen Atemzug aus dem Mundstück nehmen, gleich darauf noch einen, meine Güte: vor lauter Luftsparen brauchte man glatt das doppelte! Also, beim nächsten Mal würde er darauf bestehen, die 15-Liter-Flasche zu bekommen, mit 1,95 Meter Körperlänge, da brauchte man halt mehr Luft als ein Pygmäe. Aus, Schluss, Basta!

Und mit einem Mal waren sie da: die Mantas! Im ersten Augenblick noch hatte Horst gedacht, ein Boot hätte ihnen kurzfristig das Licht genommen. Aber nein, es waren die Mantas. Fünf an der Zahl – ein unglaublich majestätischer Anblick, wie sie da durchs Wasser schwebten! Horst umfasste Claudias linken Unterarm, die strahlte ihn durch die Maske hindurch an: Na bitte, es hatte sich also doch gelohnt, die stundenlange Bootsfahrerei mit dem Taucherdhoni auf sich zu nehmen!

Plötzlich bekam er einen Schlag auf den Kopf, dann trat ihn irgendetwas in den Rücken. Verärgert drehte er sich um: es war einer der Taucher vom Nachbarboot, der genauso entzückt vom Anblick der Mantas war wie Horst. Und in seiner Begeisterung hatte er nicht mehr darauf geachtet, ob einer über oder unter ihm tauchte, er hatte nur noch Augen für die majestätischen Riesen mit ihren gewaltigen Flügeln!

Typisch Taucher, dachte Horst. Ob sie fotografieren oder irgendwas Außergewöhnliches sehen: da sind sie dann wie kleine Kinder und haben für nichts anderes mehr Augen als für das Objekt ihrer Begierde. Und schwupps ist wieder ein Stück Koralle abgebrochen, so schnell geht das!

Auch den Mantas schien der Rummel allmählich zuviel zu werden. Ein paar wenige, elegante Schläge mit den Flügeln in Richtung Tiefe – und weg waren sie! Kein Taucher der Welt hätte sie mehr einholen können.

Auch Tom, der Divemaster, drehte sich jetzt um und gab seiner Gruppe ein Zeichen. Das bedeutete, sie konnten sich von nun an mit der Strömung treiben lassen, auf 15 bis 20 Meter Tiefe. Und dann, wenn die Luft in den Flaschen zu Ende war, wieder paarweise aufsteigen. Das Boot würde sie dann schon wieder einsammeln, schließlich verfolgte die maledivische Besatzung die Luftblasen ihrer Taucher ganz genau. Und gute Seeleute waren die Malediver ja obendrein. Ohne Karte, das Ruder mit dem linken Fuß bewegend, eineinviertel Stunden lang übers Meer zu fahren und dann genau am vorher ausgemachten Punkt zu halten, das war schon eine navigatorische Meisterleistung. Alle Achtung!

Ein Blick auf seinen Druckluftanzeiger belehrte Horst, dass es mit dem Tauchen bald vorbei wäre: schon wieder nur noch 60 bar in der Flasche! Mist! Vorsichtshalber stupste er die neben ihm schwimmende Claudia an und bedeutete ihr, dass er nun auf zehn Meter hoch gehen würde. Je näher an der Oberfläche, desto länger konnte er schließlich unten bleiben. Wenigstens noch fünf, sechs Minuten sich mit der Strömung treiben lassen – wunderbar.

Als sie auftauchten, war ihr Boot tatsächlich nur gut dreißig Meter von ihnen entfernt. Claudia pumpte Luft in ihre Weste, spuckte das Mundstück aus und winkte, laut »Hallo« rufend, mit dem ausgestreckten Arm in Richtung Boot.

»Claudia, lass das!«, Horst erntete daraufhin einen verwunderten Blick.

»Aber wieso denn – willst du etwa zu denen hin schwimmen? Du, das dauert eine Weile, das ist nämlich gegen die Strömung!«

»Nein, ich will dich nur davor bewahren, gerettet zu werden!«

Verständnislos erwiderte Claudia Horsts Blick. »Was meinst du denn damit?«

»Denk an das Taucherzeichen für Notfall, dann weißt dus! Wenn einer im Wasser winkt und macht und tut, dann ist das international das Zeichen für einen Taucher mit einem Problem. Wenn du aber die Fingerspitzen auf den Kopf legst und so mit dem Arm einen Kreis andeutest, dann heißt das: Ich bin O.K., ihr könnt mich holen. Aber nicht mit Tatü-Tata!«

»Wo er Recht hat, hat er Recht«, bilanzierte Claudia und winkte seelenruhig weiter, wenngleich jetzt etwas verhaltener als zu Beginn.

Wenig später kletterten sie auf das Boot. Na, zum Glück blieb Horst die Schmach erspart, als erster wieder einsteigen zu müssen. Denn ein ziemlich frustriert dahockendes Pärchen saß schon vor ihnen da. Voller Genugtuung registrierte Horst, dass die sogar schon trockene Haare hatten. Und er konnte es nicht lassen: »Na, irgendwas nicht in Ordnung gewesen?«

Während er sich ob dieser Frage einen tadelnden Blick von Claudia einhandelte, nickte die Frau bekümmert, während ihr Begleiter wütend auf den Boden starrte. »Ja, ich hab' irgendwie den Druckausgleich heute nicht hinbekommen. Bei fünf Metern war Schluss. Da hab' ich so furchtbare Ohrenschmerzen gekriegt, also«, dabei warf sie einen halb verlegenen, halb entschuldigenden Blick auf ihren Partner, der immer noch regungslos vor sich hinstierte. »Da hab' ich ihm zeigen müssen, dass ich nicht runterkomme. Und Chrissie hat uns dann wieder hochgeschickt. Irgendwie hab' ich meine Erkältung halt doch noch nicht ganz auskuriert. Sie scheint mir noch in den Ohren zu stecken, so ein Mist!«

Bevor das arme Mädchen jetzt womöglich gleich losheulte, versuchte es Claudia mit ein wenig Trost. »Das kann sich ganz schnell wieder beruhigen. Das kann morgen schon wieder ganz anders aussehen. Das Salzwasser und die warme Luft, die tun bei so einer Infektion auf jeden Fall gut.« Nachdem sie einen zweifelnden Blick der unglücklichen Taucherin aufgefangen hatte, setzte Claudia, ganz entgegen ihrer sonstigen Urlaubsgewohnheiten noch den entscheidenden Hinweis dazu: »Das kannst du mir ruhig glauben. Ich bin nämlich Ärztin!« Und nach einem beruhigenden Tatsch auf die Schulter der nun schon wieder etwas optimistischer dreinschauenden Frau schnappte sich Claudia ein Handtuch und legte sich neben Horst aufs Vorderdeck des Dhonis. Einen Vorteil hatte das frühere Auftauchen auf jeden Fall: den Platz an der Sonne auf dem Boot, den machte einem so wenigstens keiner streitig!

Ach – war das schön: hier zu liegen, in die Sonne zu blinzeln und sich im sanften Takt der Wellen wiegen zu lassen! Daran konnte man sich tatsächlich gewöhnen! Hier auf den Malediven könnte man es wirklich ein paar Tage aushalten, sofern das nötige Kleingeld vorhanden war. Und als Tauchlehrer die Tage zu verbringen? Nein, das war dann wohl doch zu stressig, jede Woche eine neue Gruppe: den einen das ABC beibringen, den anderen die ewig gleichen Spots zeigen und die ewig gleichen Fragen über sich ergehen lassen müssen. Nein, wenn schon auf den Malediven arbeiten müssen, dann als Bergsteiger. Ja, das wärs doch! Mit absoluter Sicherheit wäre das ein total stressfreier Job! Denn der höchste Berg der Malediven, – Horst schätzte vorsichtig – mehr als fünf Meter dürfte der kaum übersteigen. Mit solchen und ähnlichen Überlegungen, was seine berufliche Zukunft am Äquator betraf, dämmerte Horst friedlich in der Sonne vor sich hin.

Und dieses Mal dauerte es wirklich geraume Zeit, bis wieder alle an Bord waren. Da hatten doch tatsächlich zwei aus der zweiten Gruppe das Kunststück geschafft, auf eines der anderen Boote zu klettern, die auf ihre Taucher warteten. Und bis die – und die andere Bootsbesatzung – gemerkt hatten, dass sie sich im wahrsten Sinn des Wortes auf dem falschen Dampfer befanden und man dann das richtige Boot ausfindig gemacht hatte, das hatte eine glatte Stunde gekostet.

Natürlich hatte auch ihr Boot mit der Suche begonnen. Denn Chrissie und Tom war es allmählich mulmig geworden, als die zwei, von denen man eigentlich zu wissen glaubte, dass sie nach ungefähr 50 Minuten aufgetaucht waren, spurlos verschwunden blieben. Und so hatte man sich immer weiter von dem Boot entfernt, das die beiden Einfaltspinsel aufgenommen hatte. Mit verlegenem Gekicher der Vermissten fand jedoch schließlich auch diese Episode ein unspektakuläres Ende.

Kapitel VII

Es war schon zwei Uhr vorbei, als das Taucherboot endlich wieder am Bootssteg der »Manta Dive Basis«, die heute ihrem Namen gerecht geworden war, anlegte. Mit dem Ausladen und dem Ausspülen der Ausrüstung verging nochmal mehr als eine Viertelstunde, und so war es schließlich halb drei, bis die beiden Meyers endlich die Restaurantterrasse erreichten, wo sie sich eigentlich schon für zwölf, halb eins mit Protnik und dem Bebele verabredet hatten.

»Ja, du meine Güte, wo bleibt ihr denn bloß«, empfing sie ein schweißnasser Michael Protnik, dem das T-Shirt eng am Körper klebte.

»Wir haben schon gedacht, euch sei etwas zugestoßen! Beinahe hätten wir Alarm geschlagen«, in Bebeles Stimme schwang schon wieder der leicht kritische Unterton mit, der Horst aus seiner Ulmer Zeit nur allzu vertraut war. Außerdem hatte sie offensichtlich den ganzen Vormittag über in der prallen Sonne gelegen, denn so, wie ihre Haut jetzt aussah, hätte sie es an Farbintensität mühelos mit jedem Rotfeuerfisch aufnehmen können.

»Hat halt alles etwas länger gedauert als geplant, aber dafür wars ja auch bombig!«, Horst war immer noch fasziniert von den riesigen, schwerelos dahingleitenden Mantas, auch wenn es gerade mal fünf Minuten gewesen sein dürften, in denen die Taucher sie hatten beobachten können.

»Und bei euch?«, erkundigte sich Claudia, »wie ist es mit dem Tauchkurs gelaufen heute?«

»Welcher Tauchkurs?«, brummte Protnik. »Da waren doch heute alle Mann an Bord, um euch zu den Mantas zu begleiten. Deshalb haben sie den Kurs heute Morgen ausfallen lassen. Soll dafür nachher um vier eine Doppeleinheit geben, wenn sich nicht nochmal alles verschoben hat«, kritisch schaute er dabei auf seine Armbanduhr, sein ganzer Stolz, um gleich danach einen Fluch auszustossen. »Ja Himmeldonnerwetter nochmal! Jetzt ist das Scheißding schon wieder stehen geblieben. Erst vor zwei Stunden hab' ich sie doch nachgestellt!« Bekümmert betrachtete Protnik seine golden glitzernde »echt falsche« Rolex, die er vor anderthalb Jahren bei seinem Last-minute-Thailandurlaub in irgendeiner Spelunke erstanden hatte. Horst war von Anfang an skeptisch gewesen, aber Protnik hatte ihm mit dem Hinweis, er habe ja schließlich die wertvollere Version gekauft, die deutlich schwerere, und die habe glatte hundert Prozent mehr gekostet als die andere, den Wind aus den Segeln genommen. Als Protnik dann noch gestanden hatte, dass es sich bei den hundert Prozent um grade mal 25 Mark mehr handelte, da war Horst klar geworden, dass jede weitere Kritik ins Leere stoßen musste. Sollte Protnik halt seine Freude daran haben – hoffentlich recht lange!

Doch ausgerechnet jetzt im Urlaub hatte das wertvolle Stück den Geist aufgegeben. Wenn er Glück hatte, wars nur die Batterie. »Kaufst du dir halt eine neue Batterie im Flughafenshop, wenn wir zum Rückflug nach Male müssen!«

Betrübt schüttelte Protnik das mächtige Haupt. »Wenn das nur so einfach wäre. Ich habs schon neulich bei uns in

Deutschland probiert, weil ich gedacht habe, dass die Batterie bald zu Ende sein kann. Aber da hat mir keiner helfen können. Das ist irgendwas ganz Spezielles. Und als ich dann noch in meiner Verzweiflung beim Rolexhändler war, das hättet ihr erleben sollen! Dass der nicht gleich die Polizei geholt hat, als ich ihm die Uhr gezeigt habe, das fehlte noch! Um den mache ich seither einen großen Bogen! Schade! Dabei wars so eine schöne Uhr!« Und wieder warf er einen traurigen Blick auf die Zierde seines linken Handgelenks.

»Was glaubt ihr, was heute hier los war«, schaltete sich Uschi Abele nun in die Erörterung über das Ende einer Rolex ein. »Da war die Hölle los!«

»Wieso das denn? Scheint doch alles ganz ruhig und friedlich zu sein.«

»Ja – jetzt schon wieder. Aber kaum ward ihr weg heute Morgen, da sind gut und gerne 20, wenn nicht 25 Leute abgereist. Und die sind natürlich alle mit dem Wasserflugzeug geflogen!« Ob das ein Seitenhieb auf die sparsamen Schwaben sein sollte, die sich kostengünstiger stundenlang mit dem Speedboot hatten herchauffieren lassen? »Grade eine halbe Stunde später sind dann die anderen angekommen – und die haben jetzt schon alle ihre Zimmer bezogen. Also wirklich, da geht was – Donnerwetter!«

In ein Donnerwetter schienen auch Chrissie und Tom geraten zu sein, denn wie vom Teufel gejagt stürmten sie über die Restaurantterrasse in Richtung Hotelrezeption weiter. Waren das Tränen gewesen, die Horst in Chrissies Gesicht gesehen hatte? Kaum an der Rezeption angelangt, begann auch schon eine ganz ohne Zweifel erregte Debatte zwischen den beiden Tauchlehrern und einem der Manager des »Golden Lagoon Beach Ressort«.

»Was ist denn dort drüben los?«, auch Protnik hatte mitbekommen, dass irgendetwas ganz offensichtlich nicht so war, wie es hätte sein sollen. Weitere Hotelangestellte liefen nun an der Rezeption zusammen und sogar der Zollbeamte, ja den gab es tatsächlich auch in einer kleinen Hütte nahe am Bootsanlegesteg, kam nun angelaufen. Selbst seine sonst so freundliche Miene wirkte mit einem Mal besorgt oder besser bestürzt, keine Frage: hier gab es ein Problem!

»Mensch, Meier!«, ein strafender Blick von Horst ließ das Bebele verlegen blinzeln. »Entschuldigung, Horst. War nicht so gemeint. Aber da ist wohl was passiert, da drüben!«

»Hoffentlich ist keiner ersoffen!«, Protnik, der Mann aus Russland, war immer für eine drastische Formulierung gut, die allerdings ihre unausgesprochenen Vermutungen präzise auf den Punkt brachte.

»Bloß nicht!«, stöhnte Horst. »Wir haben Urlaub!«

Bevor er weiterreden konnte, hieb Tom mit einem gewaltigen Faustschlag auf die Theke der Rezeption, drehte sich um und lief in Richtung Bar, wo er sich, ohne einen der Angestellten um Erlaubnis zu fragen, eine Whiskyflasche aus dem Regal nahm, sie aufschraubte und einen gewaltigen Schluck aus der Pulle nahm. Wütend knallte er die Flasche anschließend auf den Tisch und ließ sich danach in einen der leerstehenden Sessel, ganz in der Nähe der Meyers, sinken. Den Kopf ins Genick geworfen, die

Hände vor das Gesicht geschlagen, saß er so reglos da, keine Frage: es musste sich um etwas Schlimmeres handeln!

Chrissie kam nun ebenfalls zu ihm herübergelaufen und mittlerweile war es nicht mehr zu übersehen: sie schien der Verzweiflung nahe und war vor Kummer völlig aufgelöst. Heulend setzte sie sich in einen Sessel.

Claudia und Horst warfen sich einen kurzen Blick zu. Horst nickte. »Ich geh' mal rüber zu ihr. Vielleicht kann ich ihr irgendwie helfen oder sie trösten!« Claudia erhob sich, ging zu der hemmungslos schluchzenden Chrissie hinüber und legte ihr die Hand auf die Schulter.

»Ist es so schlimm?«, ganz leise nur sprach Claudia die Frage aus, während sie Chrissie mit der anderen Hand beruhigend über den Kopf streichelte. Doch außer einem halberstickten Schluchzer zeigte Chrissie keinerlei Reaktion.

»Ja, weine dich nur erst mal aus!« Vorsichtig setzte sich Claudia auf die Armlehne des Sessels und drückte Chrissie an sich. »Lass erst mal alles raus, du wirst sehen, gleich wirds dann besser!«

Ein neuerlicher Schluchzer. »Nix wird gut, gar nix!«, gurgelte es aus Chrissie, bevor sie von einem weiteren Weinkrampf geschüttelt wurde.

Wie zur Bestätigung folgte vom Nachbartisch ein harter Schlag. Tom hatte mit voller Wucht mit der Handfläche auf die Tischplatte gehauen. Ein Wunder, fand Horst, dass die Glasplatte dabei nicht zersprungen war! Doch anstatt irgendeine weitere, womöglich gar verbale, Reaktion zu zeigen, verfiel Tom anschließend wieder in dieselbe Apathie wie vorhin: die Hände vors Gesicht geschlagen, reglos, kommentarlos. In der Zwischenzeit hatten sich weitere Urlauber, angezogen durch die merkwürdige Verhaltensweise der beiden Tauchlehrer, auf der Restaurantterrasse eingefunden.

Einer von ihnen, ein schmächtiger Schweizer, ein lustiger Bursche namens Urs, der rund um den Pool bisher unermüdlich für Leben und Fröhlichkeit gesorgt hatte, unternahm einen weiteren Anlauf, der Ursache für die Tränen und die Wut auf die Schliche zu kommen. »Na Tom, was ist denn dir für eine Laus über die Leber gelaufen? Haben sie dir einen Hai aus dem Stall gestohlen, oder?«, versuchte er es auf die lustige Tour.

Keine Reaktion!

Zweiter Anlauf: »Oder streiken etwa die Delfine heute Nachmittag?«

Null Bewegung!

Versuch Nummer drei: »Oder hast du die Chrissie mit dem Hassan im Bett erwischt?« Hassan war das schätzungsweise 60jährige, fast zahnlose, aber immer freundliche indische Faktotum der Tauchbasis.

Immerhin! Ein Schluchzer von Chrissie als Reaktion auf die spaßig gemeinte Bemerkung. Claudia drückte sie fester an sich.

»Aha – hab' ichs mir doch gedacht, oder! Da also liegt der Seehase im Pfeffer, oderr! Na, wenn das ...«, doch weiter kam der Spaßvogel nicht mehr. Was folgte, war neuerlich ein gewaltiger Schlag auf die Tischplatte (die war aber wirklich aus gutem Material!), danach ein wütender Schrei: »Den bring' ich um, das Schwein! Ich mach' ihn alle!!«

Erschrocken fuhr Urs zurück! »Aber Tom, das lässt sich doch regeln heutzutage«, stammelte der Schweizer erschrocken. »Deswegen bringt man doch keinen um, oder!«

Ein weiterer Schluchzer von Chrissie!

»Ich bring' den um! Wenn ich das Schwein in die Finger kriege! Ich mach' ihn hin!« Der ruhige, freundliche Tom!

Wie sich Menschen doch schlagartig ändern konnten! Horst beobachtete verwundert die Wandlung des sonst so netten und friedlichen Tauchlehrers. »Jetzt mach mal halblang, Tom«, versuchte Horst, der Angelegenheit näher zu kommen und womöglich einen Mord aus Eifersucht zu verhindern. Mord und Totschlag im Urlaub – als wenn er das nicht schon zur Genüge in seinem Job serviert bekäme! »Jetzt holst du dreimal tief Luft und beruhigst dich dann ein bisschen! Mit Rumbrüllen hat noch keiner seine Probleme lösen können! Da«, damit drückte er ihm sein halbvolles Bierglas in die Hand, »trink das erst mal. Und dann gucken wir, was los ist und wie wirs wieder auf die Reihe kriegen!«

In einem Zug stürzte Tom das Bier hinunter.

»Also, jetzt gehts uns doch gleich wieder viel besser?«, eigentlich verabscheute Horst solche Anreden wie »uns« und »wir«. Aber irgendwie war es ihm dieses Mal passend erschienen. »So und nun sagst du uns, wie wir dir helfen können!«

»Helfen!«, schnaubte Tom. »Helfen! Da kann keiner mehr helfen! Da ist schon alles passiert!« Wütend funkelte er die Umstehenden an. »Beklaut haben sie mich, die Schweine! Alles weg, das ganze Geld!«

Wie um das Gesagte noch zu unterstreichen ließ Chrissie ein verzweifeltes Aufheulen vernehmen.

»Beklaut seid ihr worden? Und alles ist weg?«, Horst ahnte düster, dass ihn sein Beruf wieder einmal auch im Urlaub nicht unbehelligt lassen würde.

»Alles weg!«, Tom nickte finster. »Die ganze Kohle, die ganzen Einnahmen von den letzten vier Wochen!«

»Fünf«, ließ sich da tatsächlich eine schluchzende Chrissie vernehmen. »Fünf Wochen. Das Geld von gestern war auch schon drin!«

»Taucheinnahmen von fünf Wochen!«, Horst bilanzierte hastig. Das mussten in der Tat mehr als nur zwei Mark fünfzig sein! »Aber doch sicher nicht in bar!«

»Doch! Eben drum! Natürlich in bar!«, verzweifelt schaute Tom in die Runde.

»Das Hotel akzeptiert doch keine Kreditkarten! Das heißt, die verlangen doch dann einen irren Aufpreis und deshalb haben wir euch doch allen gesagt, ihr sollt in bar bezahlen! Und wir geben dann dem Hotel seinen prozentualen Anteil an den Taucheinnahmen auch in Dollar!«

Richtig. Horst erinnerte sich. Das hatte ihnen Chrissie am ersten Tag erklärt, als sie sich zum Tauchen angemeldet hatten. Bezahlung in Dollars oder eventuell auch in DM sei auf jeden Fall für alle Beteiligten günstiger. Du meine Güte! Dann war aber wirklich was zusammengekommen! »Das sind ja dann aber tatsächlich einige tausend Dollar gewesen!«

»Ein paar tausend?!« Tom schnaubte verzweifelt. »Ein paar zehntausend – dann liegst du richtig!«

Neuerliches verstärktes Schluchzen aus Chrissies Richtung.

»Und das, verdammt noch mal, ausgerechnet heute! Als ob die Schweine gewusst hätten, dass wir morgen mit dem Hotel abrechnen wollten!« Wütend hieb sich Tom auf die Oberschenkel. »Und ausgerechnet dann, nachdem auch noch gestern Abend die letzte Truppe bezahlt hat! Das waren 15 Leute mal zwei Wochen!«

Horst rechnete im Stillen hoch. Im Durchschnitt 20 Taucher in der Woche, angenommen jeder hatte das günstige »Non-limit-Paket« gebucht, also eine unbegrenzte Zahl von Tauchgängen in sechs Tagen, das waren 290 Dollar pro Woche und Nase. 20 mal 290 Dollar, das ergab 5800 Dollar, dieses wiederum mal 1,7, dann hatte man die Zahl in DM. Also, ganz langsam: Horst versuchte, sich zu konzentrieren. Richtig! Das waren runde 10.000 Mark! In Worten: zehntausend! Du meine Güte! Das war kein Pappenstiel! Zumal es da ja auch noch andere Pakete gab: den »Open-Water-diver«, den Grundschein, der war teurer, ebenso der »advanced«-Kurs. Also: zehntausend Mark pro Woche waren eher untertrieben. Vorsichtig, um nicht noch mehr Salz in die Wunden zu streuen, begann er: »Habe ich dann richtig gerechnet, Tom? Ungefähr fünfeinhalb tausend Dollar in der Woche, mal 5 Wochen?«

Unglücklich nickte Tom.

»Also«, rechnete Horst nun laut weiter. »5500 mal 5, das ergibt 27.500 Dollar – und das mal 1,7. Das sind dann fast 50.000 Mark!«

Nun flossen die Tränen bei Chrissie überreichlich.

»Das reicht noch nicht! Denk an die Bootstrips – die haben wir ja auch im Auftrag des Hotels kassiert!« Die Taucherboote durfte die Basis nur vom Hotel mieten. Denn auch hier wollten die Inselbetreiber direkt mitkassieren. Und wem das nicht passte, der konnte seine Ausrüstung zusammenpacken und seine Basis sonstwo aufmachen. Bewerber gabs schließlich wie Sand am Meer: die anderen warteten ja nur wie die Geier darauf, dass eine Tauchschule neu besetzt werden konnte. Und deshalb war es dem Hotelmanagement auch möglich, knallhart und so gar nicht asiatisch-freundlich die Preise zu diktieren.

Tom unterbrach Horsts Überlegungen. »Rechne getrost mal 20 Dollar pro Tag für die Bootstrips.«

Horst zuckte innerlich zusammen. Soviel hatte er für die Bootsausfahrten eigentlich nicht kalkuliert gehabt. Er hatte angenommen, die seien wesentlich billiger, so zwei, drei Dollar pro Fahrt und deshalb hatte er sich naiverweise gar nicht erst nach den Preisen erkundigt.

»20 Dollar!«, entfuhr es ihm. »Mein lieber Schwan! Da kommt aber schon noch was zusammen!«

»Sag' ich doch!«, Tom nahm nun die linke Hand zu Hilfe und zählte ab. »Also, ein, zwei, drei, vier, fünf: fünf Wochen mal 20 Taucher. Das sind 100. Und diese 100 kannst du jetzt mit 20 multiplizieren, das gibt 3000 Dollar – und das sind dann auch schon wieder 5000 Mark!«

»Sind das eigentlich immer nur Dollar und DM, oder auch Lire?«, mischte sich in diesem Augenblick Charlie Sauer, der Zoro aus Essen, in die Verlustschätzung ein. Woher der denn mit einem Mal aufgetaucht war?

Verwundert glotzten ihn die Umstehenden an. »Was soll denn die Frage?«, herrschte Tom den Fragesteller an. »Ob Dollar, DM oder Lire, futsch ist futsch! Natürlich waren da auch Lire dabei – von den Italienern, die heute abgereist sind. Na und?!«

»Na – ich hab ja bloß gemeint! Aber bitte, dann halt nicht!« – beleidigt drehte sich der Zoro weg. Etwas unschlüssig schien er nun dazustehen, offensichtlich überlegte er noch, welche Art des würdevollen Abgangs denn in diesem Fall die beste zu sein schien. Doch die Entscheidung wurde ihm in Form eines Bikinimädchens abgenommen, das keine 30 Meter von der Runde entfernt am Strand entlang stolzierte. Ihr schulterlanges (aber blondiertes) Haar wehte leicht in der sanften Brise. Um den Zoro war es augenblicklich geschehen. Stolz wie ein Gockel nahm er sogleich Haltung an und folgte der Urlauberin, höchstwahrscheinlich ein Neuankömmling, auf dem Fuß. Eigentlich ein armes Schwein, dachte Horst bei sich, der kann ja gar nicht anders, der wird förmlich dazu getrieben, jedem Rock hinterherzulaufen. Und überall den Rammler spielen müssen, na, das wird irgendwann ja auch mal öde.

Und damit wandte er sich wieder dem eigentlichen Problem dieses Nachmittags zu, von dem der Zoro mit seiner merkwürdigen Frage kurzfristig abgelenkt hatte.

»Also – runde 60.000 Mark sind weg ...«

»... und meine Kette, die ich immer in den Tresor gelegt habe«, ließ sich mit einem Mal nun auch Chrissie vernehmen. »Die schöne, mit unserer Insel als Anhänger, weißt du, Tom!«

Traurig blickte sie in die Richtung ihres Partners.

Der nickte resigniert. »Ja – ausgerechnet die auch noch! Dreckschweine, elende!«

»Ist doch gut!« Mit diesem Ausruf meldete sich nun auch Michael Protnik zu Wort – und erntete natürlich ob dieser Schlussfolgerung ziemlich erstaunte Blicke.

»Was soll denn daran gut sein, wenn einem auch noch der Schmuck gestohlen wird?«, empört drehte sich Tom in Protniks Richtung.

»Weil wir vielleicht dann den oder die Diebe doch noch erwischen können!« Ein triumphierendes Lächeln lag auf Protniks Lippen. »Wenn die schon so dumm waren, neben dem Geld auch noch Schmuck zu stehlen – so könnten wir sie doch kriegen ...«

Horst nickte zustimmend. »Na ja – da könntest du sogar recht haben. Dazu müssten wir jetzt nur ...«

»... alle Bungalows durchsuchen«, fiel ihm Protnik ins Wort, der die Brillanz seiner Idee natürlich selbst vorstellen wollte. »Also: Wir durchsuchen jetzt einfach alle Bungalows, und da, wo wir den Schmuck finden, da sind auch die Dollars. Da haben wir den Dieb! So einfach ist das. Fertig, aus!«, zufrieden und beifallheischend schaute er in die Runde.

Mit einem hoffnungsvollen Augenaufschlag kehrte wieder etwas Leben in die bis dahin völlig in sich zusammengesunkene Chrissie zurück. »Meinst du wirklich?«

»Aber klar doch – das muss so gehen! Da müssen alle mitmachen! Und wer sein Zimmer nicht durchsuchen lassen will – na, da wissen wir ja dann auch Bescheid!«

»Glaube ich nicht!« Die Runde der Diskutanten vergrößerte sich jetzt offenbar rapide. Auch Hans Feierabend, der gestern Morgen mit den Meyers den Check-Dive absolviert hatte, mischte sich nun in das Gespräch.

»Und wieso nicht?«, die Schärfe in Protniks Stimme war nicht zu überhören. Wo der doch sowieso alle Anzeichen der Eifersucht offenbart hatte, als die Meyers Hans und Petra Feierabend gestern mit an den Tisch gebracht hatten. Und nun wollte der ihm auch noch seine Taktik kaputt machen! Ausgerechnet der! Ihm! Ein Laie einem Experten! »Was soll denn da nicht funktionieren?«

»Leider was ganz Einfaches! Ich will mal so anfangen: wann ist denn der Diebstahl eigentlich passiert?« Unglaublich! Horst sah es seinem Kollegen förmlich an, dass der kurz vor dem Platzen war. Wer war denn hier bei der Polizei? Der oder der Sputnik?

Doch Feierabend fuhr unbeirrt von den Blitzen aus Protniks Augen fort: »Ich denke, doch irgendwann zwischen eurer Bootsfahrt und eurer Rückkehr?«

Tom zuckte resigniert die Schultern: »Wird wohl so sein! Heute Morgen war noch alles in Ordnung – oder Chrissie?«

Auch Chrissie hob hilflos die Hände. »Also heute Morgen war der Tresor noch zu – da bin ich ganz sicher. Ich hab' ja selber noch was reingelegt – die tausend Dollar, die mir die beiden aus Düsseldorf gestern Abend nach dem Essen noch bezahlt haben, weißt du?«

Tom nickte düster. »Allerdings – zwei Wochen Tauchen für die Katz. Schwupp – weg isses!«

»Und Chrissie hat es gesagt: deshalb gehts nicht!«, schaltete sich Hans Feierabend wieder ein. »Die beiden Düsseldorfer sind heute morgen abgefahren ...« Bedeutungsvoll machte er eine Pause.

»Ja – abgefahren, na und? Hätte ich von denen nochmal kassieren sollen, oder was?«, man konnte Tom seine Aggressivität angesichts der schlimmen Situation nicht verdenken.

»Nein«, beschwichtigend hob Feierabend die Hände. »So habe ich das nicht gemeint. Aber überlegt doch mal: die sind abgefahren heute Morgen, jene sind abgefahren, da war doch die Hölle los vor lauter Anreisen und Abfahrten!«

Jetzt dämmerte es allen so ganz allmählich, was Hans Feierabend eigentlich hatte sagen wollen. Horst fasste es zusammen: »Und weil da jede Menge Leute abgereist sind, kann natürlich auch der Dieb längst schon über alle Berge sein.« Zustimmend nickte Hans. »Und deshalb meinst du, nützt auch eine Durchsuchung nichts mehr, wenn fast 20 Prozent der Verdächtigen gar nicht mehr auf der Insel sind.«

Wieder nickte Feierabend. »Von insgesamt 100 Gästen auf der Insel sind 25 bis 30 abgereist. Und derjenige, der das Geld hat, soll ausgerechnet noch da sein? Das erlauben die nie, vom Hotel, dass jemand unter diesen Umständen alle Bungalows durchwühlt! Und es ist ja auch sinnlos, nicht wahr?« Zustimmung heischend blickte er in die Runde. Keiner widersprach ihm mehr, betroffene Stille füllte den Raum, nur Chrissies Schluchzen war zu hören.

»Und was dann? Dann können wir ja zusammenpacken!« Tom war der Erste, der weitersprach. »Den Laden können wir zumachen. Wenns wenigstens unser Geld gewesen wäre, vielleicht hätten wir das ja noch irgendwie überstanden. Aber das Bootsgeld gehört ja eh dem Hotel und von den Taucheinnahmen müssen wir auch die Hälfte abliefern. Mit anderen Worten: Wir sind pleite!«

Chrissies depressives Schluchzen wurde durch dieses ernüchternde Fazit nicht leiser.

»Wenn wir nicht diese verdammten Jackets alle neu gekauft hätten! Die sind ja alle noch nicht abbezahlt!« Tom schien allmählich eine Lawine aus roten Zahlen auf sich zurollen zu sehen.

»Na ja, aber das Hotel wird euch doch sicher entgegenkommen!«, versuchte Horst, die Zukunft nicht ganz so düster scheinen zu lassen.

»Die? Uns etwas stunden oder darauf verzichten? Nie und nimmer! Das sind knallharte Geschäftsleute! Wie gesagt: die zocken uns grundsätzlich als Miete für die Tauchstation die Hälfte unserer Einnahmen ab – und wehe, du versuchst, an denen vorbei abzurechnen. Direkt mit den Gästen. Dann bist du so schnell draußen, so schnell kannst du gar nicht gucken!«

»Na – aber die werden euch doch nicht den Teppich unter den Füßen wegziehen. Ihr arbeitet doch schon jahrelang zusammen. Das hast du doch selber gesagt!«

»Na und? Für die sind wir Langnasen! Und die sollen bezahlen. Und wenn sie das nicht tun, dann fliegen sie. Na, Prosit!«, Tom war um seine Zukunftsaussichten wirklich nicht zu beneiden. Aber was sollte man da machen?

Hilfesuchend blickten sich Horst und Claudia in die Augen. Doch mehr als deprimierte Ratlosigkeit konnten sie sich gegenseitig auch nicht signalisieren. Der Tag war auf jeden Fall gelaufen! Urlaub! Von wegen!

Kapitel VIII

In der folgenden Nacht war für Horst an Schlaf nicht zu denken. Zu viele Gedanken schwirrten in seinem Kopf herum. Mit einem Schlag war er aus seiner Urlaubslaune wieder in den schnöden Polizistenalltag hineinbefördert worden. Und dabei hatte er sich so auf diesen Urlaub gefreut!

Claudia, die neben ihm lag, hatte es gut. Die brauchte, genau wie im Flugzeug, nur die Augen zu schließen und schon befand sie sich in Morpheus' Armen. Und er? Er dämmerte frustriert vor sich hin, verfolgt vom Geschehen des heutigen Tages und genervt von der unaufhörlich surrenden Klimaanlage, die ihr Zimmer auf Kühlschranktemperatur herabsetzte. Genau, das war es: so hörte sich das Geräusch an! Wie der Kühlschrank zu Hause in der Küche! Und genauso kalt war es auch. Urlaub im Kühlschrank! Na ja – mal was ganz anderes. Hoffentlich holte er sich nicht, wie im vorletzten Urlaub, wieder eine Erkältung. Schnupfen bei 35 Grad im Schatten – die Triefnase hatte ihn bislang einmal in seinem Leben heimgesucht und das hätte ihm für den Rest seiner Existenz auf dieser allzu flachen Erdenscheibe eigentlich auch gereicht.

Seufzend setzte sich Horst im Bett auf und warf einen bitterbösen Blick in Richtung Klimaanlage. Schon am gestrigen Abend hatte er vergeblich an deren Einstellknöpfen herumgeschraubt, doch ohne Erfolg. Da konnte man drehen und drücken soviel man wollte, das blöde Ding hatte weder ein anderes Geräusch von sich gegeben, noch die Temperatur auch nur um ein Zehntel Grad herauf- oder herabgesetzt. Aber vielleicht klappte es ja heute Abend!

Horst erhob sich und ging zu dem rechteckigen Loch in der Bungalowwand, durch das sie von außen die Klimaanlage hineingeschoben hatten. Zwei Knöpfe gab es auf der rechten Seite: der eine war offensichtlich der »Ein/Aus«-Schalter, entzifferte er mühsam die von einem klebrigen Schmutzfilm überzogene Schrift im dämmrigen Licht der Nachttischlampe. Der andere Knopf sollte ganz offensichtlich zur Regulierung der Temperatur dienen: nach links bedeutete »wärmer«, nach rechts drehen »kälter«. Also – ein entschiedener Dreh nach ganz links, vielleicht funktionierte es ja diesmal.

Horst horchte gespannt auf das monotone Brummen der Anlage. Aber nichts tat sich. Mist! Dann eben erst mal ganz nach rechts drehen, vielleicht hängt da ja irgendwas, vielleicht ist halt etwas verklemmt. Ein entschiedener Rechtsdreh: so – jetzt müsste die Post abgehen, jetzt müsste sie auf Höchststufe schnurren!

Doch so angestrengt Horst auch auf ein akustisches Anzeichen wartete, das ihm signalisieren sollte, dass der Kühlautomat reagierte, egal ob in die eine oder in die andere Richtung, nichts tat sich!

»Mistvieh, elendes!«, entfuhr es ihm. Nachts um 11 Uhr auf den Malediven im Zimmer zu stehen und zu frieren wie ein Schneider, wo gabs denn sowas! Nicht in seinen ärgsten Alpträumen wäre er darauf gekommen. Von wegen Bergsteiger auf den Malediven als Traumberuf! Da herrschten ja am Mount Everest dagegen fast noch tropische Temperaturen! Also gab es nur noch eine Möglichkeit: den anderen Knopf. Horst drehte das verklebte Ding ganz nach links, bis zum Anschlag. Und noch ein sanfter Dreh, ein knirschendes Geräusch: »Oh Gott, auch das noch!« Mit einem Mal hielt Horst den in zwei Teile zersprungenen Kunststoffknopf in der Hand. »Made in Taiwan« stand auf der Klimaanlage und sämtliche Vorurteile gegenüber der Billigware aus dem Fernen Osten schienen mit einem Schlag (beziehungsweise mit einem einzigen Knirschen) wieder bestätigt: konnten die Kerle dort aber auch nicht wenigstens einen besseren Kunststoff verwenden! Da hatte wieder irgendein Mister Fu oder Mister Chang an einem Tausendstel Pfennig Material gespart! Aber dennoch: es gab noch Wunder auf dieser Welt! Tatsächlich war das monotone Surren beendet, die Maschine durch Horsts entschiedene Drehbewegung ganz offensichtlich in den Ruhezustand versetzt worden. Nur noch ein letzter Hauch kalter Luft wehte in den Raum herein.

»Na bitte, geht doch!« Voller Stolz über seine technische Meisterleistung warf Horst die Überreste des Knopfes schwungvoll in den Papierkorb.

An Schlaf war jetzt freilich nicht mehr zu denken: Der Kampf mit der Klimaanlage und die Sache mit dem Diebstahl heute Nachmittag, die ihm nicht aus dem Kopf ging, hatten den letzten Rest von Müdigkeit vertrieben. Na gut, dann würde er eben noch einen kleinen Spaziergang rund um die Insel einschieben. Zur Zeit herrschte ohnehin Vollmond, Romantik pur also! Horst streifte sich seine Shorts und ein Poloshirt über, schlüpfte in die Sandalen und drückte Claudia einen vorsichtigen Kuss auf die Wange. Die ließ ein wohliges Schnaufen vernehmen, offenbar hatte der sanfte Kuss so etwas wie das Tüpfelchen auf dem »i« in einem wunderschönen Traum dargestellt. Claudia auf jeden Fall schien sich für die nächsten Stunden in tiefstem Schlaf zu befinden. Er knipste das Licht aus und tastete sich vorsichtig zur Tür, die er leise öffnete und hinter sich wieder schloss.

Tatsächlich – es war Vollmond! Ein herrliches Bild, der leuchtend gelbe Mond am klaren blauschwarzen Sternenhimmel, wie er durch die riesigen Blätter der großen Kokospalmen hindurch schien. Wie aus einem Kitschfilm über Urlaub in der Südsee! Also doch Bergsteiger auf den Malediven! Was konnte es Schöneres geben! Diese atemberaubende Atmosphäre auf dem winzig-kleinen Sandfleck irgendwo im Indischen Ozean: ja, das war wirklich Urlaub, das würde die trüben Gedanken in Windeseile fortblasen!

Auf der Insel herrschte vollkommene Ruhe, nur die eigentümlich schwirrenden Geräusche der Flughunde, die ab und an über die Palmen schwebten, waren zu vernehmen. Die Urlauber waren alle zu Bett gegangen und auch von den Angestellten des Hotels sah er keinen mehr. In der Rezeption, an der Bar und im Restaurant waren die Lichter ausgeknipst worden. »Eine Insel ganz für mich allein, das ist Robinson Crusoe hoch drei«, murmelte Horst glücklich und wieder vollkommen mit sich und der Welt zufrieden vor sich hin. Das Paradies auf Erden, so schön, wie es Robinson natürlich nie und nimmer vorgefunden hatte. Denn, darüber war sich Horst durchaus im Klaren, der Begriff Paradies war Definitionssache. Was sich in Dokumentarfilmen als Paradies präsentierte, die man sich zu Hause im Fernsehen und dabei gemütlich auf dem Sofa liegend anschaute, das konnte für den »normalen Menschen« durchaus die Hölle auf Erden sein.

Ein Stückchen palmenbewachsener Insel irgendwo am Äquator, was war das denn schon, wenn es keinen elektrischen Strom hier gäbe, kein Süßwasser zum Duschen, keine Beleuchtung, keine Toiletten, keine Getränke außer brackigem leicht salzhaltigem Wasser von dem Wasserloch im Inselinneren? Zum Essen außer ab und an einer Kokosnuss immer nur Fisch, Fisch und nochmals Fisch? Schlafen in einer palmwedelbedeckten, nach Moder und Schimmel riechenden Hütte, durch deren Dach es während des Monsun unaufhörlich tropfte und auf deren Boden (auf dem man sich nachts zum Schlafen hinlegte) sich die Ameisen ihre Straßen bahnten! Ungeziefer noch und noch! Keine Medikamente im Krankheitsfall, kein Arzt, kein Nichts, kein Niemand! Und natürlich erst recht keine eisgekühlten »Tropendrinks« mit Strohhalm, Orangenscheibe und Maraschinokirsche – von wegen!

Nein – alles in allem: nicht jedes Paradies ist wirklich eines, und ein paar Kokospalmen am weißen Sandstrand allein machen nicht das aus, was man als Mensch um die Jahrtausendwende herum vom Paradies gemeinhin erwartet. Paradiese im modernen Sinn sind immer von Menschen mit Hilfe der Natur geschaffene Kunstlandschaften, aber nie und nimmer Natur pur! Allein die Wege, die sie hier auf der Insel durch das Gebüsch angelegt hatten, die verschiedenfarbig angestrahlt wurden, die Gärtnertruppe, von denen zwei ständig mit dem Gießen der von ihnen gepflanzten Sträucher beschäftigt waren. Dann diejenigen, die permanent als eine Art moderner Sisyphus die Blätter von den Wegen kehrten, die anderen, die mit dem Baumschnitt beschäftigt waren, die Pflanzer, und und und: Paradiese aus Menschenhand, nicht mehr und nicht weniger! Was Menschen doch im positiven Sinn alles schaffen können und wie sie die Natur an anderen Stellen der Welt genauso vernichten können – die Menschen haben es in der Hand, die Hölle auf Erden zu schaffen oder das genaue Gegenteil, das Paradies.

Natürlich war sich Horst bei aller Urlaubseuphorie auch darüber im klaren, dass er hier eine Art Potemkinsches Dorf vorgeführt bekam: weiter drinnen im Inselinneren, dort wo die Meerwasserentsalzungsanlage stand, wo der Generator Tag und Nacht vor sich hin dieselte, wo die Bediensteten des Hotels wesentlich weniger komfortabel als die Urlauber in tristen Mehrbettzimmern hausen mussten, also in der »restricted area«, die für die Inselgäste tabu war, da stellte sich die Sache mit dem Paradies schon wieder anders dar. Horst hatte gestern – neugierig wie man als Polizeibeamter halt nun mal von Berufs wegen schon war – einen kurzen Blick ins technische »Herz« des »Golden Lagoon Beach Ressorts« riskiert und dort eben die Kehrseite der Medaille entdeckt, bevor er von einem der Angestellten (die dort übrigens keineswegs so propper und clean gekleidet waren wie die Bedienungen an der Bar oder im Restaurant) entdeckt und genauso höflich wie bestimmt wieder auf die normalen

Urlauberpfade hinauskomplimentiert worden war. Wer vom Management hatte es schon gerne, hinterher lästige Fragen beantworten zu müssen, zum Beispiel Fragen von der Sorte wie: weshalb wird nachts der gesamte Plastikmüll dort drinnen verbrannt, wieviel Liter Dieselöl werden pro Tag für den Generator benötigt, welche Energie frisst die Entsalzungsanlage, weshalb tropft die Leitung hier und was tropft da eigentlich heraus? Fragen über Fragen – eben solche, die das Urlaubsparadies selbst in Frage gestellt hätten und die deshalb im Garten Eden schlicht tabu waren ...

Ein Lichtblitz unterbrach Horsts philosophisch-ökologische Betrachtungen. Oder hatte er sich geirrt. Verwundert blickte er sich um, doch außer dem wunderschönen Vollmond im glasklaren Sternenhimmel war keine weitere Lichtquelle zu entdecken. Als sei das Licht von der Nachbarinsel gekommen, die in zirka zwei-drei Kilometer Entfernung vom Südrand der »Golden Lagoon« aus dem Wasser ragte. Aber diese Insel war doch, so zumindest hatten sie ihm gestern auf der Tauchbasis erklärt, gar nicht bewohnt. Sie sei viel zu klein und nur manchmal habe man bis vor ein-zwei Jahren ein jungvermähltes Ehepaar eine romantische Nacht in einer jedesmal wieder von neuem mit Palmblättern gedeckten Hütte verbringen lassen. Doch der Bedarf an Romantik sei nie so groß gewesen, wie das vom Management eigentlich erwartet worden war, die meisten hätten nach zwei, drei einsamen Stunden auf dem gottverlassenen Eiland schon wieder mit dem ihnen überlassenen Funkgerät Kontakt zum Hotel aufgenommen und verlangt, man solle sie gleich wieder abholen. Allein zu zweit auf einer menschenleeren Insel – das hatte für viele schließlich mehr von einem Horrortrip an sich gehabt als von Romantik pur, und so war die Sache mit dem Extra Honeymoon im Paradies vom Management eben wieder beerdigt worden.

Da – schon wieder ein Lichtblitz! Aber dieses Mal – Horst war sich sicher – dieses Mal wirklich von der unbewohnten Insel drüben. Und jetzt: schon wieder, und nochmal! Fast wie Lichtzeichen, eine Art optisches Morsealphabet, na sowas!

Und was war das? Das war doch wieder eine Signallampe, die da geleuchtet hatte, aber in diesem Fall war sie von hier und nicht von der Nachbarinsel aus bedient worden! Gespannt näherte sich Horst der Lichtquelle, die den Zeichen von drüben Antwort zu geben schien. Vorsichtshalber (Polizistenroutine eben) verließ er den Strand und bewegte sich nun mehr im Schutz der Büsche vor, die eine Art natürliche Begrenzung zwischen dem zirka fünf Meter breiten blütenweißen Strand und dem Gürtel von Kokospalmen bildeten, die die Insel umsäumten.

Horst hielt inne: Jetzt war es ganz deutlich zu sehen! Da zuckte ein Lichtblitz von drüben über das Wasser herüber, und noch einer – anschließend folgte postwendend die Antwort von hier. Und nun sah er auch schemenhafte Gestalten am Strand stehen, die mit einer starken Unterwasserlampe die Antwortsignale aussandten. Was mochte da wohl vorgehen? Also – irgendwie rätselhaft und nicht ganz koscher schien die Geschichte ja schon zu sein! Hatte das merkwürdige Geschehen hier um Mitternacht womöglich irgendetwas mit dem Diebstahl zu tun, den es hier heute Morgen gegeben hatte?

Auch Michael Protnik und Uschi Abele fanden in dieser Nacht keinen Schlaf. Beide hatten sich im Bett aufgesetzt und ihre Bücher beiseite gelegt, in denen sie eigentlich vor dem Einschlafen noch hatten lesen wollen. Stattdessen diskutierten sie nun intensiv das Geschehen des vergangenen Tages.

»Also komisch ist das ja schon, dass wir da auf dieser Insel sitzen, vor uns hindösen und nebendran wird solange jemand beklaut!«, Protnik schüttelte traurig den Kopf.

»Na, also komisch würde ich das ja nicht nennen!«, warf Uschi Abele ihm einen tadelnden Seitenblick zu. »Da wird jemand um seine ganze Existenz gebracht und du findest das auch noch komisch!«

»Ach was! So meine ich das doch nicht mit dem komisch! Ich finds nur merkwürdig – wenn dir das Wort besser passt«, Protnik seinerseits nun warf dem Bebele einen schrägen Blick hinüber, »ich finds nur merkwürdig, dass wir praktisch daneben sitzen und nix mitkriegen. So groß ist die Insel ja wirklich nicht!«

»Groß nicht, da hast du recht«, sinnierte Uschi vor sich hin. »Aber eben dicht bewachsen und jeder geht seinem Hobby nach.«

»Genau«, pflichtete Michael Protnik ihr bei. »Alle sind im Urlaub und mit sich und ihren Freizeit-Aktivitäten beschäftigt. Da denkt kein Mensch an Überfall, Mord und Totschlag!«

»Na, so schlimm wars dann wohl auch wieder nicht! Dass ihr nie vergessen könnt, dass es auch kriminelle Handlungen außerhalb der Mordkommission gibt! Schließlich ist keiner dabei ums Leben gekommen, oder?«, herausfordernd sah das Bebele ihrem Gegenüber in die Augen.

»Hoffentlich bleibts auch dabei!«, Protnik konnte es halt einfach nicht lassen! »Ich hab schon Pferde kotzen sehen, vergiss das nicht!«

Wütend funkelte Uschi ihn nun an. Jetzt hatte er sich aber endgültig im Ton vergriffen! »Sputnik, lass das! Wir sind doch nicht in der sibirischen Taiga! Vermute doch nicht immer gleich hinter jedem popeligen Diebstahl Mord und Totschlag! Und dann diese Ausdrucksweise! Man könnte meinen, du kämst aus Russland!«

Na warte! Doch Protnik besann sich im letzten Moment eines Besseren. Was würde es schon bringen, wenn er das Bebele jetzt auf die Palme brachte? Dann konnte er den Urlaub abschreiben. Krieg im Doppelbett – Nein, danke! Also waren gute Miene zum bösen Spiel und jede Menge Diplomatie angesagt. »Also – und was jetzt?«

»Jetzt beweis doch mal, dass du ein guter Kriminaler bist!«

Kanaille! »Und wie soll ich das deiner Meinung nach anstellen? Bin ich Hellseher oder was?« Jetzt wurde er aber doch allmählich richtig sauer! Was glaubte die denn eigentlich, wen sie vor sich hatte? Ihren Schuhabstreifer oder was?!

»Na, wie habt ihr das denn immer gemacht, der Hotte und du? Ihr habt euch hingesetzt und die möglichen Täter ganz allmählich eingekreist. Die einen ins Gespräch gebracht, die anderen Namen wieder verworfen – und plötzlich sind da dann nur noch zwei oder drei Verdächtige übriggeblieben!«

Aha – so war das: das Bebele wollte also selber mal ein bisschen Polizei spielen! »Ja, aber ich kann doch jetzt nicht hergehen und die halbe Insel vernehmen, wie stellst du dir das denn eigentlich vor?«, Protnik wusste wirklich nicht, was das Ganze für einen Sinn machen sollte. Auch als Polizist hatte er schließlich a) sein Recht auf Urlaub, b) auf ungestörten Urlaub und c) hatte man den Durchblick für alles und jedes durch den Beruf deshalb noch lange nicht gepachtet.

»Na, komm schon, jetzt probiers halt mal!«, Uschi rutschte von ihrer Bettseite ganz nah an Protnik heran. »Jetzt sei ein lieber Bär und tus doch mal – für mich wenigstens!«

Tun ja – aber Protnik hätte angesichts der voluminösen Fülle, die das Bebele ihm in ganzer Pracht entgegenreckte, doch lieber etwas ganz anderes getan. Doch er kannte seine Uschi Abele mittlerweile gut genug, um zu wissen, dass die nun nicht mehr locker lassen würde. In gespielter Verzweiflung verdrehte er die Augen. »Also gut. Vorher bekomme ich ja eh keine Ruhe mehr!«

Zustimmend nickte die Kanaille mit dem Kopf.

»Also! Wo fangen wir an?«

»Ganz einfach!«, Uschi schien erkennbar nun Feuer und Flamme. »Wer war denn alles zur Tatzeit auf der Insel?«

»Jede Menge Leute. Wir zum Beispiel, dann diese neuen Taucher-Bekannten von Horst und Claudia. Ein paar Schnorchler, die nicht mit rausgefahren sind zum »Manta

Point«. Dann die ganzen Leute, die am Vormittag abgereist sind ... also mindestens 50 bis 60 Urlauber. Und dazu kommen noch«, bedeutungsvoll sah Protnik in Uschis Augen, »zirka einhundert Angestellte, die ja sowieso immer da sind. Macht summa summarum also«, er gönnte sich eine Kunstpause und tat, als ob er zusammenzählen müsse, »rund 160 Verdächtige! Na dann – Prost Mahlzeit!«

Uschi schien zu begreifen, zumindest konnte man den folgenden Seufzer in diese Richtung interpretieren. Doch andererseits wollte sie so schnell noch nicht klein beigeben. »Und wenn wir jetzt mal nur an die denken, die heute Nachmittag um Tom und Chrissie herumgestanden sind, als Tom beinahe ausgerastet ist?«

»Na gut – aber obs was bringt, ist fraglich. Ob sich der Dieb ausgerechnet da hat zeigen wollen«, Michael Protnik legte skeptisch seine Stirn in Falten.

»Von wem stammt denn der Satz, dass es den Täter immer wieder an den Tatort zurückzieht? Das war doch irgendein ganz berühmter Kriminalist, oder?«, Uschi schien in den letzten Jahren bei der Kripo tatsächlich den einen oder anderen Theoriebrocken aufgeschnappt und ganz offensichtlich auch verdaut zu haben.

»Ja schon – aber die Restaurantterrasse war ja schließlich nicht der Tatort!«

Doch Uschi ließ trotzdem nicht locker. »Aber vielleicht war es dem Täter ja wichtig mitzubekommen, in welche Richtung unser Verdacht läuft. Um dann schnell reagieren zu können ...«

»... und dann ganz schnell in Richtung Male zu schwimmen, um abzuhauen!«

Ein wütender Blick von Uschi ließ Protnik verstummen. »Also was jetzt? Machst du jetzt mit oder hast du nur blöde Sprüche auf Lager?!«

»Schon gut, schon gut!«, besänftigend hob Protnik die Arme. »Dann lass uns mal die einzelnen Typen durchgehen. Da wäre zum Beispiel ...« Plötzlich musste er lächeln, denn die erstbeste Person, die ihm eingefallen war, die war wirklich gut. »Zum Beispiel der schwarze Zoro vom Flughafen ...«

Prüfend schaute ihm Uschi in die Augen. Wollte er sie schon wieder auf den Arm nehmen? Doch Protnik spielte die Unschuld in Person und redete rasch weiter. »Der hat sich ja schon irgendwie saudumm in das Gespräch eingemischt – findest du nicht auch?«

»Nö, wieso? Was war denn da?«

»Na – als er plötzlich gefragt hat, ob denn auch Lire gestohlen worden seien! Als ob das eine Rolle spielte! Finde ich schon irgendwie merkwürdig – du nicht?«

Peng – jetzt hatte das Bebele den schwarzen Peter (beziehungsweise Zoro) am Hals hängen! »Man wird ja wohl noch fragen dürfen«, mehr brachte sie in der ersten Verwunderung nicht über die Lippen.

»Aber so was Abstruses?! Also ich weiß nicht! Auf jeden Fall nicht frei von jedem Verdacht, der Kerl. Und obwohl er doch angeblich so ein toller Taucher ist, war er nicht mit auf dem Trip zum »Manta Point«! Noch merkwürdiger – findest du nicht!«

»Na ja«, widerstrebend musste Uschi ihm beipflichten. Zumindest eigenartig war die Frage, ob denn auch italienische Lire gestohlen worden seien, schon gewesen.

Allzu lange freilich wollte sich Protnik mit dem schwarzgefärbten Don Juan auch wieder nicht beschäftigen müssen. Aber noch einen draufsetzen, aus Rache dafür, dass sich Uschi am Flughafen so bereitwillig hatte anmachen lassen, warum eigentlich nicht? »Das heißt, der ist doch am Abend vorher mit irgendeiner Stranderoberung herumgezogen. Wahrscheinlich hat er die abgeschleppt und ist dann vor lauter amore einfach nicht rechtzeitig aus den Federn gekommen, um noch den Bootstrip mitzumachen!«

Uschis Miene nach zu urteilen, hatte der Schuss gesessen. »Also: doch eher nicht verdächtig. Wen haben wir dann noch? Diese Feierabends da, Petra und Hans. Was ist mit denen?«

»Na ja. Der hat mir immerhin die Tour vermasselt, was das Durchsuchen der Bungalows angeht. Wenn der nicht darauf hingewiesen hätte, dass ja soundsoviele Leute an diesem Tag abgereist sind, dann hätten wir die Häuser ganz schnell durchsuchen können und vielleicht doch was gefunden!« Protnik hatte die beiden sowieso auf dem Kieker. Was hatten die sich auch an seine Freunde Claudia und Horst ranschmeißen müssen. Also sympathisch waren die ihm nicht, trotz dem ganzen freundlichen Getue. Aber verdächtig? »Ich kann mir aber nicht vorstellen, dass die den Zaster geklaut haben!«

»Ich eigentlich auch nicht«, schüttelte Uschi den Kopf. »Aber wie war das eigentlich überhaupt mit dem Diebstahl, wie sind die denn überhaupt an das Geld herangekommen?«

»Gute Frage«, nickte Protnik. »Vor lauter Rechnen,

wieviel denn wohl gestohlen worden ist, und vor lauter Mitleid mit den beiden haben wir das noch gar nicht gefragt. Das holen wir morgen früh nach. O.K. Und jetzt«, jovial schlang er seinen Arm um Uschi, »jetzt machen wir das Licht aus und schöpfen Kraft für die Frage, die wir morgen beantworten müssen. Denn heute, heute kommen wir sowieso nicht mehr weiter.« Sprachs – und knipste den Lichtschalter aus, in der Hoffnung, dass Uschi begriff, wie er nunmehr den weiteren Teil der Nacht zu verbringen gedachte.

In der Zwischenzeit verfolgte Horst das Geschehen am Strand intensiv weiter. Im Schutz der Büsche hatte er sich bis auf knappe zehn Meter an die Gruppe herangeschlichen. Was führten die bloß im Schilde? Dass sich da etwas abspielte, das die Grenzen der Legalität deutlich überschritten hatte, das war dem erfahrenen Polizisten auf jeden Fall jetzt schon klar, was immer es auch sein mochte. Angestrengt spähte er durch die Zweige: Eins, zwei, drei, vier Leute zählte er, die da offenbar angestrengt Ausschau hielten – auf irgendetwas, das wohl von der Nachbarinsel kommen sollte. Noch ein Lichtzeichen, oder was?

Und da sah er es: fast im selben Moment wie einer der Männer, der plötzlich den Arm ausgestreckt hatte und mit gedämpfter Stimme seinen Kumpanen etwas zuflüsterte. Aus Richtung der Nachbarinsel kam ein Boot auf sie zugeschwommen, ein kleines Ruderboot. In der Dunkelheit konnte man es nur schemenhaft erkennen, aber doch: zwei Männer schienen darin zu sitzen! Vorsichtig rudernd, so als wollten sie jedes überflüssige Geräusch vermeiden, näherten sie sich der Stelle, an der die geheimnisvollen Gestalten warteten.

Nun kam Bewegung in die Gruppe der Männer am Strand. Eilig verschwanden sie hinter den Büschen, um wenig später, jeder bepackt mit einem Bündel, das aussah wie ein Rucksack, wieder hervorzukommen.

Horst hielt den Atem an. Handelte es sich beim Inhalt der Rucksäcke etwa um das aus dem Safe der Tauchbasis gestohlene Geld?

Wieder verschwanden die Männer im Gebüsch und wieder schleppten sie vier Bündel mit sich, die sie am Strand vor sich abstellten. In der Zwischenzeit kam das Boot immer näher und gleichzeitig verwarf Horst seine Theorie. Nein, um das gestohlene Geld konnte es sich dabei nicht handeln, oder vielmehr nicht nur. Solch ein Volumen nahmen selbst 60.000 Mark in hundert DM Scheinen nicht ein, um damit acht, nein jetzt schon zwölf rucksackgroße Bündel zu füllen. Da musste es sich um etwas anderes handeln, aber was nur? Dass die ganze Sache nicht legal sein konnte, stand fest, denn weshalb sonst musste man sich nach Mitternacht im Schutz der Dunkelheit treffen und weshalb war außer spärlichen Blinkzeichen und wenigen, kaum hörbar geflüsterten Befehlen nichts zu hören und zu sehen. Oder war das Diebesgut nun heute noch zusätzlich mit dem Geld aus dem ausgeraubten Safe komplettiert worden? Musste es deshalb heute nacht abgeholt werden und verschwinden?

Jetzt war das Boot nur noch wenige Meter vom Ufer entfernt. Die Männer zogen die Ruder ein und machten sich bereit zum Aussteigen. Horst war gespannt, was jetzt wohl gleich passieren würde.

Und das, was dann wirklich passierte, hätte er sich nicht träumen lassen. Wie ein Blitz aus heiterem Himmel brach nun ein ohrenbetäubender Lärm los, ein gutes Dutzend Lampen flammten auf, heisere Befehle in einer fremden Sprache erschollen aus einem Megaphon. Die Männer aus dem Boot versuchten augenblicklich zu wenden und begannen verzweifelt am Starterzug des Außenbordmotors zu hantieren, der freilich bei den ersten beiden Versuchen nicht anspringen mochte. Während die vier, die bereits am Strand gestanden hatten, in den ersten Momenten wie betäubt schienen und nun erst nach Fluchtmöglichkeiten Ausschau hielten, waren sie von der mindestens dreifachen Überzahl an dunkelhäutigen Uniformierten bereits umzingelt und auch die Männer vom Boot ...

Das war das Letzte, was Horst in dieser Nacht bewusst wahrnahm. Denn mit einem Mal verspürte Horst einen gewaltigen dumpfen Schlag auf dem Hinterkopf und ihm wurde schwarz vor Augen. Dass dem ersten auch noch ein zweiter, nicht minder heftiger, Schlag folgte und dass er augenblicklich wie ein vom Sturm gefällter Baum auf den weißen Sandstrand niedersank, das verlor sich bereits im unendlichen Nebel der tiefen Bewusstlosigkeit, in die er nun eintauchte.

Kapitel XI

Die Kopfschmerzen in seinem Schädel pochten höllisch. Schon bei der kleinsten Bewegung der Augenlider gesellte sich zu dem latenten dumpfen Schmerz am Hinterkopf noch ein Stechen, als ob ihm ein Bajonett durch den ganzen Körper gestoßen würde. Wo um alles in der Welt befand er sich und was war eigentlich mit ihm passiert?

Wie von ferne vernahm er Stimmen. Stimmen von Personen, die ihm irgendwie vertraut vorkamen. Und ganz, ganz langsam dämmerte es ihm. Die Nacht, die Lichtzeichen, das Boot, die Männer am Strand, der plötzliche Lärm und ... Die Erinnerung an die Schläge auf den Hinterkopf verursachte einen neuerlichen Schmerzschub. Ein gequältes Stöhnen entrang sich seinem Mund.

»Horst ... ganz ruhig ... wird alles bald wieder ...« bruchstückhaft drangen merkwürdig gedämpfte Wortfetzen wie durch einen dicken Wattebausch hindurch an sein Ohr. Wo hatte er die Stimme schon mal gehört. »... musst nur ruhig liegenbleiben ... wird schnell besser werden.« Richtig! Das war ja Claudias Stimme! Voller Freude öffnete er die Augen und versuchte, den Kopf in die Richtung zu drehen, aus der er Claudias Stimme gehört hatte. Das war ein Fehler, denn wiederum durchfuhr ihn das Bajonett auf der gesamten Körperlänge. Ein neuerliches Stöhnen war die Folge.

»Ruhig, Horst, ganz ruhig! Du musst erst mal allmählich zu dir kommen«, eindeutig war das Claudia, die beruhigend auf ihn einsprach! Und nun konnte er sie auch schon besser verstehen! Und riechen! Das war doch ihr Parfüm, das da ganz schwach in sein Unterbewusstsein drang. Ja – sie war es! Gerade beugte sie sich mit dem Kopf über ihn und sah ihm forschend in die Augen. »Na, mein Held. Die Erde hat dich wieder!« Vorsichtig streichelte sie mit dem Handrücken seine Wange. Wie gut das tat! Die Lebensgeister schienen tatsächlich langsam, ganz langsam wieder in seinen Körper zurückzuströmen.

»Wo, wo bin ich?«, brachte er unter Aufbietung seiner ganzen Willenskraft hervor, den dumpfen Kopfschmerz ignorierend, der ihm das Sprechen so mühsam machte. »Was ist passiert?«

»Alles ist in Ordnung. Wir haben dich in die Hotelhalle gebracht, ins Arztzimmer, und da hab ich dir eine eiskalte Kompresse auf deine Megabeule gelegt. Ich hoffe, dass wir die Schwellung so in Grenzen halten können. Sei froh, dass nichts aufgeplatzt ist. So wirst du jetzt halt ein, zwei Tage ein bisschen zermatscht herumlaufen, aber das dürfte es dann auch gewesen sein.«

Also – manchmal war es schon von unbestreitbarem Vorteil, mit einer Ärztin verheiratet zu sein. Zwar mit einer Kinderärztin, aber Beule war Beule, ob bei einem Kind oder einem Erwachsenen, und da wusste Claudia mit Sicherheit am besten, wie sie das so gut wie möglich hinkriegte. »Aber die Beule ...«, fragend schaute er ihr ins Gesicht. »Wie bin ich überhaupt dazu gekommen?«

»Ganz einfach: du warst zur falschen Zeit am falschen Ort!« Claudia wusste, wie sehr er solch eindeutige Antworten liebte! Doch bevor er dagegen protestieren konnte, legte sie ihm die Hand auf die Schulter und fuhr fort: »Du hast deinen Mitternachts–Strandspaziergang ganz einfach an der falschen Stelle unternommen. So bist du nämlich direkt in eine Aktion der maledivischen Polizei geraten. Die ist vor einiger Zeit vom Hotelmanagement unterrichtet worden, dass seit mehreren Wochen immer wieder Gegenstände und Waren aus dem Hotel verschwinden. Und dass das alles von den Touristen mitgenommen wurde, das haben sie schon aus der langjährigen Erfahrung heraus einfach nicht glauben können. Flaschenweise Wodka, Whisky, Rum aus der Bar. Cocktailshaker, Besteck. Das hat in solch einem Tempo abgenommen, dass der Manager die Polizei eingeschaltet hat. Und die hat bald einen ganz gewissen Verdacht gehegt. Er da übrigens, unser Zollbeamter, das war so etwas wie der verdeckte Ermittler in dieser Sache ...« Claudia deutete mit der rechten Hand durch die Glasscheibe in den Vorraum. Dort stand der Zollbeamte, über dessen Anwesenheit in seiner notdürftig zusammengenagelten Bretterbude mit Namen Zollstation sie sich schon lustig gemacht hatten. Zollbeamter auf einer Malediveninsel: Das war als Job fast genauso gut wie Bergsteiger auf den Malediven.

Claudia fuhr fort: »Man hat den regulären Zollbeamten einfach gegen den Ermittler ersetzt. Der hat ein paar Wochen beobachtet, sich seine Pappenheimer ausgeguckt und dann schließlich Alarm geschlagen. Und als sie gerade zugegriffen haben, dann warst du ausgerechnet mittendrin!«

Allein dieses Fazit ließ eine neuerliche Schmerzwelle vom Kopf bis zu seinen Füßen wallen. Horst stöhnte abermals vernehmlich. »Ja aber, wieso hab ich dann eins abbekommen. Seh ich denn aus wie ein Schmuggler oder ein Ladendieb?«

»Nicht unbedingt, aber du weißt doch: nachts sind alle Katzen grau. Und wie soll da einer in der Eile unterscheiden, wer zu wem gehört. Da gilt nur eins: auf sie mit Gebrüll! Und wen man hat, den hat man!«

So blöde diese Schlussfolgerung auch war, sie stimmte – leider! Horst war versehentlich in eine Polizeiaktion geraten. Letztendlich konnte er nur von Glück sagen, dass es bei Handgreiflichkeiten geblieben war und dass es nicht auch noch einen Schusswechsel gegeben hatte! Nicht auszudenken ...

»Und wie hast du mich dann gefunden?« Schließlich war es immer noch Nacht und der Ort des Geschehens lag auf der hotelabgewandten Inselseite. Mit Sicherheit hatten nur die allerwenigsten Touristen etwas von der nächtlichen Polizeiaktion mitbekommen.

»Das war eigentlich ganz einfach. Ich habe irgendwann in der Nacht furchtbar geschwitzt, es ist unwahrscheinlich heiß gewesen im Zimmer.« Natürlich – Horst hatte doch die Klimaanlage außer Betrieb gesetzt – daran hatte er gar nicht mehr gedacht! »Du warst weg, zu trinken war auch nichts da, die Klimaanlage anscheinend kaputt, da bin ich halt aufgestanden und hab geguckt, ob ich noch irgendwas zum Trinken organisieren könnte. Tja – und grade, als ich zur Rezeption kam, da haben sie dich angeschleppt!«

Vorsichtig tastete Horst mit der Hand nach der Beule an seinem Hinterkopf. Die bloße Berührung seiner Haare fuhr ihm schon in die Knochen: das musste ja ein Mordsschlag gewesen sein, der da auf ihn niedergefahren war!

»Keine Sorge, ist alles noch dran. Und ist viel schmerzhafter als dramatisch. Mit Sicherheit kein Schädelbruch. Wie gesagt, zwei Tage, dann wird's wieder gehen!«

Zwei Tage! Das bedeutete, zwei Tauchtage weniger, gleich vier Tauchgänge! Und das im Urlaub. Na bravo!

Mit einem Mal kam ihm eine Frage in den Sinn. »Und das gestohlene Geld? Hat man das bei denen denn gefunden?«

Claudia schüttelte den Kopf. »Fehlanzeige! Man hat das gefunden, wonach man gesucht hat. Aber das Geld von Tom und Chrissie war nicht dabei! Und die Kette auch nicht – ich habe extra danach gefragt«, setzte sie hinzu. »Mit anderen Worten: diese Diebe sind mit ziemlicher Sicherheit nicht dieselben, die die Basis bestohlen haben! Harmlose kleine Riffhaie sozusagen, um im Taucherjargon zu bleiben, aber nicht die großen Räuber.«

»Mist! Aber das wäre ja auch zu einfach gewesen«, konstatierte Horst, der nun allmählich eine bleierne Müdigkeit in sich aufsteigen fühlte. Es war Zeit, aufs Zimmer zu gehen. »Meinst du, ich kann mich auf dich stützen und wir schaffen es hinüber zum Bungalow?«

»Probieren geht über studieren! Aber ich denke, wir kriegen das schon hin«, nickte Claudia und half ihrem Horst ganz langsam und vorsichtig, sich aufzusetzen. »Geht es oder wird dir schwindlig?« Forschend sah sie ihm in die Augen.

»Nein, nein, geht schon«, wehrte Horst, der sich alles andere als fit fühlte, mit mattem Kopfschütteln ab. »So, und jetzt stütze ich mich auf dich!« Mit größter Willensanstrengung und noch größerer Mühe gelang es ihm tatsächlich aufzustehen. Mit kleinen schlurfenden Schritten, begleitet von den betretenen Mienen der Hotelangestellten, schafften sie es aus dem Zimmer, hinaus an die frische Luft.

»Ah, tut das gut!«, Horst sog die frische Nachtluft begierig ein. »Da geht es gleich wieder viel besser!«

Nach wenigen Minuten hatten sie es geschafft – Horst lehnte sich an die Wand ihres Bungalows, während Claudia die Türe aufschloss und danach einen überraschten Laut ausstieß.

»Was ist denn?«, Horst war jetzt alles recht, nur bitte: keine wie auch immer gearteten Überraschungen mehr!

»Das musst du dir anschauen! Komm, hak dich bei mir ein.« Claudia schob ihren Gatten durch die Tür ins Zimmer und der war nicht minder erstaunt, als er die Überraschung erblickte: das Bett frisch bezogen, die Decke in einem kunstvollen Faltenwurf über die Matratze gelegt, das ganze geschmückt mit einem fantasievollen Muster aus frischen roten und weißen Oleanderblüten. Auf beiden Nachttischchen jeweils eine riesige Schale mit frischem Obst: Ananas, Äpfel, Bananen, Mangos, Papayas, Orangen, Weintrauben. Und auf dem Tisch ein Sektkübel samt einer Flasche Champagner zwischen Eiswürfeln, eingerahmt von einem Schild mit der (deutschen!) Aufschrift: »Gute Besserung!«

»Das können sie einfach, die Asiaten! Darin sind sie unschlagbar!« Claudia war begeistert. Gerade mal anderthalb bis höchstens zwei Stunden waren seit den nächtlichen Vorfällen vergangen – und das Hotel hatte reagiert. So prompt und perfekt, wie das mit Sicherheit kein noch so gut geschultes europäisches Management je hinbekommen hätte: einfach klasse eben!

Und noch etwas kam Horst in den Sinn, bevor ihm die Augen zufielen: es war überhaupt nicht warm im Zimmer. Die Klimaanlage hatten sie auch noch repariert!

Kapitel XII

Am nächsten Morgen beim deutlich verspäteten Frühstück war das Erstaunen perfekt, als sich die beiden Meyers schließlich neben Protnik und dem Bebele an den Tisch setzten.

»Was habt ihr denn heute nacht im Bett getrieben? Ringkampf, Catchen oder was?«, verwundert deutete Protnik auf den Verband, den Horst noch immer um den Kopf trug, damit die kühlende Kompresse auf seiner Beule nicht verrutschte. »Und überhaupt: du siehst ja aus, als wäre dir heute Nacht der Leibhaftige persönlich begegnet! Was um alles in der Welt ist denn passiert!«

Und so erzählte Horst seine Geschichte, gelegentlich unterbrochen von erstaunten Ausrufen seiner beiden Gegenüber.

»Da ist draußen der Bär los und unsereins liegt einfach im Bett und kriegt nichts mit – unglaublich!«, entgeistert schüttelte Uschi Abele den Kopf.

»Sei bloß froh, dass du nicht dabei warst – also so lustig war das weiß Gott nicht!« fasste Horst seine Empfindungen in einem Satz zusammen.

»Und in der Haut von denen, die sie geschnappt haben, möchte ich jetzt auch nicht stecken, in irgendeinem Dreckloch namens Gefängnis in Male, wo es modrig und feucht ist und die Ratten dir ...«

»Protnik, bitte!«, stöhnte Horst. »Mir reichts für diesen Urlaub wirklich. Können wir denn jetzt nicht allmählich das Thema wechseln und ausnahmsweise mal keine Probleme mehr wälzen?«

Gerade als sich Protnik nickenderweise einverstanden zeigte, da nahte bereits das nächste Problem in Person von Tom, dem Leiter der »Manta Dive«-Tauchbasis.

»Hallo Tom, wie gehts dir denn?«, mitfühlend ergriff Claudia den Tauchlehrer am Arm. »Da komm, schnapp dir einen Stuhl und setz dich her! Wie wärs mit einem Kaffee?«

Traurig schüttelte Tom den Kopf. »Nein, Danke! Mir ist der Kaffee vergangen. Heute nacht, als das mit der Polizeiaktion abgelaufen ist, da hab ich kurz mal gedacht, die hätten jetzt auch unsere Diebe geschnappt, aber«, resigniert klatschte er mit den Händen auf die Oberschenkel, »war wohl nix: Fehlanzeige!«

Bestätigend nickte Claudia mit dem Kopf: »Wissen wir. Schade, aber da kann man halt nichts machen. Wie geht's denn eigentlich der Chrissie?«

»Die liegt in unserem Bungalow und heult den ganzen Morgen – schon seit dem Aufstehen. Also, das mit der Kette, das hat ihr noch den Rest gegeben!«

»Wieso – war die denn so wertvoll?«, schaltete sich nun auch Uschi ins Gespräch ein.

»Na ja – wie mans nimmt. Immerhin war das vor vier Jahren mein Hochzeitsgeschenk an Chrissie, eine Kette mit einem goldenen Anhänger in Form von unserer Insel. Wir haben da einen Stammgast, einen Juwelier aus Heilbronn, den Hans. Der hat vor ein paar Jahren eine Kollektion entwickelt, Fiha Lohi heißt die, da hat er die Malediven praktisch in Gold gegossen. Na ja – und zu unserer Hochzeit hab ich mir von ihm halt unsere Insel in Schmuckform gewünscht, aus Zuchtperlen, schwarzen

Korallen und Gold – wunderschön. Er hat mir zwar einen Sonderpreis gemacht, aber trotzdem: gut und gerne einen Tausender ist die Kette schon wert. Und ausgerechnet die muss der Mistkerl dann auch noch klauen!« Wütend hieb er mit der Handfläche auf den Frühstückstisch, dass die Teller klapperten.

Claudia nickte verständnisvoll. »Das verstehe ich! Da hängt man natürlich erst recht dran, wenns eine so persönliche Erinnerung ist! Aber ich mach' dir einen Vorschlag: wir wohnen seit ein paar Monaten auch in Heilbronn, da könnten wir ja zu ihm gehen, eine neue Kette in Auftrag geben und sie dir dann schicken. Wie wäre das?«

Der Vorschlag schien Tom wenig zu begeistern: »Ich komme aus Bietigheim, das sind ja auch nur runde 25 Kilometer bis nach Heilbronn. Nein«, schüttelte er den Kopf, »die Sache hat zwei Haken, denn erstens ist jedes Stück ein Unikat, das ist keine x-beliebige Massenware. Insofern ist die Kette also absolut einmalig gewesen, da hängen tonnenweise Erinnerungen dran. Und zweitens, das ist der Haupthaken momentan: wo soll ich um alles in der Welt die Kohle herbringen, um der Chrissie eine neue Kette zu kaufen. Ich bin nämlich schlichtweg pleite und frage mich sowieso, wies weitergehen soll.«

»Na ja«, kumpelhaft klopfte ihm Protnik auf die Schulter. »Da wird sich doch sicher auch ein Weg finden lassen.«

»Bloß welcher? Ich habs euch gestern ja noch prophezeit: die vom Hotel haben eine Hornhaut auf dem Gemüt. Die haben mir heute Morgen schon klargemacht, dass sie die fälligen Novembergelder wollen, und zwar bis morgen!«

»Das gibts doch nicht!«, entfuhr es Claudia. »So gnadenlos können die doch nicht mit dir umspringen!«

»Und ob die können! Wie gesagt, da darfst du dir nichts vormachen. Hinter der netten, ewig lächelnden Fassade steckt knallharte Geschäftspolitik. Solange die Europäer bezahlen, ist alles recht, wenn nicht, dann können sie gehen!«

»Brutal, das stimmt schon! Aber so haben wirs Ihnen beigebracht!«, gab Horst zu bedenken. »Was glaubst du, wie die großen Reiseveranstalter mit denen umgesprungen sind, hauptsächlich am Anfang, als die Leute hier noch nicht so richtig Bescheid gewusst haben mit dem Tourismus und mit den Geschäftspraktiken der Konzerne.«

»Glaube ich dir alles, nützt mir nur nix. Die wollen morgen die Kohle sehen oder: tschüss, das wars.« Hilfesuchend blickte Tom in die Runde. »Tja, und deshalb mache ich jetzt die Betteltour und klappere alle Taucher ab: ob ihr mir wohl schon jetzt eure Tauchgänge bezahlen könntet?«, forschend sah er ihnen ins Gesicht.

»Keine Frage, selbstverständlich! Wenn dir das hilft, das ist überhaupt kein Problem! Ich gehe gleich an die Rezeption und besorge mir das Geld aus dem Safe.« Claudia war sofort Feuer und Flamme. Auch die anderen nickten zustimmend.

Doch Tom schien noch etwas auf dem Herzen zu haben. »Gut, prima, vielen Dank. Aber das wird trotzdem noch nicht reichen. Ich meine ...«, unsicher fixierte er Claudia. »... ich meine, vielleicht wärt ihr ja auch bereit ...« druckste er herum, um dann wieder zu verstummen.

»Also, komm, heraus mit der Sprache«, Claudia machte eine ungeduldige Handbewegung. »Jetzt sag schon, worum es geht. Und wenn wir dir helfen können, dann tun wir das auch.« Dabei warf sie den anderen einen fragenden Blick zu. In stiller Übereinkunft nickten die zustimmend mit den Köpfen. »Also, was ist da noch?«

Mit gesenktem Kopf nuschelte Tom sein Anliegen hervor. »Na ja – vielleicht könntet ihr ja auch schon im voraus zahlen.« Ein kurzer Blick hinüber zu Claudia ermunterte ihn, fortzufahren. »Also wenn ihr die Zahl eurer Tauchgänge hochrechnet, beziehungsweise ihr beide«, dabei nahm er nun Horst und Claudia ins Visier, »Ihr wolltet ja sowieso zwei Wochen Non-Limit-Tauchen, da steht der Preis ja schon vorher fest. Wenn ihr mir also schon heute anstatt in zehn Tagen das Geld gebt und wenns die anderen genauso machen, dann hätte ich theoretisch ein bisschen Luft, um vielleicht doch noch über die Runden zu kommen. Meint ihr, das geht?« Erwartungsvoll sah Tom auf.

»Aber das ist doch gar keine Frage!«, Claudia war vollkommen überzeugt von dem Vorschlag. »Da helfen wir dir. Das wäre ja nochmal schöner, wenn wir das nicht hinkriegen würden. Jeder nimmt sich ein paar Taucher vor und packt die bei ihrer Taucherehre. Dann müsste das schon hinhauen – oder, was meint ihr?« Ein kurzer Blick zu den anderen gab ihr recht. Alle nickten. »Also dann, packen wirs an!« Kumpelhaft versetzte sie Tom einen leichten Schlag auf den Rücken. Der erhob sich sichtbar erleichtert und schien allmählich doch wieder etwas positiver in die Zukunft zu blicken.

»Aber du«, und damit deutete Claudia auf ihren Horst. »Du bleibst auf dem Liegestuhl – und zwar im Schatten –

und erholst dich von deinem Spaziergang. Das mit dem Vorschuss, das schaffen wir drei auch alleine!«

Dankbar nickte Horst, dessen Kopf allmählich wieder zu schmerzen begann, dass er den Tag entspannt angehen konnte. Ein kleines Schläfchen auf dem Liegestuhl, genau das Richtige, um sich hoffentlich rasch wieder zu erholen.

Kapitel XIII

Ein zorniges Gebrüll riss ihn aus seinem Genesungsschlaf. Müde rieb er sich die Augen. Was um alles in der Welt war denn nun schon wieder los? Hatte man in diesem Urlaub eigentlich überhaupt nie Ruhe? Da fuhr man schon bis ans Ende der Welt ...

»Du Schwein ... du Dreckskerl!« Ganz deutlich vernahm Horst nun die Schimpfwörter, die vielleicht zwanzig, dreißig Meter von ihm entfernt mit gewaltiger Lautstärke auf jemanden niederprasselten. Er drehte den Kopf in die Richtung, aus der die Schimpfkanonade zu kommen schien. Und richtig, hinter einem Hibiskusbusch sah er Tom, den Tauchlehrer, stehen und auf einen Mann einbrüllen, den er mit beiden Händen am T-Shirt gepackt hatte. Der Mann stand vor dem Eingang seines Bungalows und schien irgendetwas in seinen abwehrend von sich gestreckten Händen zu halten. Außerdem befand er sich in ernsten Schwierigkeiten, denn Tom steigerte sich in eine regelrechte Raserei hinein.

»Du Dreckschwein, du Mistvieh! Dass ich dich noch erwischt habe! Ich bring dich um!« So wie der sich gebärdete, hatte er tatsächlich vor, einen Mord zu begehen! Und das im helllichten Sonnenschein mitten im Paradies am Äquator!

Mühsam rappelte Horst sich auf. Ein heftiges Ziehen im Hinterkopf machte ihm dabei bewusst, dass er nach den Ereignissen der vergangenen Nacht noch alles andere als fit genug war, um einen Schwergewichtskampf alias Muhammed Ali contra George Foreman auch nur einigermaßen zu bestehen. Dennoch: er musste dem armen

Schwein da drüben zu Hilfe kommen. Egal, was auch immer der angestellt hatte: so durfte das nicht enden!

»Gib schon zu, dass du es warst, du Mistkäfer, du stinkiger!« Heftig schüttelte Tom sein vor ihm auf die Knie gesunkenes Opfer durch. Und jetzt griff er ihm auch noch mit beiden Händen an den Hals. »Ich erwürge dich mit bloßen Händen, du Ratte! Sag sofort, wo du den Rest versteckt hast, oder ich mach dich alle!«

Der machte Ernst, gar keine Frage! Im Näherkommen sah Horst nun auch, um wen es sich bei dem von Tom so sehr in die Mangel genommenen Urlauber handelte. Es war Zoro, der schwarzgefärbte Schönling, der jetzt übrigens alles andere als wie aus dem Ei gepellt auf dem Boden kniete. Sein Toupet (also war die Haarpracht doch nicht echt gewesen!) war verrutscht und hing ihm so schief in die Stirn hinein, dass die Auseinandersetzung fast noch einen komischen Aspekt bekam. Doch es war bitterer Ernst! Gott sei Dank kamen nun auch andere Touristen herbeigeeilt, alarmiert von dem Geschrei, das weithin zu hören war. Horst erkannte Hans Feierabend, ein paar Meter weiter hinten auch Petra, seine Frau, und auf der anderen Seite, Urs, den Schweizer.

»Komm, lass ihn los! Was soll denn der Mist?!« Hans war als erster zur Stelle und versuchte, den rasenden Tom von Charlie Sauer loszueisen, der jetzt so gar nicht mehr dem großen schwarzen Helden ähnlich sah. Sein Gesicht war rot angelaufen, während gurgelnde Laute aus seinem weit geöffneten Mund drangen.

»Jetzt lass ihn schon, oderr! Lass ihn los, du bringst ihn ja um!«, auch Urs bemühte sich nun, Toms Hände vom

Hals des Zoro zu entfernen. Hans auf der linken, Urs auf der rechten Seite. »Loslassen«, keuchte der Schweizer angestrengt. »Ich hab gesagt, du sollst ihn loslassen, oder!«

Ein weiterer Urlauber kam den beiden zu Hilfe und umklammerte Tom von hinten. Zu dritt waren sie nun endlich stark genug und rissen den Divemaster mit allen Kräften nach hinten weg auf den Boden. Doch selbst jetzt noch hatten sie alle Hände voll zu tun, um den völlig außer Rand und Band geratenen Tom zu bändigen und auf der Erde zu halten. Auch jetzt brüllte er immer noch wüste Drohungen und versuchte, mit Armen und Beinen um sich zu schlagen. »Ich bring ihn um! Ich krieg dich noch! Du kommst mir nicht davon!«

Währenddessen sank der völlig erschöpfte Charlie Sauer keuchend nieder, die eine Hand auf der Brust, während er sich mit der anderen mühsam am Pfosten seiner Veranda abstützte. Das Toupet war vor seine Füße gefallen, doch das schien den sonst so eitlen Zoro im Moment überhaupt nicht zu kümmern. Dem musste es ganz schön angst und bange geworden sein, du liebe Güte!

Horst kniete sich neben Charlie Sauer und blickte ihm prüfend in die Augen. »Na, geht's wieder?«

Noch immer völlig konsterniert nickte dieser. »Der hätte mich umgebracht!«, keuchte er zwischen zwei hektischen Atemstößen hervor. »Der Kerl muss verrückt geworden sein!«, stöhnend fasste er sich an den Hals. »Der hätte mich erwürgt – einfach so!«

»Was war denn eigentlich los? Der rastet doch nicht von alleine so aus?«, Horst war die ganze Angelegenheit ein Rätsel.

Charlie Sauer setzte sich auf. »Keine Ahnung! Der ist plötzlich auf mich losgegangen wie der Teufel!«, wieder holte er Luft. »Einfach so – ich schwörs euch!«

»Einfach so, das gibts nicht!« Horst schüttelte den Kopf. »Wie hat das denn begonnen?«

Ein Hustenanfall von Charlie unterbrach die Vernehmung. Heftig atmend lehnte er sich zurück an das Geländer der Veranda, dann schloss er die Augen. Eine halbe Minute verging, bis er wieder Kraft gesammelt hatte, um weiterzusprechen. »Also, das war so. Ich sitze da in meinem Liegestuhl hier draußen und lese friedlich mein Buch, da kommt dieser Tom hierher und sagt, er wolle mich etwas fragen.« Tief holte er nun Luft, bevor er in seiner Schilderung des Geschehens fortfuhr. »Ich sage, ja bitte, worum gehts denn?«, ratlos schüttelte er den Kopf. »Na ja. Und dann hat er gesagt, dass er pleite sei, weil man ihn doch gestern bestohlen habe und ich sei doch auch einer von den Tauchern. Ob ich mir vorstellen könne, meine Tauchgänge im voraus zu bezahlen?« Wieder schloss er kurz die Augen, wie um das Geschehene noch einmal in Gedanken vor sich ablaufen zu lassen, dann holte er erneut Luft. »Ich sag euch, das ist ein Gefühl, wenn du keine Luft mehr bekommst! Affenscheußlich!«

»Ja, aber was war jetzt?«, schaltete sich nun auch Hans Feierabend in das Gespräch ein.

»Ich hab gesagt, kein Problem. Ein Taucher hilft einem anderen, wo er kann. Selbstverständlich. Und dann ging ich hinein, um das Geld zu holen.« Wieder eine Atempause.

»Wie, du hast so viel Geld im Bungalow liegen?« Horst, der Kriminalbeamte, der jeden Tag im Dienst mit der Schlechtigkeit dieser Welt konfrontiert wird, staunte Bauklötze. »Da gibts doch den Safe bei der Rezeption und die sagen doch auch, man solle ihn benutzen. Das kostet doch nichts. Und du lässt alles im Zimmer liegen! Und das, obwohl gerade die Tauchbasis beklaut worden ist!«

»Na ja«, zaghaft rang sich Charlie zu einem verlegenen Lächeln durch. »Ich glaube halt an das Gute im Menschen!« Ein ängstlicher Seitenblick auf den immer noch von den drei Urlaubern festgehaltenen Tom machte freilich deutlich, dass dieser Glaube vor wenigen Minuten nachhaltig erschüttert worden war.

»Und dann?« Horst wurde allmählich ungeduldig. Der ließ sich ja wirklich jedes Wort einzeln aus der Nase ziehen!

»Und dann habe ich ihm den Vorschuss geben wollen und da hat der dann plötzlich«, die Erinnerung an das, was dann offenbar gefolgt war, ließ den Ex-Zoro wiederum einen besorgten Blick in Richtung Tom werfen, »da hat der wie aus heiterem Himmel begonnen loszuschreien und ist mir an den Kragen gegangen!« Trocken schluckte er, wie um das Geschehene auf diese Art und Weise zu eliminieren.

»Also«, für Horst war die Sache noch immer völlig rätselhaft, »und das war dann auch wirklich alles? Ehrlich?«

Charlie Sauer nickte mit dem Kopf: »Ehrlich! Sonst war da nichts!«

»So«, Horst drehte sich damit zu Tom hin. »Ich hoffe, du hast dich wenigstens so weit beruhigt, dass du aufstehen kannst und sie dich loslassen können. O.K.?« Prüfend musterte er ihn von oben bis unten. Die Gefahr schien aber weitgehend gebannt, die Eruption war ganz eindeutig abgeebbt, Tom schien wieder einigermaßen bei Sinnen zu sein.

Der Divemaster nickte. »O.K.!«

»Na bitte. Geht doch!« Die Ermittlungen konnten folglich beginnen. »Jetzt erzähl uns mal: Was hat dich denn so auf hundertachtzig gebracht?«

Schon beim bloßen Gedanken daran, schien die Wut wieder in Tom hochzukochen. »Der da! Der ist mit dem ganzen Geld rausgekommen und wie er es mir in die Hand gedrückt hat, da hab ich gewusst: der ist es!« Dabei machte er unwillkürlich einen Schritt nach vorne auf den immer noch barhäuptigen Zoro zu, der dabei ängstlich zurückzuckte. Hans und Urs aber packten geistesgegenwärtig zu, um dieses Mal eine weitere Handgreiflichkeit schon im Ansatz zu verhindern. »Ganz ruhig bleiben! Ganz ruhig! Wir wollen doch nicht wieder ausflippen, oder?« Der Schweizer brachte die Sache wieder mal kurz und trocken auf den Punkt. Gleichzeitig umklammerte er Toms linken Oberarm mit festem Griff, um seinen Worten den entsprechenden Nachdruck zu verleihen.

»Also, was heißt das: der ist es?« Horst verlor ganz allmählich die Geduld in dem zähen Ringen um Worte und Aussagen, die anscheinend grundsätzlich nur auf Nachfrage kommen wollten.

»Na, schaut doch mal, womit der bezahlen wollte!«, mit einem Kopfnicken wies Tom in Richtung Charlie Sauer, der tatsächlich immer noch die Geldscheine mit seinen schweißnassen Händen umklammerte.

»Mit Geld halt, mit Scheinen! Na und? Oder nimmst du jetzt plötzlich nur noch American Express, oder?« Urs schüttelte verständnislos den Kopf.

»Quatsch! Darum geht's doch nicht! Mit Lire hat der bezahlen wollen! Italienische Lire hat mir das Schwein geben wollen!« Ein vernichtender Blick unterstrich die Ungeheuerlichkeit dieser Zahlungsmethode.

»Na und? Sind die Italiener mit ihren Lira in den Keller gefahren, oder was? Das ist doch auch Geld, oder?« Urs begriff gar nichts – genauso wenig wie die anderen, die sich am Ort des Beinahe-Verbrechens versammelt hatten.

»Ach so, jetzt verstehe ich!« Hans Feierabend schien etwas zu dämmern. »Lire! Und du meinst deshalb, der Charlie hätte dich bestohlen. Bloß weil der mit Lire ...« Nachdenklich wiegte Hans den Kopf.

»Könnten die Herrschaften freundlicherweise auch den weniger intelligenten Miturlaubern auf die Sprünge helfen?«, Horst verstand immer noch nicht, worauf das Ganze hinauslaufen sollte.

»Na, Lire!« Hans Feierabend war sich seiner Sache nun offenbar ebenfalls sicher. »Der Charlie hat doch gestern an der Restaurantterrasse nach dem Diebstahl diese saublöde Frage gestellt, die keiner begriffen hat!« Herausfordernd schaute er in die Runde. Doch auch jetzt war das mit dem Begreifen anscheinend so eine Sache. Hans verdrehte in gespielter Verzweiflung die Augen und legte nach: »Der Charlie hat sich doch gestern danach erkundigt, ob auch

Lire gestohlen worden seien! Kein Mensch hat begriffen, was die Fragerei sollte!«

»Eben!«, bestätigend nickte Tom mit dem Kopf. »Als wenn das eine Rolle spielte, ob Dollar oder DM oder Lire geklaut worden wären!«

»Ach so! Und weil du meinst, er habe sich mit der Frage verraten, weil er ja wusste, dass auch Lire dabei waren, sei er jetzt, nachdem er dich mit Lire bezahlen wollte, sozusagen überführt! Also meinst du, er sei der Dieb!«, Horst verstand allmählich.

»Eben! Genauso ist es! Oder weshalb zahlt ein Deutscher auf den Malediven mit Lire? Das stinkt doch zum Himmel!«, beifallheischend sah Tom sich um.

»Na, das kauft dir so kein Staatsanwalt der Welt ab – nicht mal auf den Malediven! Da bin ich mir aber ganz sicher.« Horst war schon erstaunt darüber, wie schnell manche Leute mit Schuldzuweisungen bei der Hand waren. Andererseits ... »Aber erklärungsbedürftig wäre es schon nach dem, was nun eben passiert ist, weshalb du ausgerechnet mit Lire bezahlen wolltest und nicht mit Dollars oder Travellerschecks oder mit Mark.« Gespannt wartete er auf Charlies Antwort.

»Du meine Güte!«, jammerte der unglücklich. »Ganz einfach: weil ich vom letzten Italienurlaub noch eine Menge Lire übrig gehabt habe. Und die habe ich damals nicht wechseln wollen, ihr wisst ja selber, wie man da bei den Banken draufzahlt: erst Mark in Lire tauschen, dann wieder zurücktauschen. Da bist du ruck-zuck 10 oder noch mehr Prozent los. Außerdem war das im September und ich hab gewusst, dass ich zwei Monate später hierher gehe, also hab ich mir gedacht, heb das Geld auf und bezahle einen Teil des Urlaubs – eben das Tauchen – mit den übrigen Lire. So einfach ist das!« Vorwurfsvoll blickte er in Richtung des Tauchlehrers, der nun freilich etwas betroffen dreinschaute.

»Na ja – das könnte eine Erklärung sein, oderrr«, nachdenklich rieb sich Urs das Kinn.

»Das ist eine Erklärung!«, setzte Charlie mit nunmehr fester Stimme entgegen. Allmählich schienen Lebensgeister und Selbstbewusstsein in ihn zurückzuströmen. Immerhin entdeckte er nun auch sein auf dem Boden liegendes schwarzes Toupet und warf es mit einer energischen Handbewegung über die Glatze. Und schon war der Zoro – zumindest halbwegs – wieder hergestellt.

»Aber weshalb hast du dich überhaupt gestern nach den Lire erkundigt? Das ist mir immer noch nicht klar!« Hans schien trotz allem nicht völlig von der Erklärung überzeugt.

»Weil gestern am späteren Vormittag eine ganze Menge Italiener abgereist sind, deshalb. Je nachdem hätte man ja den Zeitpunkt des Diebstahls eingrenzen können, vor oder nach der Abreise der Italiener. Je nachdem nämlich, ob Lire im Safe waren oder nicht!« An Charlie Sauer schien ein kleiner Sherlock Holmes verloren gegangen zu sein.

Die Umstehenden zumindest nickten beeindruckt über die Kombinationsfähigkeiten des Zoro. Nur einer nicht – Tom, der Basisleiter. »Ist doch Blödsinn. Die haben doch alle schon am Abend vor ihrer Abreise bezahlt. Und der Diebstahl ist definitiv erst am Morgen passiert. Außerdem hat da gar keiner mehr zahlen können, weil wir ja alle mit euch draußen waren, am Manta-Point. Nur du hast gefehlt, obwohl du dich angemeldet hattest!« Wieder schien es, als ob die Wut in Tom zurückkehrte. Vorsichtshalber verstärkte Urs den Griff um Toms Oberarm.

»Das hat doch aber damit nichts zu tun gehabt. Ich bin nur deshalb nicht mit, weil ich anderweitig beschäftigt war.« Allein die Erinnerung an diese Art der Beschäftigung ließ den Zoro daran denken, sein Toupet wieder korrekt auf der Glatze zu plazieren, man konnte ja nie wissen, welches attraktive weibliche Wesen unverhofft vorbeischneien würde. »Ich habe da am Abend vorher eine Bekanntschaft gemacht – ich sage euch ...«

Aha – er schien tatsächlich wieder der Alte zu sein, der Angeber. Aber Tom hakte neuerlich nach. »So, dann sag mal: wie heißt sie denn, die Gute?«

Vorwurfsvoll blickte der Zoro in Toms Richtung. »Diskretion, mein lieber Freund. Der Gourmet genießt und schweigt!«

Tom lief rot an. »Ich bin nicht Dein lieber Freund. Und wenn du nicht sagen willst oder kannst, mit wem du ...«

»Na, Augenblick mal«, mischte sich Horst nun wieder in die Debatte ein. »Ich glaube, du solltest endlich zur Kenntnis nehmen, dass du dich gewaltig verrannt hast. Du hättest um ein Haar ganz eindeutig den falschen umgebracht. Vergiss das nicht. Und überhaupt: deshalb gleich jemanden umzubringen, was hätte dir das genützt?«

»Und wenn du es unbedingt wissen willst, bitte schön. Mein kleines amouröses Abenteuer hieß Guiletta. Es war eine von den Italienerinnen, die gestern Morgen abgereist sind. Leider!«, fügte Charlie seufzend hinzu. »Also ein, zwei Nächte hätte ich es bei der schon noch ausgehalten!« In Erinnerung an die eine einzige Nacht blickte er selig gen Himmel. »Und dass ich dann am Morgen noch keine Lust aufs Schiff hatte, wenn da so ein Prachtweib neben einem liegt, das ist doch wohl nur allzu verständlich!« Er war in der Tat wieder ganz der Alte, der Zoro. So gesehen, konstatierte Horst, hätte man Tom vielleicht doch noch die Gelegenheit geben sollen, zwei, drei Sekunden länger zuzudrücken. Einfach, um es dem alten Angeber zu zeigen.

»Ach, du meinst das blonde Gift, das dich vorgestern Nachmittag nach unserem Tauchgang abgeschleppt hat? Das war eine Italienerin? Da schau an! Und ich hab gedacht, die seien alle dunkelhaarig!«

»Die war halt genauso blond wie unser Charlie dunkel gelockt! Nicht wahr, Charlie? Oderrr?! Und damit hieb Urs dem Zoro kameradschaftlich die Pranke auf den Rücken.

Der quittierte Schlag und Aussage mit einem bösen Blick, zog es dann aber vor, lieber nichts darauf zu erwidern.

»Gut. Jetzt wissen wir, was Sache ist.« Horst übermannte allmählich wieder die Müdigkeit. Noch immer steckten ihm die Ereignisse der vergangenen Nacht tief in den Knochen. Außerdem war ja jetzt wohl alles klar: Tom hatte sich den Falschen gegriffen – eindeutig. »Also Tom, es hilft nichts. Du hast zwar zwei und zwei zusammengezählt, aber dein Ergebnis war trotzdem falsch. Du wirst dich entschuldigen müssen!«

Tom schien davon wenig erbaut. Irgendwie schien er der ganzen Sache noch immer nicht so recht zu trauen. »Na ja«, begann er herumzudrucksen.

»Nix na ja. Du hast einen Fehler gemacht, oderrr! Deshalb solltest du dich jetzt ganz schnell beim Charlie entschuldigen, oderrr! Ich denke«, und damit warf Urs einen bedeutungsvollen Blick in Richtung Zoro, »das könnte es dann auch gewesen sein. Das war halt alles ein mordsmäßiges Missverständnis, aber zum Glück ist ja nichts passiert, oderrr!«

»Nichts passiert ist gut«, kommentierte Charlie böse und fasste sich mit der Rechten an den Hals. »Beinahe umgebracht wäre ich worden!«

»Beinahe schwanger ist aber nicht wirklich schwanger! Und beinahe umgebracht ist eben doch nicht umgebracht, oderrr!« Urs schob die beiden Kontrahenten aufeinander zu. »Und jetzt gebt ihr euch beide die Hand, der Tom, der entschuldigt sich und dann herrscht wieder Friede, Freude, Eierkuchen, oderrr?«

Widerstrebend hob Tom die Hand, in die Charlie zögernd einschlug. Du meine Güte, waren das aber Mimosen! »Vorschlag zur Güte«, rief Horst. »Damit ihr euch wieder ein bisschen näherkommt, ist der nächste Tauchgang für Charlie kostenlos. Und Tom begleitet ihn persönlich! In Ordnung?«

Tom schien immer noch nicht begeistert, ergab sich aber in sein Schicksal. »O.K. Begleitet und kostenlos!«

Charlie schien die Niederlage seines Gegenübers zu genießen. »Und was ist der nächste Tauchgang?«, richtiggehend Freude machte es ihm, dank Horsts Idee 50 bis 60 Mark gespart zu haben.

Man sah es ihm an, er strahlte mit einem Mal wieder über das ganze Gesicht.

»Das ist doch der Strömungstauchgang«, rief Hans Feierabend. »Der morgen früh, wo du versprochen hast, Tom, dass wir mitdürfen! Bleibst du dabei?«

»Zwangsläufig«, murmelte Tom. »Irgendwie muss ich ja weiter Geld verdienen. Das heißt, falls das reicht, was ich als Vorschuss einsammle und die vom Hotel mich nicht rausschmeißen! Und deshalb muss ich jetzt weiter, Geld sammeln, einverstanden?« Erwartungsvoll blickte er in die Runde. Aber keiner machte Anstalten, ihn aufzuhalten. Tom drehte sich zum Gehen herum, wurde durch einen Ausruf von Charlie aber jäh gebremst: »Halt! Stop!«

Verwundert fragten sich die Umstehenden, was denn jetzt noch kommen sollte.

»Und was ist jetzt mit dem Geld, wegen dem du mich fast umgebracht hättest?«

»Das hast du doch nicht! Du sagst ja, dass du mich nicht beklaut hast!« Also ganz hundertprozentig überzeugt schien Tom immer noch nicht zu sein. Sturkopf!

»Nein, mit dem Vorschuss meine ich! Ich habe ja zehn Tauchgänge bei dir gebucht und das Geld dafür habe ich dir ja vorher geben wollen ...« Der Zoro machte eine bedeutungsvolle Pause.

Toms Antwort war eher ein Murmeln. »Behalt Dein Geld! Ich wills nicht!«, sprachs, drehte sich um und verließ den Ort des Beinahe-Mordes mit zügigen Schritten.

»Der scheint sich aber granatenmäßig zu schämen, wenn er so reagiert, oderrr?«, Urs schüttelte erstaunt den Kopf. »Da braucht er einerseits jeden Pfennig – und dann sowas!«

»Oder aber, er hat immer noch seine Zweifel«, streute Hans Feierabend ein.

»Hans, sei still und komm jetzt«, fuhr ihm da die sonst so stille Petra dazwischen. Und damit nahm sie ihren Ehemann am Arm und schob ihn energisch in Richtung des Bungalows der beiden hinüber.

»Tja, Leute, das dürfte es dann gewesen sein«, bilanzierte Horst den Schluss des Dramas, das sich glücklicherweise doch nicht ereignet hatte. »Also ich für meinen Teil freue mich auf ein schönes kühles Bier am Pool und dann auf einen geruhsamen friedlichen Mittagsschlaf.«

Sprachs – und entschwand auf dem von Kokospalmen gesäumten Weg hin zur wohlverdienten Erfrischung. Sollten die anderen doch noch stehen bleiben und diskutieren, solange sie wollten. Er für seinen Teil hatte jedenfalls genug davon. Endlich Urlaub! Doch Horst ahnte nicht, was gleich auf ihn zukommen würde ...

Kapitel XIV

Es war nun kurz nach zwei Uhr mittags – der Strand und die Restaurantterrasse waren menschenleer. Alle Bewohner der Insel, ob Angestellte oder Urlauber, schienen sich in den Schutz ihrer Unterkünfte zurückgezogen zu haben, denn gnadenlos brannnte die Sonne aus einem stahlblauen Himmel hernieder. Keine Menschenseele weit und breit. Horst seufzte. Gerade recht. Da konnte er wenigstens ganz in Ruhe dasitzen, sein Bier trinken und seinen Gedanken nachhängen. Und ausnahmsweise mal niemandem Rede und Antwort stehen. Und wenn an der Bar auch keiner zu finden wäre, na ja, wo der Kühlschrank mit dem Bier stand, das wusste Horst nur zu genau. Also dann: wo war das schönste Plätzchen? Ein bisschen in der Sonne, aber doch mehr im Schatten – und dann vielleicht in Poolnähe, um wenigstens die Füße ab und zu ...

Nein!!!

Mit einem Mal durchzuckte Horst ein Adrenalinstoß, als wäre er an eine Hochspannungsleitung geraten. Er glaubte seinen Augen nicht zu trauen! Was war das denn schon wieder!! Er blinzelte gegen die grelle Sonne, die ihm in die Augen stach. Doch das Bild vor seinen Augen blieb dasselbe! Das durfte doch nicht wahr sein!

Vor ihm, im menschenleeren Pool trieb eine leblose Person! Sie lag auf dem Bauch, das Gesicht tief im Wasser! Keine Regung war ihr anzumerken – vollkommen leblos! Eine Frau im Bikini – eindeutig! Eine ziemlich dicke Frau und den Bikini hatte er auch schon mal irgendwo ... Unfassbar!! Das war Uschi Abele! Uschi leblos im Pool! Und keiner hatte es bemerkt! Keiner war ihr zu Hilfe gekommen! Um Gottes willen!

»Uschi!!«, schrie Horst aus Leibeskräften. »Uschi!!!«

Gleichzeitig nahm er Anlauf und mit einem gewaltigen Satz hechtete er in den Pool. So ein Mist! Hoffentlich war da noch etwas zu machen! Verdammt! Hätte er doch im letzten Auffrischungskurs in Sachen Erste Hilfe besser acht gegeben.

Der Sprung war so weit gewesen, dass Horst direkt auf Uschis leblosem Körper landete. Beide wurden durch die Wucht des Aufpralls unter Wasser gedrückt. Oh je! Bloß das nicht! Wie sollte er die Masse Mensch so schnell wie möglich an Land ziehen? Oder erst im Wasser auf den Rücken drehen, Kopf in den Nacken, Nase zuhalten? Mund-zu-Mund Beatmung oder Mund-Nase? Was war besser? Was war effektiver? Oder musste erst das Wasser aus der Lunge gedrückt werden? Hatte sie überhaupt Wasser in der Lunge? Himmel – und wie um alles in der Welt sollte er in einem zwei Meter tiefen Pool die nötige Standsicherheit haben, um mit der Beatmung richtig beginnen zu können?

Das alles schoss Horst in Sekundenbruchteilen durch den Kopf, während er sich damit abmühte, die Verunglückte wieder an die Wasseroberfläche zu bugsieren und sie auf den Rücken zu drehen. Prustend spuckte er das nach Chlor schmeckendeWasser aus. Erst mal den Kopf zu fassen bekommen! Und zwar mit aller Kraft! Und den Kopf dann nach hinten, dann sieht man ja weiter ...

Was musste die aber auch so entsetzlich dick und schwer sein. Energisch packte er nun ihren Kopf, die eine Hand unter dem Kinn, mit der anderen griff er ihr in die Haare, so könnte es eventuell gehen! Nein – so musste es gehen!

Da – was war das?! Hatte er richtig gehört? Tatsächlich! Ein gurgelndes Geräusch kam aus ihrem Rachen! Sie lebte! Noch war es also nicht zu spät! Gott sei Dank! Jetzt schnell raus aus dem Wasser! Mit aller Gewalt zog er sie nun am Kinn und an den Haaren hinter sich her an den Beckenrand. Immer mehr kam das Leben in sie zurück. Sie begann, mit den Armen zu zappeln, strampelte mit den Füßen – gerade so, als wolle sie Horst abschütteln! Genau! Das hatte er schon öfter gehört oder gelesen: dass sich Ertrinkende in ihrer Panik wie von Sinnen gebärdeten und oft sogar noch ihre Retter in Bedrängnis brachten!

Umso entschlossener zog Horst die Verunglückte an den Rand des Pools. Dort schob er sie unter Aufbietung seiner ganzen Kraft bis über die Schulter aus dem Wasser und wuchtete sich danach selbst aus dem Becken.

Wieder gurgelte es aus Uschis weit geöffnetem Mund. Sie hatte die Augen weit aufgerissen und glotzte Horst mit panischem Entsetzen ins Gesicht.

Der tätschelte mit der Rechten kräftig die Wange seiner ehemaligen Sekretärin. »Uschi! Komm Uschi! Was ist mit dir! Komm wieder zu dir!« Er nahm sie unter den Schultern und zog sie nun mit einem Ruck ganz aus dem Wasser. Am besten nun auf die Seite legen, das konnte nicht schaden! Gedacht – getan! Und jetzt? Arme über den Kopf – vielleicht war das ja angebracht!

»Grrroääähh!« Ein undefinierbares Keuchen war die Reaktion auf diese Aktivitäten.

»Langsam, Uschi! Das wird schon wieder! Ruhig bleiben! Das kriegen wir wieder hin!« Verdammt, wieso kam denn niemand! »Protnik! Protniiik!!« Wo steckte der Kerl denn bloß?

Horst brüllte aus Leibeskräften. »Protnik!! Komm sofort zum Pool!«

»Horst!«, Uschi hatte ihn erkannt! Na also, sie dürfte über dem Berg sein. Jetzt bloß Ruhe bewahren, damit der Schock nicht noch größer wurde. Das war die nächste Gefahr!

»Schön ruhig bleiben, Uschi! Es wird alles wieder gut!« Er drehte sich suchend um. Wo blieb denn der verdammte Kerl? »Protnik! Protnik – hierher!!« Tatsächlich, dort hinten kam jetzt einer gerannt. Das könnte Protnik sein. Er war es!

»Ich komme!«, schon von weitem erkannte Horst Protniks Stimme. »Ich komme!«

»Na siehst du, Uschi, alles wird wieder gut!« Mit der nun folgenden Reaktion hatte Horst freilich nicht gerechnet.

Mit einem Ruck entzog ihm Uschi die Hände und setzte sich am Beckenrand senkrecht auf. »Ja, sag mal, bist du denn von allen guten Geistern verlassen? Bist du denn noch zu retten oder haben sie dir gestern eine zuviel auf die Birne gehauen?« So in Rage hatte er Uschi Abele nicht einmal in ihren schlimmsten Auseinandersetzungen mit Protnik jemals gesehen. Sie brüllte aus Leibeskräften. »Wie kommst du denn dazu, auf mich draufzudonnern wie eine Atombombe und mit unter Wasser zu tunken! Und dann noch ...«, jetzt lief ihr Gesicht regelrecht dunkelrot an –

und zwar ganz offensichtlich vor Wut! »Und dann noch den Mund zuhalten und an den Haaren aus dem Wasser ziehen! Hast du denn noch alle Tassen im Schrank?«

Entgeistert starrte Horst auf die rasende Uschi. Was war denn jetzt wieder falsch gelaufen?

Völlig außer Atem war nun auch Protnik am Schauplatz der Lebensrettungsaktion angelangt. »Was um alles in der Welt ist denn hier los?«, keuchte er mühsam schnaufend hervor.

Horst machte eine hilflose Handbewegung und zuckte schließlich resigniert mit den Schultern.

»Was los ist«, fauchte Uschi, sauer wie ein Glas Buttermilch bei Gewitter. »Dein Freund und Kumpel hat sich nur im Pool auf mich draufgehechtet, unter Wasser gedrückt und mich dann an den Haaren aus dem Becken gezogen! Aber sonst ist alles in Ordnung! Das heißt, nein«, beeilte sie sich noch hinzuzufügen. »Den Mund hat er mir dann auch noch zugehalten!«

Vorwurfsvoll betrachtete Protnik seinen ehemaligen Vorgesetzten.

»Aber Uschi«, überwand der endlich seine Sprachhemmung. »Aber du lagst doch da im Pool – völlig leblos. Und mit dem Gesicht nach unten. Da hab ich gedacht ...«

»Da hat der Herr Kommissar an eine seiner vielen Leichen gedacht und ist vollkommen durchgeknallt!«, zischte die vermeintlich Ertrunkene böse. »Und ausgerechnet ich muss das Opfer spielen und darf mich retten lassen! Also wenn einer urlaubsreif ist, dann bist es wirklich du!« Wütend hieb sie mit der Faust auf die Holzplanken der Terrasse.

Protnik schüttelte, immer noch durch die Rennerei ziemlich außer Atem, den Kopf. Nachdenklich betrachtete er den Kollegen und schien sich innerlich bereits zu fragen, in welche Klapsmühle man den von Horrorvisionen verfolgten Kriminalkommissar wohl verfrachten könnte.

»Also Uschi, das tut mir jetzt aber wirklich leid!«, verwirrt stammelte Horst seine Entschuldigung. »Aber du hast doch da im Wasser gelegen. Wirklich völlig leblos. Du hast doch überhaupt keine Luft geholt. Das Gesicht nach unten! Ich hab dir doch wirklich nur helfen wollen ...«

»Schöne Hilfe!« Uschi war verständlicherweise immer noch sauer. »Meine Güte. Du als Taucher müsstest doch eigentlich wissen, was ein Schnorchel ist!«

»Da war aber kein Schnorchel!« Horst war jetzt erst recht irritiert. Was sollte denn das nun wieder heißen?

»Nein, kein eigentlicher Schnorchel!« Uschi zeigte auf einen der in der Nähe stehenden Tische. »Da, guck mal die Gläser an. In denen stecken Strohhalme. Und da hab ich drei Strohhalme zusammengesteckt – das war ein wunderbarer Schnorchel. So hab ich ein paar Minuten auf dem Bauch im Wasser gelegen – bis du dann gekommen bist und mich versenkt hast!« Missbilligender konnte ein Blick gar nicht sein!

»Ach du liebe Güte! Wie soll ein normaler Mensch denn auf sowas kommen! Also, dann eben nicht! Das nächste Mal lass ich dich liegen, Schnorchel hin oder her!« Ziemlich angesäuert erhob sich Horst. »Macht, was ihr wollt! Ich hab genug – und die Lust auf ein Bier ist mir auch vergangen!« Damit machte er kehrt und strebte seinem

Bungalow zu. Mit den beiden wollte er zumindest heute nichts mehr zu tun haben! Und die Beule am Kopf begann auch schon wieder zu schmerzen! Traumurlaub im Paradies!

Kapitel XV

Einige Tage später hatte sich die Lage allem Anschein nach wieder einigermaßen normalisiert. Horsts Kopf war im Großen und Ganzen soweit hergestellt, dass er die nächsten Tauchgänge absolvieren konnte. Michael Protnik hatte fleißig seinen Grundkurs besucht und war nun guter Dinge, denn gestern hatte er seinen »Open-Water-Schein« bestanden. Heute also durfte er mit den »richtigen« Tauchern erstmals mit hinaus ans Hausriff: ohne Begleitung eines Tauchlehrers, nur zusammen mit Horst und Claudia. Tom und Chrissie hatten so viel Vorschuss zusammensammeln können, dass sie fürs Erste die finanziellen Forderungen des Hotels hatten zufriedenstellen können. Der Zoro schien Tom die Geschichte mit der Lire-Affäre nicht mehr weiter übel zu nehmen und hatte sogar den versprochenen Strömungstauchgang zusammen mit dem Basisleiter absolviert. Selbst das Bebele hatte sich herabgelassen, Horst die verunglückte Rettungsaktion gnädigst nachzusehen. Die folgende Woche konnte also doch noch auf einen Traumurlaub im Paradies hinsteuern. Hoffentlich!

Claudia erhob sich aus ihrem Stuhl und nahm Horst bei der Hand. »Komm, auf mein Schatz! Schluss mit Frühstück! Die Pflicht ruft! Der Protnik ist schon ganz aufgeregt!«

Tatsächlich hatte Protnik den Frühstückstisch schon eine halbe Stunde vor ihnen verlassen. Sehr zum Missfallen von Uschi übrigens, die ihn deshalb mit einem ungnädigen Blick bedacht hatte. Aber der erste »Allein-

Tauchgang« am Hausriff ließ Protnik immun gegen die Giftpfeile aus Uschis Augen erscheinen: so sehr freute er sich nach bestandener Mühe auf das vor ihm liegende Ereignis. Und um ja alles richtig zu machen, nichts zu vergessen, Ausrüstung überprüfen und so weiter, hatte er sich – ganz gegen seine sonstige Art – nach einem hastig hinuntergeschlungenen Frühstück eilig in Richtung Tauchbasis begeben.

Horst seufzte in gespielter Verzweiflung. »Was für ein Urlaub! Stress, wohin man auch blickt! Nicht mal im Urlaub kannst du da ruhig beim Frühstück sitzen und den Herrgott einen netten Mann sein lassen!«

»Natürlich nicht! Erstens war dieser Ausspruch grade mal wieder frauenfeindlich, und zweitens seid ihr ja schließlich zum Tauchen hierhergeflogen. Auf diesen öden Sandhaufen im Ozean!« Uschi Abele hatte wieder einmal eine ihrer berühmten Giftspritzen ausgepackt! Eindeutiger Fall von Inselkoller, konstatierte Horst messerscharf. Da konnte man nichts machen, und er wollte auch gar nichts dagegen unternehmen. Schließlich war es sein Urlaub und der von Claudia, die anderen beiden waren nicht dazu gezwungen worden mitzukommen. Klar, für Nichttaucher war das so eine Sache, nur am Strand zu sitzen und zu warten, bis die anderen wieder vom Tauchgang zurückkamen. Da konnten sich regelrechte Dramen abspielen! Beispielsweise hatten sie ein älteres Ehepaar aus Berlin kennengelernt, die hatten sich nach der Auszahlung ihrer Lebensversicherung einen dreiwöchigen Maledivenurlaub gegönnt, beide Nichttaucher. Und nun saßen sie da, langweilten sich zu Tode: »Ich zähle die Blätter an den

Bäumen, so öde ist das hier!«, hatte die Frau neulich Horst gegenüber gestanden. Ihr Mann dagegen ertränkte seinen Frust und seine Enttäuschung in zahlreichen Cocktails: von morgens zehn bis abends 23 Uhr. Na, der durfte sich aber auf die Rechnung richtig freuen! Ob da von der schönen Versicherungsprämie noch viel übrigblieb? Aber bitte, man informiert sich ja schließlich vorher, was wo auf einen zukommen konnte. Und wer das nicht tat: selber schuld!

Horst unterbrach seine tourismus-philosophischen Gedankengänge und erhob sich ebenfalls. »Also dann, Bebele. Nichts für ungut. Mal schauen, ob wir dir den Sputnik wieder gesund und munter zurückbringen können!« Damit verließen sie das Restaurant.

An der Tauchbasis wartete Protnik in voller Montur bereits sehnsüchtig auf die beiden. »Na endlich! Da seid ihr ja! Also von mir aus kanns gleich losgehen!«

»Immer mit der Ruhe, Michael. Wir müssen uns ja erst noch umziehen«, bremste Claudia Protniks Tatendrang erst einmal ab. »Und überhaupt«, dabei musterte sie ihn kopfschüttelnd, »wieso hast du dir denn bei der Hitze den Neoprenanzug jetzt schon voll übergezogen? Du musst doch schwitzen wie bei hundert Grad in der Sauna!« Und tatsächlich konnte man den Schweiß in vollen Strömen von Protniks Stirn fließen sehen.

»Hab doch nicht gewusst, dass ihr so lange brauchen würdet! Aber das geht schon. Jetzt beeilt euch halt!«

In diesem Moment hörten sie ein lautes Türenschlagen und aus der Tauchbasis stürmte Tom mit hochrotem Kopf in Richtung Bootsanlegestelle.

»Was hat der denn schon wieder für eine Laus gefressen?«, Claudia schüttelte den Kopf. »Seit dem Diebstahl hat es der aber ganz schön mit den Nerven!«

»Kein Wunder. Schließlich steht der immer noch finanziell mit einem Bein am Abgrund!« Tom hatte Horst neulich die Lage geschildert. Er hatte sich mit einer neuen Ausrüstung für die Tauchbasis ziemlich übernommen und dabei durch die Vermittlung des Lieferanten einen angeblich supergünstigen Kredit aufgenommen. Der erwies sich jetzt, nachdem fünf Wochen Taucheinnahmen verschwunden waren, natürlich als gewaltiger Klotz am Bein. Die Angst, dass er den Kredit nicht mehr bezahlen konnte und ihm die Bank den Geldhahn zudrehen würde, schwebte seitdem wie ein Damoklesschwert über der Basis.

»Ach – darum gehts also!« Protnik deutete auf Chrissie und Charlie Sauer, den Zoro aus Essen, die beide aus der Tür der Tauchbasis gelaufen kamen und dem wutentbrannten Tom verdattert nachschauten.

»Was war denn los, Chrissie?«, erkundigte sich Claudia.

»Ach Tom, der spinnt. Der meint, der Charlie habe mich anmachen wollen. Und da ist er gleich ausgerastet und hat losgebrüllt! Mit dem ist momentan kein vernünftiges Wort mehr zu wechseln!« Traurig schniefte sie in ein Papiertaschentuch, während Zoro, der wieder mit seinem unnachahmlich komischen Strampelanzug bekleidet war, der irgendwie in seltsamem Widerspruch zu der pechschwarzen künstlichen Haartolle zu stehen schien, verlegen mit den Achseln zuckte.

»Und außerdem«, dabei warf Chrissie einen schrägen Seitenblick auf den Zoro, »außerdem ist der überhaupt nicht mein Typ!« Sprachs und machte kehrt, um grußlos hinter der Tür der Tauchbasis zu verschwinden.

Wieder zuckte der Zoro die Schultern. »Tja – man kann nicht überall die Nummer eins sein, aber es gibt ja noch genügend andere Mütter mit schönen Töchtern auf dieser Welt!« Stolz wie ein Spanier schritt er von dannen.

»Die können sich immer noch nicht ab, die beiden. Also irgendwie scheint der Tom da immer noch einen Verdacht zu haben. Aber er ist wenigstens intelligent genug, um ohne Beweise nicht nochmal loszuschlagen.« Horst hatte die beiden in den letzten Tagen immer wieder beobachtet und dabei festgestellt, dass die von Tom versprochene Wiedergutmachung für seine Raserei neulich am Strand in der Tat noch längst keiner tiefen Einsicht entsprang, sondern mehr einer Art vorläufigem Waffenstillstand glich. »Und dann ist der Kerl auch noch so blöd und baggert die Chrissie an! Also wirklich«, er schüttelte den Kopf. »Manche Männer tragen ihre Intelligenz wirklich in der Hose mit sich herum!«

»Und manche vergessen vor lauter Nervosität beim Tauchen ihre Flasche!« Damit deutete Claudia mit dem ausgestreckten Arm auf die Seitenwand der Basis, wo sie sich ihre Neoprenanzüge übergezogen und die Tarierwesten angelegt hatten.

»Wie meinst du das?« Irritiert glotzte Protnik sie an.

»Na, wieviele Flaschen stehen da? Eins, zwei ... das sind unsere! Und wo ist die Nummer drei? Wo ist deine Flasche, Michael?«

Protnik grinste. »Die liegt schon da drüben am Strand. Fix und fertig, samt angeschnalltem Jacket!«

»Und was soll der Quatsch? In der prallen Sonne? Da kannst du ja Spiegeleier darauf braten, Mann!«, Horst verstand nicht, was das Ganze sollte.

»Na – wohl noch nie was von Physik gehört, was? Wenn Luft warm wird, dann dehnt sie sich aus!« Protnik grinste überlegen.

»Ja – und dann?«, Horst verstand nicht, worauf Protnik hinaus wollte.

»Das ist doch so wie unter Wasser: je tiefer du hinunter tauchst, um so stärker wird die Luft komprimiert. Zusammengedrückt also«, ergänzte er für alle Nicht-Lateiner mit einer wegwerfenden Handbewegung. »Und deshalb brauchst du in größeren Tiefen mehr Luft für dein Lungenvolumen als in geringeren Tiefen.«

»Klar, das lernt ja jeder. Na und?« Horst verstand immer noch nicht.

»Ach so! Jetzt kapiere ich!« Claudia schien schneller begriffen zu haben, worum es ging. »Du meinst, wenn du die Sonne auf Deine Flasche scheinen lässt, dann dehnt sich die Luft darin aus und du hast mehr Reserve zum Atmen übrig?«

»Genau!«, Protnik strahlte. »Da waren nur 200 bar drin und ich brauche doch immer so viel Luft da unten, jetzt halt ichs vielleicht ein bisschen länger aus!«

»Unglaublich!« Horst schüttelte genervt den Kopf. »Bist du denn noch zu retten? Weißt du, was da drin in deiner Stahlflasche für ein irrwitziger Druck herrscht? Und du legst sie auch noch in die pralle Sonne, damit der Druck noch zunimmt. Hast du noch nie beim Befüllen der Flaschen zugeguckt? Da stellen sie die Flaschen in ein Kaltwasserbecken, damit sie beim Befüllen nicht so heiß werden, und du? Du machst genau das Gegenteil und schnallst dir eine Zeitbombe auf den Rücken.« Vielsagend tippte sich Horst an die Stirn. »Außerdem: bis du die anderthalb bar brauchst, die das vielleicht bringen könnte, ist die Flasche längst wieder abgekühlt. Schließlich sind wir ja mindestens eine dreiviertel Stunde unten und da nützt das Aufheizen dann überhaupt nichts mehr!«

Kleinlaut bewegte sich Protnik in Richtung Strand auf seine Flasche zu. »Hab ja nur gemeint! Aber vielleicht hast du ja recht! Muss dann halt ab und zu mal ein bisschen die Luft anhalten!«

»Quatsch!«, lachte Claudia. »Das bringt gleich zweimal nichts. Da brauchst du hinterher das Doppelte an Luft, bis du wieder normal atmest. Ich würds vielleicht mal mit Abnehmen probieren. Das ist das Einzige, was wirklich hilft!« Dabei warf sie einen vielsagenden Blick auf Protniks gewaltige Wülste und Rundungen, die unter dem eng sitzenden Taucheranzug unbarmherzig zutage traten.

Bevor der Kollege sich aber beleidigt in den Schmollwinkel zurückziehen konnte, schlug Horst ihm kumpelhaft auf die Schulter. »Na, komm schon. Macht nix! Am Anfang hat jeder seine Probleme mit dem Luftholen. Glaub mir: je mehr du tauchst, desto weniger Luft brauchst du. Das ist auch eine Frage der Technik und der Sicherheit, und die kommt eben erst mit der Zeit. Dass du bei deiner Größe natürlich wesentlich mehr Lungenvolumen hast als so ein Hänfling«, damit deutete er auf die wesentlich kleinere und zierlichere Claudia, »das ist auch klar. Also wäre es sowieso besser und fairer, wenn es mehr Tauchbasen mit verschiedenen Flaschengrößen gäbe. Manche machen das ja: da kannst du zwischen 12-Liter- und 15-Literflaschen wählen. Das wäre ungefähr gerecht: du 15 Liter und Claudia 12 Liter, das kommt so ungefähr hin. Aber jetzt haben wir halt alle die 12-Liter-Flaschen, was solls. Wir werden trotzdem einen schönen Tauchgang hinkriegen, mindestens eine Dreiviertelstunde, wenn wir so auf zehn, zwölf Metern bleiben. Also komm!« Und damit half er Protnik, das Tarierjacket mit der daran angeschnallten Pressluftflasche überzuziehen.

»Mensch, ist das schwer!« Horst hatte noch nie ein so schweres Jacket hochhieven müssen. »Sag mal, wieviel Blei hast du da noch drin? Reicht das an deinem Gürtel denn nicht?«

Allein am Gürtel hatte Protnik acht Kilo Blei hängen. »Na ja, so fünf bis sechs Kilo noch«, gab er zu.

Zweifelnd betrachtete Horst die Taschen der Tarierweste, die sich deutlich nach unten ausbeulten. »Und du glaubst, dass das nötig ist? Zuviel Gewicht im Wasser kostet auch Luft! Da strampelt man wie ein Wilder, kommt vor lauter Ballast nicht vom Fleck und muss ständig Luft ins Jacket blasen, dann wieder ablassen und so weiter!«

Doch Protnik ließ nicht mit sich verhandeln. »Ich bin ein paarmal nicht von der Oberfläche heruntergekommen, weil ich zu wenig Blei dabei gehabt habe. Und was glaubst du, was diese Strampelei mich erst Luft gekostet hat, bis ich dann unten war! Nein, nein! Ist schon recht so! Kommt, lasst uns endlich loslegen!« Damit wankte er unter der Last seines Gewichts und der zusätzlichen Pfunde, die er sich aufgeladen hatte, mühsam ins Wasser.

Der Tauchgang war wirklich amüsant gewesen. Protnik war zwar, wie von Horst vorhergesagt, untergegangen wie ein Stein, aber nach einigen Tarierversuchen hatte es dann geklappt mit dem Tauchen. Vorher hatte Horst seinem Kollegen noch vier Kilogramm aus der Weste genommen und bei der Einstiegsstelle für Hausrifftaucher deponiert, dort wo das Seil für die Boje auf dem Grund verankert war. Beim Auftauchen hatten sie die Gewichte wieder mitgenommen.

Eigentlich war die Unterwasserlandschaft durch die Schäden, die das überhitzte Meer im Frühsommer dieses Jahres an den Korallenpolypen angerichtet hatte, trostlos anzusehen. Eine regelrechte Trümmerlandschaft, wohin das Auge reichte! Die Korallen waren in Massen abgestorben und anstelle der sonst in allen Regenbogenfarben schimmernden Korallenformationen beherrschte milchiges Weiß die Szenerie im Wasser: das Kalkskelett der abgestorbenen Korallenblöcke.

Und dennoch: es herrschte Leben am Riff. Fische in unvorstellbarer Zahl waren zu sehen und alle schienen sich an den abgestorbenen Korallenpolypen gütlich zu tun. Sie profitierten ganz offensichtlich von einem unverhofften riesigen Nahrungsangebot, das aus dieser Naturkatastrophe resultierte. In zwölf bis fünfzehn Metern Tiefe keimte vereinzelt auch schon wieder die Hoffnung in Form des einen oder anderen Blocks, der quadratzentimeterweise von neuen farbigen Polypen besiedelt wurde. Keine Frage, das Riff würde sich wieder erholen, das, was El

Niño in diesem Jahr angerichtet hatte, war ja auch beileibe nicht die erste Korallenbleiche in diesem Jahrhundert – und im nächsten Jahrhundert würden weitere folgen. Solange das empfindliche Ökosystem nicht zusätzlich durch andere Einflüsse wie Meeresverschmutzung, Sprengstofffischen und ähnlichen Gefährdungen beeinträchtigt wurde, hatte es die Kraft, sich von allein zu regenerieren. Und das machte Hoffnung! So schön es auch gewesen wäre, eine blühende Korallenlandschaft unter Wasser anzutreffen. Blühende Landschaften – der Begriff kam einem irgendwie bekannt vor!

Immerhin, eine Begegnung, die sicherlich auch Protnik noch lange im Gedächtnis haften bleiben würde, hatten sie bei diesem Tauchgang gehabt: drei wunderschöne, zirka anderthalb Meter lange Weißspitzenriffhaie waren an ihnen vorbei majestätisch durch das Wasser gezogen. Claudia hatte sie als Erste gesehen und Horst mit der Hand bei der Wade gepackt, um ihn auf die Haie aufmerksam zu machen.

Irgendwie bekam man trotzdem immer ein mulmiges Gefühl, wenn einem ein Hai begegnete! Einerseits lieferte dieses Rendezvous daheim Gesprächsstoff genug für das nächste Jahr, wenn man sich rühmen konnte, schon einmal einem Hai praktisch auf Tuchfühlung ins Auge geblickt zu haben, andererseits zuckte man doch zumindest innerlich zusammen, wenn man die Tiere sah, die mit solch vielen furchtbaren Ereignissen in Verbindung gebracht wurden. Dass das meiste davon gewaltig übertrieben war, das hatte sich ja allmählich herumgesprochen, und dennoch ...

Aber es waren, das musste man einfach voller Bewunderung anerkennen, wunderschöne Tiere, wie sie da elegant in rund drei Metern Entfernung durchs Wasser schwebten und die Taucher gar nicht zu beachten schienen. Die kleine weiße Spitze auf Rücken- und Schwanzflosse machte die Identifizierung einfach: das waren ganz eindeutig Weißspitzenriffhaie gewesen, denen man an den Riffen der Malediven immer wieder begegnete.

Protnik strahlte über das ganze Gesicht: dieses Abenteuer musste er unbedingt sofort seiner Uschi berichten! Und so konnte es ihm auch gar nicht schnell genug gehen, bis sie ihre Ausrüstung abgestreift, im Süßwasserbecken durchgespült und schließlich zum Trocknen aufgehängt hatten. »Kommt, los, beeilt euch! Die Uschi, die wird Augen machen!«

Und schon walzte er voraus, zu Uschis Liegestuhl am Strand, wo sie normalerweise um diese Uhrzeit gelangweilt vor sich hin döste. Doch Uschi war die Wartezeit dieses Mal offenbar zu lange geworden. Der Liegestuhl war leer und ein enttäuschter Protnik blickte sich vergeblich um, in der Hoffnung, sie doch noch zu entdekken.

»Suchst du die Uschi?«, Petra Feierabend war, ohne dass er es bemerkt hatte, an ihn herangetreten. »Die ist vorher Schnorcheln gegangen, es ist noch keine fünf Minuten her. Da schau, da draußen ist sie!«

Tatsächlich – rund fünfzig Meter vom Strand entfernt paddelte eine Schnorchlerin an der Riffkante entlang, den Kopf ins Wasser gestreckt, so dass nur noch der lilafarbige

Schnorchel zu sehen war. »Uschi, hallo Uschi!« Aus Leibeskräften rief und winkte Protnik seiner Liebsten zu. »Hallo! Wir sind wieder zurück!«

Endlich schien sie sein Rufen zu bemerken. Sie drehte den Kopf aus dem Wasser und winkte Protnik zurück. Inzwischen waren auch die Meyers herangekommen. Dass Uschi tatsächlich ins Wasser gegangen war, wo sie doch sonst nicht allzu viel damit am Hut hatte, mit der ganzen merkwürdigen Unterwasserwelt, wie sie sich Horst gegenüber gestern ausgedrückt hatte! Erstaunlich! Aber einfach nur so am Strand herumzuliegen, das war eine Woche lang schön und gut, aber dann ...

»Du, Michael!« Claudia schien etwas bemerkt zu haben. »Da guck mal! Was ist das denn knapp hinter der Uschi?«

Angestrengt spähten die beiden anderen über die Wasserfläche.

Horst begriff als Erster. »Du, das sieht aus, wie unsere Freunde von vorhin! Was meinst du?«

Claudia nickte. »Das sind die Haie: zwei Flossen zumindest kann ich erkennen!«

»Um Gottes willen!« Protnik schien ernstlich besorgt. »Was sollen wir denn jetzt tun?«

»Gar nichts! Die tun doch schließlich auch nichts! Das haben wir doch grade selbst erlebt!« Horst beschwichtigte den unruhigen Michael.

»Uschi, hallo Uschi!«, Claudia rief und winkte in Richtung der Schnorchlerin.

Die schaffte es tatsächlich, den Schnorchel aus dem Mund zu nehmen und zurückzurufen: »Hallo! Es ist wunderschön hier draußen!« Eine erstaunliche sportliche Höchstleistung in Anbetracht von Uschis kaum vorhandener Fitness.

»Uschi! Schau mal hinter dich!«, rief nun auch Horst ihr zu. »Guck mal! Haie hinter dir!«

»Haie, haha, Haie! Jaja, Haie!« Uschi ließ sich nicht so leicht auf den Arm nehmen.

»Uschi, schau doch mal nach hinten!« Jetzt versuchte es auch Protnik.

»Haha, von wegen Haie!«, überlegen lachend wandte sie den Kopf nach hinten. »Haha, wo denn? Iiiiiiiiii! Hilfe! Hilfe, Haie!«

»Uschi, ganz ruhig bleiben! Die tun dir doch nichts!« Horst wusste, dass er genauso gut gegen eine Wand hätte rufen können.

»Hilfe! Michael, Hilfe! Haie!« Aus der gerade noch so gelassen wirkenden Uschi Abele war die Panik in Person geworden! Sie schien nur noch ein Ziel zu verfolgen: raus aus dem Wasser! Horst staunte Bauklötze: wie man sich mit solch einer Körperfülle doch so schnell bewegen konnte! Also: alle Achtung!

»Hilfe! So helft mir doch!« Nur noch wenige Meter war die so urplötzlich in »Lebensgefahr« geratene Uschi vom rettenden Ufer entfernt. Eilig kam ihr Protnik entgegengewatet.

»Uschi, komm, gleich hast du es geschafft.«

Zwei, drei Schläge mit den Flossen noch und schon hatte Protnik sie bei den Armen gefasst und ruck-zuck aus dem Wasser gezogen. Völlig erschöpft und matt stöhnend blieb Uschi auf dem Sand einfach liegen. »Wie ein Kuhfladen in der Mittagssonne!«, schoss es Horst in den Sinn, der Mühe hatte, nicht einfach laut loszulachen.

»So – jetzt hast du das Falscheste gemacht, was man überhaupt machen kann, wenn man Haien begegnet!« Die Reaktion auf den Vorwurf bestand lediglich in einem schwachen Grunzen.

»Du hast so gestrampelt und gezappelt, dass du die Haie im Zweifelsfall erst auf dich aufmerksam gemacht hättest. Das ist das klassische Opferverhalten! Dieses Zappeln und Strampeln kommt bei denen an wie eine Fluchtbewegung ...«

»War es ja auch«, kam es heiser aus dem Sand zurück.

»Aber das gerade löst bei Raubtieren den Angriffsinstinkt aus, also wirklich! Ruhe bewahren, das wärs gewesen!«

»Ihr habt leicht reden!« Mühsam und noch immer keuchend stützte Uschi ihren Oberkörper mit dem linken Arm aus dem Sand. »Ist euch ein Hai hintendrein gedüst, oder mir?«

»Na ob Dus glaubst oder nicht«, schaltete sich Protnik nun ebenfalls in die Debatte ein. »Als wir vorhin getaucht sind, da ...«

»Sei mal still!« Horst legte seinem Kollegen die Hand auf die Schulter und deutete in Richtung Bootsanlegesteg. »Warum sind die da drüben denn so aufgeregt? Was ist denn da schon wieder los?«

Tatsächlich – gerade machte das Tauchdhoni der Manta-Dive Basis am Anlegesteg fest und schon hatte sich eine aufgeregte Menge an Hotelbediensteten dort eingefunden. Sie diskutierten lautstark (ganz gegen ihre normalen Gepflogenheiten) mit der Besatzung des Bootes, drei Malediven, die die Taucher immer mit geradezu traumwandlerischer Sicherheit an exakt die Stelle im Meer transportierten, an der das vorher besprochene Riff oder die gewünschte Unterwasserhöhle zu finden war.

Aber nun musste sich etwas Außerplanmäßiges ereignet haben. Und zwar ganz offensichtlich etwas Schreckliches.

»Du meine Güte! Hört das denn nie auf! Was ist denn jetzt schon wieder!« Horst zweifelte allmählich ernsthaft, ob das mit dem Traumurlaub am Äquator so eine gute Idee gewesen war. Vielleicht hätte man ja doch zwei Wochen in der ländlichen Abgeschiedenheit des Bayerischen Waldes wandern gehen sollen! Da wäre der Urlaub mit tödlicher Sicherheit bei weitem nicht so dramatisch verlaufen.

Apropos tödlich: da war doch wohl nicht wirklich ... Bitte nicht ...!

Aber die gesamte Mimik und Gestik der Einheimischen deuteten auf ein schlimmes Ereignis hin. Sofort mit dem Anlegen verließ das knappe Dutzend Taucher, die heute Morgen zu einem Strömungstauchgang hinausgefahren waren, das Boot. Nicht einmal die nötige Zeit, ihre Ausrüstung an Land zu bringen, schienen sie zu haben. Sie stiegen einfach nur aus, standen mit betroffenen Mienen am Steg und beobachteten den weiteren Gang der Dinge. Das zweite Boot wurde nun losgemacht und mit allen Anzeichen hektischer Betriebsamkeit eilten die drei an diesem Morgen zurückgebliebenen Mitarbeiter der Tauchbasis auf das Dhoni zu. Auch Chrissie kam nun aus dem Haus gerannt und sprang in das erste Boot, in dem sie von Tom aufgefangen wurde, der als einziger die Ruhe bewahrt zu haben schien. Und schon legten die beiden Boote wieder ab, in Richtung auf das offene Meer – ungefähr die Richtung, in der das erste Boot die Taucher heute Morgen an die vereinbarte Stelle, einen Kanal mit starker Strömung an der Außenkante des Atolls, hinausgefahren hatte.

Kapitel XVII

Der Nachmittag war hektisch verlaufen. Die ganze Zeit über hatte man mit denen, die am Morgen zu ihrem Strömungstauchgang hinausgefahren waren, diskutiert und beratschlagt. Kein Mensch konnte sich so recht erklären, was passiert war! Ein Taucher weniger war an Bord gewesen, als sie die Rückfahrt angetreten hatten! Und sie hatten es erst gemerkt, als sie schon gut und gerne zehn Minuten unterwegs gewesen waren!

Urs, der Schweizer, hatte mit einem Mal Alarm geschlagen. »Mir ist irgendwie aufgefallen, dass da einer gefehlt hat, oder«, berichtete er den um ihn herum versammelten Urlaubern, die geradezu begierig der Schilderung des Geschehens lauschten.

Sensationslust! Die Lust am Untergang, das ist es einfach, was die Leute antörnt. Hauptsächlich dann, wenn man nicht selbst unmittelbar davon betroffen ist und es sich also leisten kann, dass einem schrecklich-gruselige Schauder den Rücken herauf und wieder herunter laufen! Muss wohl eine zutiefst menschliche Eigenschaft sein, sich am Leid des anderen zu weiden und gleichzeitig betroffene anteilnehmende Miene zum grausigen Spiel zu machen! Horst machte sich durch seine jahrelange Polizeiarbeit in dieser Hinsicht schon lange keine Illusionen mehr. So waren sie eben, die Menschen! Und – ehrlich gesagt – wenn er sich hier einmal an die eigene Nase fasste: weshalb stand er eigentlich mitten in der Menge und lauschte der Schilderung von Urs genauso gespannt und aufmerksam, wie all die anderen um ihn herum?

Urs fuhr fort. »Irgendwie bin ich nämlich auf der Hinfahrt heute morgen mit dem Charlie ins Gespräch gekommen, deshalb war ja auch sonnenklar, dass der bei der Hinfahrt noch mit im Dhoni war, oder. Und auf der Rückfahrt ...«

»Moment mal«, unterbrach ihn Horst erregt. »Soll das etwa heißen, der Zoro, äh der Charlie, der ist verschwunden?«

Urs nickte zustimmend. »Genau das! Ich sag' ja, auf der Hinfahrt hab' ich mich noch mit ihm unterhalten. Der hatte da so einen neuen, topmodernen Lungenautomaten und so ein Superventil an der Flasche, das hat er mir gezeigt. War echt allererste Sahne, oder!« Respektvoll zog er die Mundwinkel nach unten.

»Ja und dann, dann ist er plötzlich nicht mehr im Boot gewesen?« Horst glaubte, seinen Ohren nicht trauen zu können.

»Eben! Ja! Irgendwann nachdem ich mich umgezogen hatte ist mir aufgefallen, dass da noch eine leere Kiste im Dhoni war. Kein Jacket drin, keine Flossen, nur ein T-Shirt. Komisch, oder!« Wie um nach Bestätigung zu heischen, blickte Urs in die Runde. »Ja, und dabei hab ich dann gemerkt, dass der Charlie gefehlt hat!«

»Aber das gibt's doch gar nicht! Bevor man abfährt, guckt man doch, ob alle an Bord sind! Hat denn der Tom nicht nachgefragt?«

»Doch, hat er!« Urs nickte. »Er hats halt gemacht, wie immer. Gefragt, ob alle da sind, und jeder hat seinen Buddy, seinen Tauchbegleiter«, setzte er hinzu, als er die fragenden Blicke der Nicht-Taucher bemerkte. »Jeder hat also seinen Buddy angeguckt und ja gesagt, oderrr. Und dann, dann sind wir halt losgedüst!« Hilflos zuckte er mit den Schultern.

»Ja, aber was war denn dann mit dem Buddy von Charlie? Der hätte doch dann sagen müssen, dass einer fehlt! Wer war denn das?« Die ganze Angelegenheit schien Horst immer rätselhafter zu werden. Wenn Urs sich nur nicht alles aus der Nase ziehen ließe!

»Der Buddy vom Charlie? Ja, der hat eigentlich gar keinen gehabt. Weil – ich bin mit dem Steffen runter, oder. Und der Charlie? Ja der hat sich dann ja zwangsläufig mit dem Tom zusammengetan, oder. Das hab' ich, glaub' ich, noch gesehen.« Um seine Aussage zu unterstreichen, nickte Urs kräftig mit dem Kopf. »Ja, genau. Genauso wars!«

Ein furchtbarer Verdacht begann Horst durch den Kopf zu schießen. Bloß das nicht! Hatte da womöglich Tom aktiv die Finger mit im Spiel gehabt? Wenn er an die Szene neulich mit den Lire dachte und dann heute Morgen! Der Verdacht gegen den Zoro schien bei Tom ja immer noch nicht vollständig eliminiert zu sein. Aber nein! Das war doch unmöglich! Eine solche Unterstellung! Nie und nimmer! Außerdem war der Zoro zwar ein Ekel, aber andererseits ein wirklich erfahrener Taucher. Das hatte Horst schließlich selbst schon mitbekommen. Und so einer verschwindet nicht so einfach – beziehungsweise lässt der sich doch nicht so ohne weiteres ...

In diesem Moment tippte ihm jemand von hinten auf die linke Schulter. »Glaubst du auch, was ich glaube?«, flüsterte ihm Protnik ins Ohr.

Horst drehte sich herum. »Quatsch! Nie und nimmer kann das möglich sein!«

Protnik lächelte bedeutungsvoll. »Also doch!«, zischte er zwischen den fast geschlossenen Lippen hervor. »Du weißt ja noch gar nicht, was ich dir sagen wollte! Aber deine Reaktion sagt alles!«

»Ja, und wie soll das denn gegangen sein? Das hätte der doch nie und nimmer riskiert, weil doch jeder sofort auf ihn tippen wird! Und außerdem ...«, bevor Horst jedoch die Verteidigungslinie für Tom weiter aufbauen konnte, wurde er von einem immer stärker werdenden Geräusch, das von der anderen Seite der Insel zu kommen schien, unterbrochen.

Das Geräusch nahm immer stärker zu und steigerte sich zu einem fast ohrenbetäubenden Lärm. Und da tauchte der Helikopter auch schon auf: dicht über den Wipfeln der Palmen. Mit voller Geschwindigkeit raste er über den Strand, knapp über den Köpfen der hier Versammelten vorbei. Und schon war er draußen, über der unendlichen Wasserfläche des Indischen Ozeans.

»Der sucht den Charlie!«, brüllte Urs in den abebbenden Lärm dem Hubschrauber hinterher. Die sind deshalb vorhin zurückgekommen, damit jemand von der Basis aus den Hubschrauber alarmiert. Aus der Luft müsste man ihn ja besser finden können, oder!«

Horst war da wesentlich skeptischer. »Wann habt ihr ihn denn verloren?«

Urs zog nachdenklich die Stirn in Falten. »Na ja, ich habs nach rund zehn Minuten Fahrt gemerkt. Fünf Minuten lang waren wir auf dem Boot, bis alle an Bord waren, oder vielmehr fast alle«, verbesserte er sich rasch. »Dann zehn Minuten Rückfahrt, gut dreißig Minuten Suche, das sind dann schon ...« Urs rechnete angestrengt.

»55 Minuten«, warf eine der Urlauberinnen ein, die in der Schule offenbar noch Kopfrechnen gelernt hatte. Eine seltene Tugend heutzutage.

»Genau!«, stimmte Urs ihr zu. »Also 45 Minuten, bis wir dann umgekehrt sind, zur Basis. Und die Rückfahrt, die hat gut und gerne nochmal 50 Minuten gedauert, das sind dann schon ...«, fragend blickte er die Schnellrechnerin an.

»... Eine Stunde, 45 Minuten«, löste sie wie aus der Pistole geschossen die Rechenaufgabe.

»Eben!« Wieder nickte Urs. »Und dann sind die jetzt seit knapp ...« Er blickte auf seine Taucheruhr, ein tolles Teil, sicher nicht unter 800 Mark im Laden zu haben, konstatierte Horst für sich. Urs fuhr fort. »Dann sind die nun seit gut 30 Minuten wieder draußen, aber natürlich noch nicht an Ort und Stelle. Der Hubschrauber wird noch fünf Minuten brauchen, kann aber ohne das Boot die exakte Stelle noch nicht finden, von der aus gesucht werden muss, das macht dann ...«

Ein fragender Blick und die postwendende Antwort: »Zwei Stunden und mindestens zwanzig Minuten!«

Urs sog hörbar die Luft ein: »Das ist natürlich eine Menge Holz, mein lieber Mann! Da kann der ja schon sonstwo sein, oder!«

Auch für Horst schienen die Erfolgsaussichten gegen Null zu tendieren. »Da ist tatsächlich eine Menge Zeit vergangen. Und noch knapp zweieinhalb Stunden bleiben, bis es dunkel wird. Bei der Strömung am Außenriff und dann so ein winziger Klecks im Meer ... also ich weiß nicht!«

»Das ist ja furchtbar!« Entsetzt blickte ihm Uschi Abele ins Gesicht. »Und ihr habt immer gesagt, das Tauchen sei gar nicht gefährlich, da könne gar nichts passieren!« Der Vorwurf in Person wandte sie sich nun zu Protnik um.

»Aber eigentlich kann das ja auch gar nicht sein! Zwei erfahrene Taucher: der Charlie und dann erst recht der Tom ... Was ist dort wohl unter Wasser abgelaufen?! Da hilft nur eins: abwarten, bis die Boote wieder da sind. Mehr können wir ohnehin nicht machen!«

Und so löste sich die Gruppe allmählich auf, um im Schatten der Bäume auf den nunmehr allesamt exakt in Richtung Bootssteg ausgerichteten Liegestühlen der Ankunft der beiden Dhonis entgegenzufiebern. Würde der Abend die Aufklärung bringen? Und: gab es noch eine Chance für den mutterseelenallein im Meer dahintreibenden Charlie Sauer? Horst hatte erst kürzlich in einer der gängigen Taucherzeitschriften gelesen, dass solche Unfälle viel häufiger vorkamen, als man gemeinhin annahm. Dass ein Taucher von der starken Strömung weiter als vorausberechnet abgetrieben wurde und dann von der Bootsbesatzung nicht mehr zu finden war. Schon gar nicht, wenn er womöglich keine Signalboje, Trillerpfeife oder (für die Dunkelheit) einen Blinker in der Ausrüstung hatte. Das Ende musste schrecklich sein: keine Menschenseele weit und breit, die gnadenlos herniederbrennende Sonne, die die spröden Lippen aufplatzen ließ, der unerträglich werdende Durst inmitten von Wasser, Wasser und nochmals Wasser. Und dann der Kardinalfehler, wenn der Durst sich ins uferlose steigerte und der Vermisste sich nicht mehr zurückhalten kann, gierig das salzhaltige Meerwasser hinunterzustürzen. Das ist das sichere Ende – und zwar in kürzester Zeit! Grauenhaft!

Erst nach vielen langen Stunden, nachdem bereits die Dunkelheit über den Malediven hereingebrochen war, kamen die beiden Boote zurück. Sie hatten gesucht bis nach Sonnenuntergang, dann mussten sie schließlich abbrechen. Weit und breit keine Spur des Vermissten. Keine Ausrüstungsgegenstände, keine Boje, nichts. Auch die Hoffnung, eventuell die Blitzzeichen eines Blinkers in der Dunkelheit entdecken zu können, war enttäuscht worden, und so kam die frustrierte Suchtruppe unverrichteter Dinge gegen 20 Uhr wieder am Bootssteg an.

Auch der Helikopter hatte nichts ausrichten können, der Pilot war lange über der Stelle gekreist, an der Charlie ins Wasser gegangen war. Dann hatten sie langsam das Meer in der Richtung abgesucht, in die die Strömung die Taucher eigentlich hätte treiben müssen, aber da war natürlich viel Spekulation im Spiel. Wie tief war Charlie gegen Ende gewesen, wie stark war dort die Strömung und wie weit hatte es ihn dann wohl getrieben? Wann war er wo aufgetaucht und wie waren an jener Stelle die Strömungsverhältnisse? Eine nahezu unlösbare Aufgabe, vor der die Hubschrauberbesatzung gestanden hatte. Nach anderthalbstündiger Suche hatten sie aufgegeben. Der Pilot hatte gefunkt, sein Sprit gehe zur Neige, er müsse umkehren. Ein zweiter Heli stand nicht mehr zur Verfügung, es wäre auch sinnlos gewesen, denn der wäre bereits in die Dunkelheit hineingeflogen. Und so stand mittlerweile eigentlich so gut wie unverrückbar die schreckliche Wahrheit fest: Charlie Sauer würde nicht mehr lebend geborgen werden können. Wenn überhaupt, dann würden eines Tages an irgendeinem Inselstrand Teile seiner Ausrüstung angeschwemmt werden, vielleicht. Doch wie auch immer: Charlie Sauer war und blieb vermisst. Charlie Sauer war tot!

Kaum war das erste der Boote am Steg festgemacht, da sah sich Tom, der Basisleiter, natürlich von einer Vielzahl von Fragen und Vorwürfen konfrontiert. Wie hatte das geschehen können? Weshalb hatte er nicht besser aufgepasst? Und: was war denn der Grund gewesen, sich nicht vor Abfahrt des Bootes nach seinem Buddy umzusehen?

Fragen über Fragen! Tom verschränkte die Hände hinter dem Kopf und blickte hoch zum Himmel, an dem mittlerweile die Sterne hervorgekommen waren. »Weiß auch nicht, was da eigentlich passiert ist! Der war anscheinend plötzlich weg – einfach so!«

»Einfach so ist keiner weg. Du hast es mir doch erst noch letzte Woche beigebracht, wie man sich unter Wasser verhalten muss. Und immer den Partner im Auge behalten!« Vorwurfsvoll listete Protnik dem Tauchlehrer die Regeln auf, die jedem Tauchschüler eingebleut wurden, und zwar nicht nur einmal, sondern immer und immer wieder.

»Grau ist alle Theorie!« Tom nahm die Arme herunter und blickte Protnik direkt in die Augen. »Weißt du, das sagt sich immer alles so leicht mit dem Zusammenbleiben. Aber ...«, und damit warf er einen bedeutungsvoll-vorwurfsvollen Blick in die Runde, die sich am Bootssteg versammelt hatte, »aber zum verantwortungsvollen Tauchen gehören immer zwei! Und wenn mein Buddy da nicht mitmacht, dann bin ich ruck-zuck alleine unter Wasser!«

»Du willst damit sagen, dass der Charlie sich nicht an die Regeln gehalten hat?« Protnik staunte. Von der Seite hatte er die Sache noch gar nicht betrachtet!

»Will ich so nicht unbedingt sagen! Tatsache aber ist, dass wir eine starke Strömung hatten. Das können alle, die dabei waren, bestätigen.« Suchend blinzelte er in die Reihe der Umstehenden.

Einige nickten. »Ja doch, das kann ich wirklich bestätigen!«, erklärte Urs stellvertretend für die anderen.

»Also!« Tom deutete mit dem Zeigefinger auf einige der Taucher. »Und deshalb habe ich die Sache ja ganz genau mit euch durchgesprochen. Und deshalb habe ich auch nur Taucher mit Erfahrung mitgenommen. Ich habe euch alle nochmal gefragt, ob ihr schon mindestens 50 Tauchgänge absolviert habt. Stimmt doch, oder!«

Sie nickten. »Ja, hast du. Und als du die Boje für das Boot festgemacht hast, da hast du ja auch extra nochmal darauf hingewiesen, dass die Strömung heute besonders stark sei! Stimmt!« Urs nickte mehrmals nachdenklich.

»Genau! Und hab' ich euch nicht nochmal eindringlich ans Herz gelegt, zusammen zu bleiben und immer auf den Partner zu achten!« Tom streckte herausfordernd das Kinn in die Höhe.

Zustimmendes Gemurmel gab ihm recht. Doch Urs hakte nach: »Ja, schon. Aber deshalb verstehe ich erst recht nicht, wie ihr euch verlieren konntet!«

Tom musterte ihn scharf. »Eben weil die Strömung so stark war. Ich muss als Anführer der Gruppe ja auch ab und zu nach den anderen schauen – ob irgendwer zurückgeblieben ist beispielsweise. Und deshalb habe ich ihn regelrecht beschworen, ja möglichst eng bei mir zu bleiben. Das muss doch einer von euch mitbekommen haben!« Wieder suchte er in den Augen der anderen nach einer Bestätigung.

»Doch, ja!« Ein kleiner kahlköpfiger Mitdreißiger nickte. »Ich habs gehört, wie du dich mit dem Charlie noch einmal abgestimmt hast. Stimmt: du hast ihm eingeschärft, ganz dicht beisammen zu bleiben!«

»Bitte, da hört ihrs!« Tom breitete in gespielter Hilflosigkeit die Arme aus. »Was also soll ich da machen, wenn der sich nicht an die Spielregeln hält. Ich hab' genau gemerkt, dass der nach zehn Minuten plötzlich nicht mehr da war. Ich hab ihn noch gesucht, aber da war weit und breit kein Charlie. Na gut, habe ich gedacht, der hat ja jede Menge Tauchgänge, der wird schon wissen, was er tut. Wahrscheinlich hat er sich einer anderen Gruppe angeschlossen. Ja und dann, bevor ich mir weitere Gedanken machen konnte, da habe ich doch dir«, und damit deutete er auf einen schmächtigen Mitfünfziger in rotem T-Shirt und gelben Shorts, »da habe ich doch dir geholfen, bei dir war doch die Flasche verrutscht.«

Der angesprochene Taucher nickte verlegen. »Stimmt! Du warst plötzlich neben mir und hast mir bedeutet, ich solle mich auf dem Grund an einem Steinblock festhalten. Und dann hast du mir die Flasche fester geschnallt. Ich hatte gar nicht bemerkt, dass die so weit nach unten gerutscht war.«

»Eben, dafür bin ich ja da. Das hat vielleicht eine oder anderthalb Minuten gedauert und dann haben wir uns weiter mit der Strömung treiben lassen. Da war natürlich von

Charlie erst recht keine Spur mehr zu sehen. Wie gesagt, ich war mir sicher, dass sich der schon längst anderen angeschlossen hatte!«

»War aber nicht so«, brummte Protnik. »Und wieso hast du ihn dann nicht auf dem Schiff zur Sau gemacht, als ihr wieder oben wart? Und wieso habt ihr nicht abgezählt, ob alle da waren?«

Tom runzelte leicht die Stirn. »Also das mit dem Abzählen – meine Güte! Ich war am Anfang schlichtweg zu beschäftigt, denn die ersten beiden Paare, die runter sind, die haben mir oben auf dem Boot gleich eine Frage gestellt. Die hatten in der Ferne etwas gesehen, stimmts?« Suchend schaute er sich nach den erwähnten Tauchern um.

Einer der Angesprochenen, der zu einer Gruppe aus Nürnberg gehörte, trat einen Schritt nach vorne. »Stimmt. Wir hatten gedacht, dass wir da ganz weit vor uns vielleicht einen Walhai gesehen hätten. Und da haben wir ihn«, damit deutete er mit dem ausgestreckten Arm auf Tom, »gefragt, ob das wohl möglich sein könne!«

»Genau!« Tom nickte. »Und während ich euch erklärt habe, wie die aussehen und wie sie sich unter Wasser bewegen, da hat mich der Bootsführer kurz angeguckt und ich hab ihm das O.K. zum Losfahren gegeben. Meine Güte, ich war ganz mit dem Walhai und euch beschäftigt!« Richtiggehend vorwurfsvoll fixierte er den Nürnberger.

Den überkam unter dem strafenden Blick des Tauchlehrers eine plötzliche Verlegenheit. Ein roter Schimmer überzog sein Gesicht. »Na ja, wenn wir das gewusst hätten. Allmächt! Wir haben ja bloß gedacht, da wär was Besonderes gewesen. Deshalb haben wir dich gefragt!«

»Ist ja schon gut«, beschwichtigte Tom, der merkte, dass er zu weit gegangen war, den verdatterten Franken. »Aber so ist das halt gekommen, wie es gekommen ist. Natürlich wollte ich mir den Kerl zur Brust nehmen, das hatte ich mir fest vorgenommen, aber vor lauter Killerwal ...«

Der arme Kerl aus Nürnberg konnte einem richtig leid tun. Der machte mittlerweile ein Gesicht, als hätte er Charlie aus Versehen mit den bloßen Händen umgebracht. Ein anderer aus der Gruppe klopfte ihm auf die Schulter: »Komm, Herbert! Ist doch nicht so gemeint, als ob wir jetzt schuld daran wären ...«

Tom schüttelte heftig den Kopf: »Ach was – auf keinen Fall. Ich hab nur erklären wollen, wie das alles gekommen ist. Aber wie auch immer«, und damit beschrieb er mit der Hand energisch einen Kreis, »selbst wenn wir ihn sofort gesucht hätten, als wir wieder alle im Boot waren: ich glaube nicht, dass wir ihn gefunden hätten, wenn er sich wirklich hat abtreiben lassen. Immerhin«, er deutete auf seine Uhr, »da waren in der Zwischenzeit mehr als dreißig Minuten vergangen. Wir waren gut und gerne 45 Minuten unten und nach zehn Minuten war der schon weg. Und dann bei der Strömung: Nein, das hätte sowieso nichts mehr gebracht!« Wieder schüttelte er ernst den Kopf. Die meisten Umstehenden blickten ernst und schweigsam auf den Boden.

Nur Protnik hatte noch eine Frage: »Und wie geht's jetzt weiter? Wird da morgen nochmal gesucht?«

Tom verneinte achselzuckend: »Nichts zu machen! Das wäre völlig sinnlos. Das wissen alle hier auf den Malediven. Und leider haben die Erfahrung mit solchen Unfällen. Wir werden morgen wohl Besuch aus Male bekommen, von der Wasserschutzpolizei dort. Ein Beamter von der Einwanderungsbehörde wird auch dabei sein und vielleicht noch einer vom Zoll. Und dann«, fragend blickte er in die Runde »und dann müssen wir ja auch noch seine Reisegesellschaft informieren. Weiß einer, mit wem der gekommen ist?«

Protnik schüttelte den Kopf. »Das wissen ja die an der Rezeption auf jeden Fall. Die können dann ja direkt die Reiseleitung informieren.«

»Stimmt.« Tom überlegte. »Ja – ich glaube, so wird es gehen morgen. Ich kenne diese Prozedur auch nur vom Hörensagen, ein Kollege hat es mir mal geschildert. Aber wie gesagt, für die Behörden in Male ist das Routine. Die nehmen morgen den Hergang auf und dann klappen sie die Aktendeckel zu!«

Schauderhaft! Horst spürte, wie ihm eine Gänsehaut in den Nacken kroch. So schnell ging das: am Morgen noch munter und fidel, am Nachmittag vermisst und am Tag darauf war der Exitus schon verbrieft und besiegelt. Aus! Ende! Basta!

Kapitel XIX

Am nächsten Morgen gegen halb elf Uhr waren tatsächlich zwei Behördenboote auf die Insel gekommen. Die Beamten hatten sich eine knappe halbe Stunde mit Tom und Chrissie unterhalten, danach die maledivische Tauchdhoni-Besatzung eine Weile ins Verhör genommen, den inseleigenen Zollbeamten (es war wieder der richtige, nicht mehr der verdeckte Ermittler von neulich) kurz nach seiner Sicht der Dinge befragt und sich anschließend freundlich lächelnd zum Mittagessen auf der Restaurantterrasse niedergelassen. Kurz nach halb eins hatten sie wieder ihre Boote bestiegen und die Rückfahrt nach Male angetreten. Beim Ablegen hatten sie den Urlaubern auf der Insel sogar noch zugewinkt: so nett und friedlich konnte im Paradies also eine Tragödie enden! Horst wusste nicht, ob er dies nun schockiert, verwundert oder ganz einfach nur sprachlos staunend zur Kenntnis nehmen sollte.

Zum Mittagessen hatte er eigentlich nicht sonderlich große Lust, aber Protnik ließ ihm keine Ruhe: »Komm, wenigstens eine Kleinigkeit zwischen die Kiemen schieben! Da kommt man gleich auf andere Gedanken. Bring die Claudia mit, ich hol die Uschi und dann treffen wir uns in zehn Minuten an der Snackbar. O.K.?«

Horst gab widerwillig nach. »O.K., also gut, du Nervensäge. Ob die Claudia mit will, weiß ich aber nicht. Die hat sich vorhin an den Strand gelegt und will, glaube ich, von nichts und niemandem etwas wissen!«

Michael Protnik wiegte den Kopf. »Abwarten. Die Uschi ist auch am Strand, dann kannst du ja schon mal vorgehen und uns einen Tisch reservieren. Ich bringe dann gleich beide mit!«

»Na gut, versuch' dein Glück!« Horst war skeptisch, ob es Protnik schaffen würde, Claudia von den düsteren Erinnerungen loszueisen.

Einige Minuten vergingen, Horst saß müde (wovon eigentlich?) in dem weißen Plastikstuhl auf der Restaurantterrasse und starrte ins Leere. Irgendwo auf einen undefinierbaren Punkt ganz weit draußen in der unendlichen schwarz-blauen Fläche des Meeres. Denn irgendwo da draußen ... Ein fröhlicher Ruf riss ihn aus seiner Lethargie. »Horst, hallo Horst, hast du uns schon was zum Trinken bestellt? Ich hab einen Mordsdurst, ich könnte den ganzen Ozean austrinken!« An Uschi schienen die Ereignisse der letzten Tage wie Wasser auf einer Wachsdecke abgeperlt zu sein. Die musste ein Gemüt haben ... Und sie hatten es tatsächlich geschafft: Claudia trottete im Schlepptau von Uschi und Protnik hinterher! Mit einem resignierten Augenaufschlag signalisierte sie Horst, dass ihr die beiden offenbar so lange auf die Nerven gegangen waren, bis sie schließlich kapituliert hatte und mitgekommen war.

Eilfertig kamen sofort einige Kellner angetrabt, die sich vorher angesichts von Horsts düsterer Miene noch nicht an den Tisch getraut hatten.

»Also, ich brauch' jetzt erst Mal ein großes Bier!« Freudestrahlend hieb Protnik dem Kollegen Horst Meyer mit seiner schweren Pranke auf die Schulter. Der wäre dabei fast vom Stuhl gefallen. »Und du siehst aus, als ob du auch etwas Aufmunterndes vertragen könntest, gell!

Also!«, er wartete Horsts Anwort gar nicht erst ab, »zwei Bier, bitte! Aber große, O.K.?« Horst ergab sich stumm in sein Schicksal.

»Halt – für mich auch ein Bier! Bei dem Durst, den ich habe!«, Uschi wandte sich um zu Claudia. »Na – und was ist mit dir? Noch eins?«

Abwehrend hob Claudia die Hände und schüttelte den Kopf. »Nein, bloß nicht! Dann kannst du mich für den Rest des Tages vergessen! Ich hätte gern«, und damit blickte sie zu dem Inder hinüber, der emsig die Bestellungen auf einem kleinen Quittungsblock notierte, »ein Bitter Lemon mit Eis.« Der Ober nickte und schrieb fleißig weiter.

»Was die da bloß alles auf den Zettel schreiben?«, wunderte sich Uschi mit dem professionellen Blick einer erfahrenen Sekretärin. »Der schreibt ja, als ob wir einen ganzen Getränkelastzug bestellt hätten!«

Protnik zuckte mit den Schultern. »Keine Ahnung! Aber dafür schaffen sies ja immerhin, dass auch jeder immer das bekommt, was er bestellt hat. Nicht wie bei uns in Deutschland, wo dann der mit dem Cola das Spezi bekommt, der mit dem Spezi hat den Apfelsaft ...«

»Na wunderbar! Bei drei Bier und einem Bitter Lemon! Also wer das nicht auf die Reihe kriegt!« Uschi setzte sich mit einer wegwerfenden Handbewegung, während der Kellner sie mit verständnislosem Gesichtsausdruck weiterhin freundlich anlächelte.

»Egal! Also – Hunger hab' ich auch! Was meint ihr? So einen schönen Fisch wie gestern? Der in dieser asiatischen Soße drin? Wie wärs?« Fragend blickte Protnik in die Runde.

Horst, dem ja an diesem Nachmittag eigentlich alles zu viel war, lief bei der bloßen Erwähnung des gestrigen Mittagessens automatisch der Speichel im Mund zusammen. Der Fisch Marke »Thai Style«! Doch, der war fantastisch gewesen. Und so nickte er zustimmend. »O.K. – für mich auch einen!« Fragend sah er zu Claudia hinüber, die noch zu überlegen schien. Dann schüttelte sie den Kopf.

»Nein, lieber doch nicht. Ich hab' vorher am Strand eine Banane gegessen, das reicht mir eigentlich. Ich probier dann halt mal ein bisschen bei dir«, meinte sie, zu Horst gewandt. Wobei sie doch ganz genau wusste, wie sehr er das verabscheute, wenn ihm noch jemand anderer im Teller herumstocherte! Außerdem hätte er den Fisch schon gerne für sich allein gehabt! Aber andererseits: so viel zum Mittagessen und dann ein paar Stunden später schon wieder Abendessen ... »Also gut!«, ergab er sich in sein Schicksal. »Dann bestellen wir halt noch einen Teller und ein zweites Besteck zu meinem Fisch – Hoffentlich ohne Aufpreis!«, setzte er noch mit einem forschenden Blick auf den unermüdlich schreibenden Ober hinzu. Dies angesichts der Tatsache, dass zwar jedes kleine Extra prompt erfüllt wurde, andererseits immer aber auch postwendend der Stift gezückt und offenbar irgendein umfangreicher Buchungsposten umständlich auf dem Quittungsblock vermerkt wurde.

»So – das hätten wir also geschafft!« Protnik klatschte sich auf die Schenkel. »Jetzt muss der sich nur noch beeilen mit seinem Bier und dann gibts another perfect day in paradise!«

Zweifelnd warf Horst seinem munteren Kollegen einen Blick zu. »Wieder ein toller Tag im Paradies! Also ich weiß nicht: der ganze Urlaub ist mir irgendwie versaut! Und dabei haben wir uns so darauf gefreut!« Resigniert drehte er den Kopf in Claudias Richtung. Doch die runzelte nur leicht die Stirn und blickte vor sich hin.

»Ach was, das war halt Pech alles! Wir haben noch vier Tage vor uns, die lassen wir uns jetzt nicht mehr kaputt machen! Prost!« Und damit schnappte Protnik dem gerade mit den Getränken herbeikommenden Ober eines der Biergläser vom Tablett herunter und genehmigte sich einen gewaltigen Schluck. »Aaah! Tut das gut! Da brauch' ich gleich nochmal eines. Another one!«, bedeutete er dem mit offenem Mund dastehenden Kellner, dem eine solche Trinkgewohnheit offenbar noch nie im Leben begegnet war.

»Durst ist schlimmer als Heimweh!« Damit nahm Protnik einen zweiten Schluck aus dem Glas und schon war es leer. »Die Biergläser sind auch nicht mehr das, was sie früher waren! Zwei Schluck und leer sind sie. Furchtbar. Da!«, und damit stellte er dem verdutzten Kellner das leere Glas wieder aufs Tablett. »Hurry up! Another one! Noch so eins! O.K.?« Mit einem leichten Klaps auf den Rücken setzte er ihn in Bewegung. »Na also, geht doch!« Zufrieden lehnte sich Protnik einen Augenblick zurück und genoss das Gefühl, gerade noch einmal vor dem Verdursten gerettet worden zu sein.

Amüsiert blinzelten sich Horst und Claudia zu: der Sputnik, er war halt schon ein Urviech! Aber ein liebenswertes!

Und schon nahm Protnik die Unterhaltung wieder auf. »Also sag mal Horst. Glaubst du jetzt eigentlich das, was wir da gestern gehört haben tatsächlich?«

»Was meinst du denn?« Horst wusste in Wirklichkeit ganz genau, worauf Protnik hinaus wollte.

Der warf ihm einen prüfenden Blick zu. »Na, das mit dem Walhai und mit dem Abzählen vergessen!«

»Na ja«, Horst, der sich auch so seine Gedanken gemacht hatte, wollte Protnik noch mehr aus seiner Reserve locken. »Aber die Polizei heute Morgen scheint ja alles in Ordnung gefunden zu haben. Den Eindruck haben sie wenigstens auf mich gemacht!«

»Ach die«, Protnik machte eine wegwerfende Handbewegung. »Denen kannst du alles und nix erzählen! Hauptsache, die haben kostenlos was zu Essen und zu Trinken bekommen ...«

»Glaube ich nicht«, mischte sich da Claudia ins Gespräch. »Vergiss nicht, die Malediver sind ganz hervorragende Seeleute. Keine Gerätetaucher, ich weiß«, fuhr sie rasch fort, als sie sah, wie Protnik schon zur Gegenrede ansetzte. »Aber auch mit dem Tauchen und den Touristen haben sie jetzt schon ein Vierteljahrhundert Erfahrung!«

»Und außerdem passiert das ja leider viel, viel öfter, als wir alle glauben«, pflichtete Horst seiner Gemahlin bei. »So außergewöhnlich sind solche Tauchunfälle gar nicht. Immer wieder kommt es vor, dass Taucher spurlos verschwinden und nicht mehr gefunden werden.«

»Eben!« Protnik nickte heftig. »Mit anderen Worten: Das ist der perfekte Mord ...«

»Mord? Wieso Mord?« Mit einem Mal stand Tom, der Leiter der Tauchbasis vor ihnen und musterte sie prüfend. Sie waren so ins Gespräch vertieft gewesen, dass sie ihn gar nicht aus dem Restaurant hatten kommen sehen. »Was ist der perfekte Mord?« Misstrauisch blickte er Protnik an.

Und der reagierte wie immer glänzend. Horst hatte die Schlagfertigkeit seines Kollegen schon immer bewundert. »Mord? Wer spricht hier von Mord?« Verwundert nahm er Toms Blick auf und schaute ihm fest in die Augen. »Du hast da wohl was durcheinander gebracht. Wir haben vom Mond geredet, wie der neulich in der Nacht toll ausgesehen hat. Perfekt – ohne Luftverschmutzung, glasklar. Der perfekte Mond am Sternenhimmel! Kein Mord. Aber anscheinend hat dich das alles doch ziemlich mitgenommen!«

»Wahrscheinlich!« Man sah es Tom an, dass er der Erklärung nicht so recht traute. Andererseits aber war sie ja wie aus der Pistole geschossen gekommen ... Er wischte sich mit der Hand über die Stirn, wie um einen negativen Gedanken vom Kopf zu streifen. »War wohl alles zu viel in den letzten Tagen!«

»Gibts einen bestimmten Grund, weshalb du hergekommen bist«, versuchte Claudia nun, dem Gespräch eine andere Wendung zu geben.

»Ja, genau.« Tom blickte sie dankbar an. »Ich wollte euch fragen, ob jemand von euch Lust auf einen Nachttauchgang heute Abend hätte. Irgendwie muss es ja schließlich weitergehen!«, fügte er wie zur Entschuldigung an.

Horsts Begeisterung hielt sich in engen Grenzen. »Also, ich weiß nicht so recht ...«

»Doch, wieso denn eigentlich nicht!« Claudia, ausgerechnet Claudia, die er bisher immer mit Engelszungen zu einem nächtlichen Tauchtrip hatte überreden müssen! Ausgerechnet sie schien mit einem Mal Feuer und Flamme. »Es bringt ja nichts, wenn wir hier herumsitzen und Trübsal blasen. Also ich bin dabei!« Damit warf sie Horst einen herausfordernden Blick zu. Ein dankbares Lächeln huschte über Toms Gesicht.

»Na ja. Wenn du meinst!« Horst gab nach. »Dann bin ich also auch dabei!«

»Gut!« Tom nickte. »Und wenn du willst«, damit deutete er auf Protnik, »dann nehmen wir dich auch mit!«

»Mich? Ehrlich? Das ist ja Spitze!« Protnik war richtig begeistert. »Und das schon in meinem ersten Tauchurlaub! Na, immer!«

»Also gut! Um 18 Uhr an der Basis. Dann können wir gleich in der Dämmerung ins Wasser.« Tom schien zufrieden zu sein. »Und vergesst eure Lampen nicht!«

»Hab ich keine!« Die Enttäuschung stand Protnik förmlich ins Gesicht geschrieben. Er sah seinen ersten Nachttauchgang leise davonschwimmen.

»Na, für dich hab' ich auf jeden Fall noch eine Lampe«, beruhigte Tom. »Ich muss nur gleich rüber und sie aufladen. Also bis später dann!« Und damit machte er kehrt und verschwand in Richtung Tauchbasis.

»Na, der scheint sich aber wieder ganz gut gefangen zu haben«, konstatierte Uschi, die das Geschehen bisher kommentarlos verfolgt hatte.

»Muss er ja auch! Der muss jetzt Geld verdienen Tag und Nacht, sonst drehen die ihm den Hahn ganz schnell ab!« Uschi verstand, was den Chef der »Manta Dive Basis« jetzt umtrieb.

»Na, wie auch immer ...«, mischte Protnik sich ein, wurde aber im selben Moment von den Kellnern unterbrochen, die das Essen auftrugen. »Du meine Güte, sieht das wieder lecker aus!« Man sah es ihm förmlich an, wie ihm das Wasser im Mund zusammenlief.

Aber auch Horst bekam mit einem Mal richtig Appetit. »Darauf müssen wir in Deutschland wieder ein Jahr lang warten. So einen guten Fisch mit dieser Zubereitung gibt es bei uns in hundert Jahren nicht! Also dann: guten Appetit!« Mit Genuss schaufelte er sich den Reis aus der Schale auf seinen Teller und mischte ihn gründlich mit der süßsauren Soße. Einfach Spitze!

Claudia rückte näher an Horst heran und spießte mit der Gabel ein Stückchen Fisch auf, das sie genießerisch auf der Zunge zergehen ließ.

»Mmmh! Schmeckt wirklich ganz toll! Da sind sie wirklich Weltmeister darin!« Begleitet von Horsts kritischem Blick nahm sie den nächsten Bissen vom Teller. Nachdenklich musterte sie den Fisch. »Eigentlich schon irgendwie makaber, dieser Kreislauf: Mensch isst Fisch, Fisch isst Mensch!«

Es dauerte eine Sekunde, bevor Horst verstanden hatte: »Jetzt mach aber mal nen Punkt, Claudia!« Genervt legte er Messer und Gabel vor sich auf den Tisch. »Du kannst einem aber auch den Appetit verderben!«

Irritiert musterte ihn Protnik, der genauso wie Uschi völlig mit seinem Essen beschäftigt gewesen war. »Was habt ihr denn? Ist der Fisch denn nicht gut?«

Doch Horst winkte in stiller Resignation nur müde ab. »Nein. Nein. Alles in Ordnung! Iss du nur ruhig weiter!« Ihm jedenfalls war es gründlich vergangen. Was für ein Urlaub!

Kapitel XX

Also Claudia hatte natürlich in gewisser Weise schon recht: So ein Nachttauchgang konnte schon eine einigermaßen unheimliche Angelegenheit darstellen. Vor allem nach den Ereignissen der letzten Tage. Horst blickte hinter sich in die vollkommen schwarze unendliche Dunkelheit. Nur mit der Lampe gelang es, eine schätzungsweise zwanzig Meter lange und an die zwei Meter breite Bresche in die Finsternis zu schlagen, doch kaum war die Unterwasserlampe wieder nach vorne oder zur Seite gerichtet, war nichts mehr zu sehen. Rein gar nichts! Und dabei wimmelte es im Meer gerade zu dieser Zeit nur so von Leben: die Haarsterne mit ihrer faszinierenden blütenähnlichen Farbenpracht, die Schnecken, Krebse und Polypen auf Nahrungssuche. Muränen, die sich als nachtaktive Lebewesen mit Einbruch der Dunkelheit am Riff entlangschlängelten. Ein Schwarm Barrakudas, Haie womöglich – und all das vielleicht nur ein paar Meter entfernt, außerhalb des Lichtkegels der Lampen! Faszinierend und beängstigend zugleich! Leben unter Wasser in völliger Dunkelheit, das dank der von den Tauchern mitgeführten Lichter in einer Farbenpracht erstrahlte, die über Wasser ihresgleichen sucht.

Horst richtete den Blick auf die vor ihm im Meterabstand dahinschwebende Claudia. Auch sie schien von der unheimlich-märchenhaften Szenerie so gefangen, dass sie sich schon minutenlang nicht mehr zu ihm umgedreht hatte. Diese Situation unter Wasser, verbunden mit den Geschehnissen, die noch keiner von ihnen hatte völlig verdauen können, das war schon ein Gefühlscocktail der ganz besonderen Art. Leise kroch ihm eine Gänsehaut über den Rücken, ihn fröstelte mit einem Mal. Ein Blick auf den Tauchcomputer zeigte ihm, dass sie bereits 40 Minuten im Wasser waren, vor gut zehn Minuten hatten sie gewendet, so dass sie eigentlich bald wieder an ihrem Einstiegspunkt ankommen müßten. Dort hatte Tom einen Blinker an der Boje festgemacht, dessen Licht man auch unter Wasser gut und gerne zwanzig Meter weit sehen konnte. Horst sehnte dieses Licht nun förmlich herbei. Für heute hatte er genug gesehen und im immer noch mindestens 25 Grad warmen Wasser zu frieren, war auch nicht unbedingt seine Sache. Er warf einen Blick auf die Luftanzeige: Aha, noch 60 bar! Es war also wirklich allmählich an der Zeit, auszusteigen. Vorsichtshalber machte er mit den Beinen zwei Paddelschläge, die ihn höher bringen sollten. Gleichzeitig pumpte er einen Stoß Luft in die Tarierweste und schon spürte er, wie er nach oben stieg. Vorsicht jetzt: erst mal ausatmen, nicht dass er an die Oberfläche durchschoss! Ein Blick auf den Tiefenmesser: zehn Meter. Gut, das war in Ordnung. In dieser Tiefe müßte er mit seinem Luftvorrat zurecht kommen, bis sie wieder am Ausstieg angekommen waren.

Er warf einen Blick auf die Szenerie unter sich: die übrigen Taucher der Gruppe (insgesamt sieben) bewegten sich noch in vierzehn bis fünfzehn Metern Tiefe und schwebten geruhsam vorwärts. Mit ihren Unterwasserlampen leuchteten sie in die Höhlen und Überhänge des Korallenriffs hinein. Wie überdimensionale Glühwürmchen sahen sie aus, wie sie da punktuell die Dunkelheit um sich herum erhellten. Und ganz vorne an der Spitze sozusagen das »Ober-Glühwürmchen«, Tom, der Divemaster, an dessen Tauchflasche ein Blinker den anderen signalisierte, wem sie zu folgen hatten.

Jetzt blickte Claudia hinter sich. Doch Horst war ja einige Meter über ihr, folglich konnte sie ihn so nicht sehen. Sie bewegte den Kopf nach links, dann nach rechts: eindeutig, sie suchte Horst! Noch einmal nach hinten, dann drehte sie sich auf den Rücken: aha, sie hatte ihn entdeckt! Das O.K.-Zeichen: ja, alles roger! Horst beschrieb mit Daumen und Zeigefinger das O für O.K. Claudia nickte. Dann wandte sie – immer noch auf dem Rücken schwebend – den Kopf erst nach rechts, dann nach links. Nun drehte sie die Innenflächen ihrer beiden Hände nach oben und deutete damit eine Art Ratlosigkeit an. Was sollte das denn bedeuten? Horst begriff nicht. Sie nahm nun ihre Rechte und führte sie an die Stirn, wie um die Augen gegen die blendende Sonne zu schützen. Aber da war doch nichts, was blendete! Wieder drehte sie die Hände nach oben und zuckte die Schultern. Ach so! Sie suchte nach jemandem! Na klar! Sie wollte wissen, wo Protnik sich befand! Das allerdings wusste Horst auch nicht. Moment mal: von seiner Position aus müsste er ihn eigentlich sehen können. Was hatte er für einen Anzug angehabt? So einen schwarzen mit zwei neongelben Streifen darin. Und dann noch diese Masse Mensch. Da müßte er eigentlich leicht zu erkennen sein. Na, wo war er denn, der Herr Kollege? Horst zählte die Reihe der unter ihm schwimmenden Taucher durch: eins, zwei, drei, vier, fünf, sechs und mit ihm dann sieben ...

Moment mal! Wieso sieben? Sie waren doch mit Tom, dem Tauchlehrer, acht gewesen. Sieben Teilnehmer und ein Divemaster, also insgesamt acht!

Nochmal: eins, zwei, drei, vier, fünf, sechs ... verdammt noch mal! Sieben, sie waren nur noch sieben! Und wo in drei Teufels Namen, wo war Protnik? Horst konnte ihn nirgendwo entdecken. Nun signalisierte er mit einer hilflosen Geste zu Claudia herunter seine vergebliche Suche nach Protnik. Claudia drehte sich wieder um: sie wollte nun anscheinend die Gruppe überholen, um so zu Protnik aufzuschließen, der sich wohl einige Meter weiter vorne befand. Aber wo? Vor Tom auf gar keinen Fall, denn der hatte ihnen allen vor dem Tauchgang noch einmal eingeschärft, nie vor ihn zu schwimmen, sondern immer hinter ihm zu bleiben. Sie wüßten ja, damit hatte er ihnen allen einen bedeutungsvollen Blick zugeworfen, was sonst passieren könnte.

Also noch einmal: eins (das war er selbst), zwei, drei, vier, fünf, da Claudia: also sechs, Tom: sieben ... Sieben, sieben – er richtete den Strahl seiner Lampe hinter sich, und das, obwohl er wusste, dass er seit der Wende der Gruppe das Schlusslicht markierte. Nichts! Sieben! In Horst kroch die Angst empor: sein Herz begann zu pochen! Immer noch sieben Taucher! Wieso sieben? Wo war der achte? Wo war Protnik? Verdammt noch mal: wo war er? Protnik war spurlos verschwunden! Verschluckt von der gnadenlosen Dunkelheit, die wie ein schwarzgefärbtes Leichentuch alles umhüllte ...

»Verdammt, wie kann denn sowas passieren!«, Horst konnte nicht mehr an sich halten, er musste die Frage einfach herausbrüllen, so laut er konnte. Die Verzweiflung in ihm brach sich Bahn. Kaum war er aufgetaucht und hatte das Mundstück herausgespuckt, da packte er den panisch blickenden Tom am Jacket und krallte sich an ihm fest: »Was ist mit dem Michael passiert? Wieso hast du denn verflucht noch mal nicht aufgepasst?«

Tom schien sprachlos. Hektisch blickte er um sich. Neben ihnen tauchten allmählich die anderen auf, die den Nachttauchgang mitgemacht hatten. Zuerst Claudia, dann Hans und Petra Feierabend, Urs, Herbert: verwirrt und noch vollkommen ahnungslos fixierten sie das Duo, das offenbar in ernste Meinungsverschiedenheiten geraten war.

Vorsichtshalber zählte Horst in Gedanken nochmal durch: eins, zwei, drei, vier, fünf, sechs – und mit ihm schließlich waren sie sieben. Sieben! Wo war Protnik?!

»Was ist mit dem Protnik? Wieso hast du ihn verloren?« Wütend schüttelte er den Tauchlehrer. Eine Welle salzigen Wassers schwappte ihm dabei in den Mund, er verschluckte sich und ein Hustenanfall stoppte so zunächst den Wortschwall. Fieberhaft überlegte er währenddessen: hatte Tom den armen Michael etwa bewusst über die Klinge springen lassen? Womöglich deshalb, weil er heute Mittag beim Essen auf der Terrasse eben doch das Stichwort Mord mitbekommen hatte? Musste da jemand verschwinden, bevor er mit seinen Aussagen gefährlich werden konnte? Die möglichen Motive und Theorien jagten in panischen Wellen durch Horsts Kopf. Das wäre ja ... dann wäre ja auch erwiesen, dass ... Nicht auszudenken!

»Horst, was ist denn los?«, erkundigte sich nun Hans mit besorgtem Blick, in dem er näher an die beiden heranpaddelte.

Doch mehr als ein heiseres Husten brachte Horst nicht zustande. Claudia kam ihrem Mann zu Hilfe. »Es geht um Protnik! Um Michael! Er ist verschwunden!« Verzweifelt blickte sie um sich. »Hat ihn einer von euch gesehen?«

»Nein, das gibts doch gar nicht!« Urs war fassungslos. »Zwei Tauchunfälle innerhalb von 24 Stunden, das ist doch unmöglich, oder!« Entgeistert fixierte er den Tauchlehrer. »Habt ihr die Pest auf eurer Basis, oder was ist los?«

Tom schien wie paralysiert. Mühsam setzte er zu einer Antwort an: »Ich weiß gar nicht, wie das ... was das alles soll ... Das ist doch gar nicht möglich!« Verzweifelt blickte er um sich. »Ich hab doch ganz genau aufgepasst. Da sind wir doch alle ganz langsam in der Reihe ...«

»Ganz langsam in der Reihe«, keuchte Horst, der sich allmählich von seinem Hustenanfall erholte. »Weg ist weg – und der Michael ist definitiv weg!«

Ein erstickter Ausruf ließ sich auf diese Feststellung hin vernehmen. Er kam von Petra, der mit einem Mal die Tränen über die Wangen liefen. »Aber das ist ja furchtbar ... Das ist ja ...«, unfähig weiterzureden wandte sie sich ab.

»Ja, und wir dümpeln hier im Wasser und schreien uns gegenseitig an, oder! Wir müssen was unternehmen, aber plötzlich!« Urs schien ein Mann der Tat zu sein. »Also los, ans Ufer jetzt und dann lösen wir Alarm aus! Vielleicht haben wir ja noch eine Chance!« Damit packte er den apathischen Tom, schüttelte ihn und zog an seinem Jacket.

In die Gruppe kam plötzlich wieder Leben. Mit energischen Armschlägen schwammen sie dem Ufer entgegen. Dennoch, darüber war Horst sich im Klaren, eine reelle Chance, Michael dort draußen noch irgendwo zu finden, die stand bestenfalls bei eins zu hundert. »So ein Mist!«, fluchte er frustriert vor sich hin. »Und so was nennt sich Urlaub! Ein Horrortrip ist das!«

Jetzt waren sie am Strand angekommen. Sie schnallten das Jacket ab, ließen es einfach in den Sand fallen und liefen, so schnell sie konnten, zur Basis, um die Bootsbesatzungen zu alarmieren und mit großen Suchscheinwerfern die südliche Riffkante der Insel abzusuchen.

Tom, in den nunmehr die Energie zurückgeströmt zu sein schien, war als Erster an der Basis. Plötzlich stieß er einen überraschten Schrei aus. »Was ist das denn?«

»Was gibt's denn jetzt schon wieder? Wir haben keine Zeit zu verlieren!«, Horst keuchte die Worte angestrengt heraus. Mit seiner Kondition stand es momentan auch nicht gerade zum besten!

»Da! Schau sich einer das an!« Mit ausgestrecktem Arm deutete Tom nach vorne. »Hat die Welt so was schon mal gesehen! Dich soll doch der Teufel holen!« Mit allen Anzeichen der Empörung drehte er sich in die Richtung der anderen Taucher, die nun, einer nach dem anderen, an der Basis eintrafen. »Da hockt unser Verunglückter quietschvergnügt und grinst sich eins! Ja, sag mal, bist du denn noch ganz bei Trost?!« Und schon hatte er seine Pranken auf Protniks Schultern gehauen, der unschuldig grinsend in einem Stuhl der Tauchbasis saß und in aller Seelenruhe frische Kokosnussstückchen mampfte.

»He, lass das! Bist du verrückt geworden?«, gurgelte er unter Toms Ansturm noch hervor. Da verlor er sein Gleichgewicht und kippte samt seinem Angreifer nach hinten auf den Boden. Mühsam kroch Protnik unter Tom hervor. »Hat sie der noch alle, oder ist der jetzt völlig durchgeknallt?« Protnik war die Empörung in Person. Mit schmerzverzerrtem Gesicht rieb er sich den Hinterkopf.

»Na, du hast gut reden!«, stellte ihn Horst zur Rede. »Wir suchen dich am ganzen Riff und denken, du wärst ersoffen und dann hockt der da seelenruhig im Stuhl und grinst sich eins!«

»Unglaublich, oder!«, schüttelte auch Urs den Kopf.

»Ja, sag mal, was hast du dir denn dabei eigentlich gedacht?« Auch Hans war die Empörung in Person.

»Was soll ich mir denn wobei gedacht haben?« Protnik tat zumindest so, als verstehe er nichts und niemanden. Ächzend ließ er sich in den neben ihm stehenden Stuhl fallen und schaute die Meute der aufgebrachten Taucher fragend an.

»Na, was wohl? Du hast doch noch vor keiner Woche deinen Schein gemacht, und jetzt hast du schon wieder alles vergessen! Das gibt's doch nicht!« Tom war fassungslos. Böse glotzte er erst Protnik, dann Horst an. »Und mir will man an die Wäsche, weil ich schon wieder einen Taucher verloren hätte, weil ich zu blöd sei, auf die anderen aufzupassen ... Da!«, und damit deutete er mit einer energischen Armbewegung von Horst auf Protnik, »hier sitzt dein von mir mitten im Meer ausgesetzter Taucher! Jetzt hast du es ja selber mal mitgekriegt, wie blöd die Leute sind und wie schnell es geht, dass einer weg ist!« Damit machte er kehrt und stapfte zornig davon. Wenig später ertönte ein lauter Knall aus der Richtung seines Bungalows. Ganz offensichtlich hatte er seine Wut auch noch an der Tür ausgelassen. Aber Horst konnte ihn mittlerweile gut verstehen.

»Ja, sag mal, was hast du dir jetzt dabei gedacht, einfach zu verschwinden!« Auch in Horst stieg mit einem Mal der Ärger hoch. »Und dann dazusitzen wie eine beleidigte Primadonna! Also: wieso bist du einfach abgehauen?«, herausfordernd baute er sich neben Protnik auf.

Der schien zu merken, dass er den Bogen überspannt hatte und schilderte kleinlaut, was ihn dazu bewogen hatte, die Gruppe zu verlassen. »Also irgendwie hab' ich nicht so richtig gesehen mit der Lampe. Die war zwar am Anfang recht hell, aber dann ist das Licht immer gelber geworden ... Und wie ich sie dann mal herumgedreht habe, da hab' ich gesehen, dass sie voll Wasser gelaufen ist. Und da hab' ich mir gedacht«, verständnisheischend blickte er in die Runde, »Da hab' ich mir halt gedacht, schwimm lieber zurück, solang du überhaupt noch etwas siehst. Bis ich dich erreicht hätte«, dabei sah er kurz auf in Horsts Richtung, »da wäre wieder eine ganze Zeit vergangen. Deshalb hab ich schnell umgedreht und bin zurückgeschwommen. Übrigens war die Scheißlampe tatsächlich dann aus! Zum Glück ist gleich darauf dann die Boje mit dem Blinker gekommen!«

Horst stöhnte hörbar auf. »Du liebe Einfalt! Das hätte aber wirklich granatenmäßig ins Auge gehen können!«

Auch Urs schüttelte entsetzt den Kopf. »Unglaublich!«

Horst ging noch einen Schritt weiter: »Eigentlich sollte man dir deinen Tauchschein sofort wieder abnehmen! Überleg mal, was wäre gewesen, wenn du den Blinker an der Boje nicht rechtzeitig gesehen hättest, als deine Lampe den Geist aufgegeben hat! Dann wärs aus gewesen mit dir, hundertprozentig!«

Ziemlich verschüchtert schaute der sonst so gewichtige Protnik nun aus der Wäsche. »Na ja, ist ja aber alles gutgegangen!«

»Gutgegangen, gutgegangen!«, äffte Horst den Kollegen nach. »Also wenigstens die Lampe zahlst du dem Tom. Die ist jetzt nämlich Schrott und Geld hat der momentan sowieso keines. Und entschuldigen wirst du dich morgen auch, verstanden?!«

Protnik nickte genauso kleinlaut wie unglücklich. Er hatte verstanden – gerade noch rechtzeitig!

Kapitel XXII

Die letzten paar Urlaubstage waren dann wider Erwarten doch noch ganz annehmbar verlaufen. Es hatte sich auf der Insel nichts Außergewöhnliches mehr ereignet. Der Höhepunkt im Tagesablauf waren die eine oder andere Fußverletzung durch scharfkantige Korallen gewesen, die sich immer wieder mal einer der Schnorchler einhandelte, wenn er sich zu unvorsichtig vom Strand aus auf das Riff zubewegte. Aber ansonsten? Das »Golden Lagoon Beach Ressort« präsentierte sich wie neulich bei ihrer Ankunft als Hort von paradiesischer Ruhe und Schönheit. Und was sollte im Paradies schon Schlimmes passieren. Die aufregenden Ereignisse der vergangenen Tage schienen bereits Lichtjahre entfernt. Und die beiden Meyers bemühten sich nach Kräften, noch ausgiebig Ruhe und Sonne zu tanken, bevor es wieder zurück ging ins dezembergraue feuchtkalte Deutschland mit seinen ganzen Problemen, seiner Hektik, seinen Sorgen und, nicht zu vergessen, dem Berufsalltag, dem zu entfliehen zwei Wochen eigentlich gar nicht ausreichten.

Und dennoch: wie sie so nun wieder am Flughafen aus dem Boot stiegen, das sie von der Insel hierhergebracht hatte, da war auch ein bisschen Freude dabei, wieder heimzukehren. Horst verspürte das Gefühl in sich ganz genau und mehr als einen Seitenblick auf Claudia bedurfte es nicht, um sicher zu gehen, dass sie genau dasselbe empfand. Schließlich waren sie bisher noch nie zwei Wochen am Stück von daheim weggeblieben, seit die Kinder auf der Welt waren. Die waren zwar bei der Oma hervorragend aufgehoben, aber dennoch: schön, sie wiederzusehen!

»Michael, da schau mal! Da ist ein Laden, da verkaufen sie Taucheruhren!« Horst deutete auf einen Souvenirshop links vom Haupteingang des »Male International Airport«.

Mit leuchtenden Augen marschierte Protnik auf das Geschäft zu. Doch nach wenigen Metern wurde er energisch von seiner Partnerin Uschi gebremst. »Nix da! Jetzt checken wir erst mal ein, und dann sehen wir weiter! Und übrigens: gestern Abend hast du noch groß getönt, du hättest sowieso keine Kohle mehr, um was zu kaufen, so sehr hätte dich der Urlaub Geld gekostet! Mir keinen Ohrring kaufen wollen, sich selber aber eine megateure Taucheruhr leisten wollen, also so einfach nicht, mein Lieber!«, und schon zog sie ihn mit sich und drückte seine Pranken auf die Lenkstange des übervollen Gepäckwagens.

Armer Protnik! Andererseits: er hatte es nicht besser verdient: was musste er sich auch ausgerechnet diese Kanaille als Freundin anlachen! Horsts Mitgefühl hielt sich in engen Grenzen und vergnügt zwinkerte er Claudia zu.

Allerdings: gestern Abend hatten sie in der Tat recht dämliche Gesichter zur Schau gestellt, als ihnen vom Hotel die Rechnung über die Nebenkosten präsentiert worden war. Es war schon unglaublich, was da im Verlauf von zwei Wochen so alles konsumiert wurde und wie einfach das mit dem Unterschreiben der Quittung war, wenn man nicht gleich bezahlen musste. Doch »Die Quittung kommt immer ...« von wem war gleich der Song? Waggershausen, oder? Wie auch immer: Recht hatte der Mann! Und die Bootstauchgänge erst: mein liebes Auge! Zwanzig Dollar am Tag und das mal zehn: schwupp-di-wupp war man so bei zweihundert Dollars mal 1,7, also gut 340 Mark. Und das ganze dann in ihrem Fall auch noch mal zwei ... Nein, zumindest Horst hatte sich die heimlich erträumte Taucheruhr innerlich längst abgeschminkt.

Sie näherten sich nun in der Eingangshalle dem Scanner, mit dessen Hilfe die Sicherheitsbeamten das Gepäck durchleuchteten. »Da guck mal!« Uschi stupste Horst vorsichtig in die Seite. »Kennst du den noch?« Und damit deutete sie mit ausgestrecktem Arm auf einen der Zollbeamten, einen kleinen dunkelhäutigen Mann mit schütterem Haar. Natürlich kannte ihn Horst noch und auch Claudia begann mit einem Mal, breit zu grinsen.

»Na pass mal auf!«, raunte Uschi noch, bevor sie auf den kleinen Beamten zustürmte. »Hello, hello! Hier sind wir wieder!« Der Zöllner blickte auf und genau in diesem Moment schien er von einem elektrischen Schlag von mindestens 380 Volt durchzuckt zu werden, die Kinnlade fiel ihm herunter und eine fahle Blässe überzog in Sekundenschnelle sein sonst so braunes Gesicht. Das war der Beamte, der Uschi bei der Einreise des Alkoholschmuggels zu überführen gemeint hatte, bis ihm diese mit ihrer unnachahmlichen Schlagfertigkeit das Beweismittel sozusagen ins Gegenteil verkehrt hatte.

»Do you know wer ich bin?« Fragend baute sie sich in direkter Nähe des kleinen Beamten auf.

Der schluckte nur trocken und nickte schüchtern zaghaft mit dem Kopf, keines weiteren Kommentares fähig.

»Pass auf, jetzt kommts!« In freudiger Erwartung auf das nun Folgende stieß Protnik, der seine Niederlage von gerade eben vollständig überwunden zu haben schien, Horst in die Seite. »Da! Guck mal!«

Und schon hatte die Kanaille von Sekretärin ihr T-Shirt von der linken Schulter gezogen und deutete mit der Rechten auf den gewaltigen Hügel wabbeligen Fleisches, der sich unter dem BH Größe XXXL verbarg. »Da – you see! Alles wieder in Ordnung! Alles roger! Medizin war gut! Prima! You know?«

Der arme Malediver schien einer Ohnmacht nahe. Schweißperlen standen auf seiner Stirn und es war nur noch eine Frage von Sekunden, bis er aus den Pantoffeln kippen würde. In diesem Moment schaltete sich eine seiner Kolleginnen ein, schob ihn sachte beiseite und bedeutete Uschi, sie könne weitergehen. Schnell klebte ein weiterer Beamter den Prüfungsvermerk für den Sicherheits-Check auf die Koffer von Uschi und Co. und schon waren die Meyers an der Reihe. Horst und Claudia mussten an sich halten, um nicht laut loszulachen. Dem armen Kerl vom maledivischen Zoll war freilich nicht nach Lachen zumute. Der glotzte nach wie vor wie vom Donner gerührt vor sich hin, gerade so, als sei ihm eben der Leibhaftige persönlich begegnet!

Schließlich hatten auch die Meyers ihren Aufkleber auf den Koffern und konnten sich nun in die Schlange beim Check-In-Schalter einreihen.

»Also Uschi, das war aber wirklich eine zirkusreife Vorführung! Ich glaube, das wird der in tausend Jahren nicht vergessen und noch seinen Enkeln erzählen, wie er einmal von dir in Versuchung geführt worden ist!« Horst nickte anerkennend. Also manchmal war die Abele ja wirklich ein Biest, das auch für unvermutete Slapstickeinlagen gut war!

»Du, sag mal, kommt da hinten nicht der Tom? Oder sieht der mit dem Koffer ihm nur so unwahrscheinlich ähnlich?«, Claudia machte Horst auf einen braungebrannten Touristen aufmerksam, der gerade eben die Abfertigungshalle betrat.

Tatsächlich. Das war der Tom. Also wollte er auch mit ihnen zurück nach Deutschland fliegen. Aber wo war Chrissie?

Claudia winkte ihm zu. »Hallo Tom, hallo! Na, fliegst du etwa mit uns?«

Tom schlenderte etwas verlegen wirkend heran. »Na ja, muss ja mal in Deutschland nach dem Rechten sehen. Vielleicht kann ich ja irgendwo ein paar Mark locker machen, damit uns zumindest die Kredite für die Ausrüstung nicht mehr so drücken! Mal schauen, was die bucklige Verwandtschaft in Bietigheim dazu meint!«

»Ach, stimmt ja. Du hast uns ja gesagt, du stammst aus Bietigheim.« Claudia erinnerte sich. »Weißt du was, dann kannst du ja mal auf einen Sprung zu uns rüberkommen!« Claudia ignorierte den scharfen Blick, den Horst ihr zuwarf. »Heilbronn ist ja grade mal 20, 25 Kilometer von Bietigheim entfernt! Und die Chrissie?«, suchend schaute sie sich um. »Darf die Chrissie nicht mit?«

»Geht nicht«, murmelte Tom. »Einer von uns muss ja auf der Basis bleiben und den Betrieb am Laufen halten. Und außerdem«, seine Verlegenheit schien noch zuzunehmen und unsicher blickte er auf eine Stelle im Fußboden, »außerdem ist ja nur ein Flugplatz frei geworden – wegen neulich!«

»Ach so!« Horst verstand, was Tom meinte. Auch Charlie Sauer hatte mit derselben Maschine wie sie zurückfliegen wollen, und dessen Platz im ansonsten ausgebuchten Flieger war ja nun frei geworden ... Irgendwie schon makaber, das Ganze ...

»Sag mal«, mischte sich da Uschi in das Gespräch ein. »Hat irgend jemand vielleicht meine Autoschlüssel gesehen? Michael, hast du die?«

»Aber wieso denn? Willst du denn von Hulule aus mit dem Auto losdüsen, oder was?« Protnik begriff nicht, wozu Uschi, gut und gerne 6000 Kilometer von zu Hause entfernt, denn nun ausgerechnet auf dem Maledivischen Flughafen ihre Autoschlüssel brauchte.

»Ich will mir nur nachher in Frankfurt die Sucherei nach den Schlüsseln ersparen, das ist alles!«, fauchte die, einigermaßen verstimmt von der Frage und ihrer Schlüsselsuche, zurück.

»Ich weiß doch ganz genau, dass ich sie im Koffer gehabt habe ...«

»Dann gib ihn mir nochmal, ich suche alles durch«, Protnik streckte schon die Hand aus, ehe er gebremst wurde.

»Von wegen! Du und durchsuchen! Dann ist alles verwühlt, wie beim Abflug, als du deinen Geldbeutel im Koffer gesucht hast. Nein, nein, das mache ich lieber selber!« Energisch schob sie ihn nach hinten.

Achselzuckend nahm Protnik diese Aussage zur Kenntnis. »Auch recht! Dann such mal schön!« Interessiert beobachtete er das immer röter werdende Gesicht seiner Gefährtin, die sich mühsam durch die Inhalte ihrer Koffer wühlte, ohne auf den gesuchten Schlüssel zu stoßen. Stöhnend richtete sie sich auf. »Nichts! Ich find da drinnen nichts! Unmöglich!«

Protnik war nun doch leicht beunruhigt. »Ja soll das heißen, wir müssen heimlaufen, oder was?«

Uschi schien ratlos. »Na bloß nicht! Aber bist du dir sicher, dass im Hotelzimmer alles leer war, als wir gegangen sind?«

Protnik nickte. »Ich müßte mich schwer täuschen. Aber ich kann ja zur Sicherheit noch mal im Hotel anrufen. Die sollen einen der Boys das Zimmer auf den Kopf stellen lassen, vielleicht ist der Schlüssel ja irgendwo dazwischen gerutscht. Zeit genug«, er blickte auf seine Armbanduhr, »die Zeit bis zum Abflug müßte eigentlich noch ausreichen. Grade so!«

Und damit eilte er zum Telefon, um das Hotel zu verständigen. Horst unterdessen hatte eine weitere Idee. »Es könnte ja aber auch sein, dass ihr den Schlüssel schon beim Hinflug in der Maschine verloren habt, oder?«

»Eigentlich unwahrscheinlich, aber wer weiß. Ich weiß auf jeden Fall nicht mehr so genau, wann ich ihn wo in den Koffer getan habe. Oder ins Handgepäck?«, Uschi schien zunehmend ratlos.

»Also, dann gehe ich mal zum Schalter der Fluggesellschaft und lass die mal in Deutschland anfragen, ob da vielleicht vor zwei Wochen in der Maschine aus Male ein Schlüssel gefunden worden ist.« Horst wandte sich zum Gehen. »Hältst du so lange die Stellung, Claudia?«

Claudia nickte. »Klar, kein Problem. Aber sag mal, Uschi, hast du denn auch in eurem Rucksack nachgesehen?«

Uschi nickte unglücklich. »Überall! Auch im Rucksack?«

»Überall?«

»Überall!«

In der Zwischenzeit kam Protnik zurück. »Also, die haben mir versprochen, dass sie unser Zimmer nochmal auf den Kopf stellen. Ich soll in einer halben Stunde anrufen, ob sie was gefunden haben!« Er schaute auf seine Armbanduhr. »Meine Güte, das wird aber richtig knapp, falls die ihn finden!«

»Also zur Not kann ich euch helfen«, mischte sich da Hans Feierabend in das Gespräch ein. Er hatte zusammen mit seiner Frau Petra die Suche aus der Nähe verfolgt.

»Und wie soll das gehen?« Uschi verstand nicht, wie der ihr sollte helfen können.

»Na – ich bin von Beruf Schlosser. Ich hab' einen Schlüsseldienst in Heilbronn, und es gibt kein Schloss, das ich nicht aufbekommen würde!«, meinte Hans mit überlegenem Lächeln.

»Aus Heilbronn, na so ein Zufall!«, Claudia staunte. Da flog man durch die halbe Welt und ausgerechnet auf den Malediven traf man wieder Leute aus demselben Wohnort.

Doch Uschi unterbrach ihre Gedankengänge. »Nix da, von wegen! Das ist ein fast noch neues Auto, da wird nix aufgebrochen und daran herumgeschraubt. Und übrigens: der Haustürschlüssel hängt da auch mit dran. Dann müßte man ja die Haustüre auch noch ...«, unglücklich starrte sie auf den Koffer und begann von neuem, darin herumzuwühlen.

»Na ja, war ja nur ein Angebot!«, Hans zuckte mit den Schultern. »Dann halt noch viel Glück beim Suchen!«

»Danke«, murmelte Protnik, der sich allmählich fragte, wie sich Uschis Wühlerei in den Koffern denn von der seinen unterscheiden sollte. Also, wenn da auch nur ein einziges Kleidungsstück noch unzerknittert herauskäme, das wäre dann aber wirklich mit einem Wunder gleichzusetzen.

»Ich habs!«, triumphierend richtete sich Uschi auf.

»Na, Gott sei Dank! Wo war er denn?«, Protnik fiel ein Stein vom Herzen.

»Nein, ich hab ihn noch nicht!« Was sollte das denn nun schon wieder heißen? »Aber ich weiß, wie wir ihn finden können!« Uschi schien ihre Selbstsicherheit wiedergefunden zu haben.

»Na, dann rück schon raus mit der Sprache!«, Protnik wurde allmählich ärgerlich.

»Ich nehme die Koffer mit zum Safety-Check! Die brauchen sie ja nur zu Durchleuchten und dann fällt ihnen so ein Metallteil ja auf jeden Fall auf!« Sprachs und rollte den Gepäckwagen zurück zum Scanner, an dem die Koffer der Touristen auf Waffen und gefährliche Güter durchleuchtet wurden.

Der Zollbeamte dort schien seinen Augen nicht zu trauen. Nein, nicht schon wieder! Was wollte diese dicke weiße Frau nur von ihm? Weshalb kam sie zurück? Weshalb verfolgte sie ihn und redete in einer fremden Sprache energisch auf ihn ein? Und weshalb musste sie sich immer entblößen, wenn sie mit ihm sprach. Vorsichtshalber schloss er dieses Mal die Augen und wischte sich mit einem Taschentuch die Schweißperlen von der Stirn.

»Der tut so, als ob er mich nicht verstehen könne, der Kerl«, aufgebracht schnaubte Uschi in Richtung des verunsicherten Zollbeamten. »Na, dann muss ich mir halt selber helfen!« Mit einem energischen Schwung wuchtete sie die Koffer auf das Förderband und deutete mit dem Arm darauf. »Da – alle nochmal durchleuchten! Cappisco?«

Die Beamtin am Monitor schien irgendwie zu begreifen. Jedenfalls lächelte sie freundlich und winkte Uschi zu sich vor den Bildschirm. Angestrengt spähte die auf das Bild, das der Scanner lieferte, doch trotz einiger Kommandos wie »vor«, »halt« oder »zurück«, was die Beamtin erstaunlicherweise sogar zu verstehen schien: der Schlüssel war nicht zu entdecken. Entmutigt richtete sich Uschi auf und beförderte die Koffer zurück auf den Gepäckwagen. Mit einem durchdringenden Blick zu dem immer noch regungslos auf einem Hocker kauernden Zollbeamten rollte sie den Wagen wieder retour zu den anderen in die Abfertigungshalle.

Erwartungsvoll blickten diese sie an, doch Uschi schüttelte den Kopf. »Nichts, rein gar nichts! Jetzt weiß ich dann auch nimmer weiter!«

In diesem Moment kam Horst zurück. »Also, die werden in Frankfurt nachfragen – und wenn etwas gefunden worden ist, dann sagen sie uns nachher Bescheid. Mehr können wir nun wirklich nicht mehr tun! Und du bist dir ganz sicher«, dabei richtete er den Blick prüfend auf Uschi, »dass du alles haarklein untersucht hast?«

»Sag ich doch!«, Uschi reagierte gereizt. »Alles hab ich zweimal durchgecheckt!«

»Und was ist mit dem Rucksack?«, auch Protnik (typisch Kriminalbeamter!) schien an ihren Durchsuchungskünsten zu zweifeln.

»Wenn ich ›alles‹ sage, dann meine ich auch ›alles‹!« Jetzt wurde es ihr aber langsam zu bunt!

Doch Protnik ließ – todesmutig – nicht locker: »Die kleinen Taschen am Rucksack auch?«

»Auch die! Aber bitte, wenn du mir nicht glaubst! Da, schau, das ist die eine«, wütend kramte sie im Rucksack herum. »Und hier, bitte, das ist ...« Jäh verstummte der Redefluss. Mit einem Schlag überzog sich Uschis Gesicht mit dem dunkelsten Puterrot, das Horst jemals gesehen hatte. »Aber das gibts doch nicht!« Es gab ihn doch: mit zwei Fingern angelte Uschi den gesuchten Autoschlüssel samt daranhängendem Hausschlüssel aus der Seitentasche ihres Rucksacks. »Und ich hätte schwören können ...« Verlegen schaute sie zu Boden.

Horst und Michael Protnik seufzten. »Dann geh ich zum Schalter und sag denen, dass sie sich den Anruf in Frankfurt sparen können!« Horst machte sich auf den Weg.

»Und ich ruf schon wieder das Hotel an und bring denen bei, dass alles ein Irrtum war und sie die Suche abbrechen können!« Wütend drehte sich Protnik um. »Und danach, das schwör ich euch, danach gehe ich in den Shop und hole mir die Uhr!« Mit einem vernichtenden Seitenblick, der keine Widerrede duldete, marschierte er los.

Eine halbe Stunde später prangte eine 600 Mark teure Designer-Taucheruhr an der Hand des stolzen Besitzers. Tiefenanzeige bis zu 200 Metern – egal, ob normale Taucher nur bis 40 Meter kamen oder nicht – 200 Meter Anzeige waren nun mal garantiert, das musste einfach so sein! Diesmal, so hoffte Protnik wenigstens, handelte es sich bei der teuren Uhr auch wirklich um ein Original und um keine Imitation. Das zumindest hatte ihm der maledivische Shopbesitzer beim Leben seiner Urgroßmutter beteuert ...

Kapitel XXIII

Tage später in Heilbronn war vom Urlaub keine Spur mehr zu finden. Es regnete in Strömen, Horst hatte sich außerdem gleich bei der Ankunft einen gewaltigen Husten zugezogen, der das erholsame maledivische Klima regelrecht aus seinen empfindlichen Bronchien hinausgefegt hatte, und überdies waren zwei dringende Fälle zu bearbeiten. Ferner stand seine lange verschobene Einstandsfeier für den heutigen Spätnachmittag an, höherer Besuch vom LKA aus Stuttgart hatte sich ebenfalls überraschend angekündigt, die wollten ausgerechnet heute Amtshilfe in einer landesweiten Schutzgeldaffäre haben. Dann waren zu Hause die Kinder krank (Husten, Schnupfen, Heiserkeit), Claudia dadurch im Termindruck, denn nun hatte sie endlich wieder eine vierwöchige Praxisvertretung übernehmen können, und zu allem Überfluss war die Oma nicht verfügbar: mit anderen Worten, es war als hätte der Urlaub nie stattgefunden. Überdies schauderte ihn der bloße Gedanke an ihr vor ein paar Wochen bezogenes Reihenhaus im Heilbronner Ortsteil Sontheim: da standen immer noch unausgepackte Umzugskartons im Büro und auf dem Speicher, die sie vor ihrem Urlaub einfach nicht mehr geschafft hatten.

»Eigentlich ein Blödsinn«, resümierte er beim raschen Mittagessen über seinem gemischten Salatteller in der Polizeikantine. »Dass man da zwei Wochen in Urlaub geht und genau weiß: das bereust du vier Wochen vorher und dann nochmal vier Wochen nachher!«

Protnik nickte mitfühlend. Ja: Protnik! Er hatte seinerseits noch ein paar Tage Urlaub drangehängt, denn nach wie vor schob er eine Bugwelle von sage und schreibe 85 freien Tagen vor sich her, den Maledivenurlaub dagegen hatte er voll auf seinen Jahresurlaub gebucht, von dem nun immer noch 20 Tage übrig waren. Protnik war bisher eigentlich nicht der Typ gewesen, der jede Überstunde aufschrieb und penibel darauf achtete, dass ihm ja kein Tag Freizeitausgleich fehlte, wenn er wieder mal Wochenenddienst geschoben hatte. Deshalb hatte sich Horst auch ziemlich gewundert, dass der ehemalige Kollege ihn bei ihrer Rückkehr auf dem Frankfurter Flughafen mit der Nachricht überrascht hatte, noch eine Weile in Heilbronn bleiben zu wollen und noch nicht mit Uschi zurück nach Ulm zu fahren. Er fände die Käthchenstadt am Neckar urgemütlich, hatte er gemeint, er wisse gar nicht, weshalb die Heilbronner ihre Stadt immer so schlecht redeten und überhaupt: ein guter Wein und selbst im Winter ein relativ mildes Klima, das sei doch Grund genug, noch ein Weilchen hierzubleiben.

Während Horst und Claudia zunächst nur verwundert dreingeschaut hatten, war Uschi Abele sofort auf hundertachtzig durchgestartet: »Ich glaub wohl, ich hör nicht recht! Da chauffiere ich dich mit meinem Auto extra nach Frankfurt, düse dir zuliebe durch die halbe Welt, hole mir auf diesem langweiligen öden Sandhaufen im Meer einen Sonnenbrand nach dem anderen und dann eröffnet mir der Herr fünf Minuten vor zwölf, dass er keine Lust habe, mit mir zurückzufahren! Also: entweder du kommst jetzt sofort mit mir mit, oder du kannst mir für alle Zeiten gestohlen bleiben!« Wütend machte sie kehrt und schob ihren Gepäckwagen energisch aus der Ankunftshalle hinaus in

Richtung Parkhaus, ohne sich noch einmal umzudrehen oder sich von den anderen zu verabschieden.

»Du, bei der hast du es aber für den Rest des Lebens verspielt, wenn du ihr nicht sofort hinterherrennst und sagst, dass es dir leid tut und dass du es doch gar nicht so gemeint hast!« Claudia versuchte damit, Protnik die ganze Tragweite seines überraschenden Entschlusses klarzumachen.

Doch der schüttelte den Kopf: »Ich denke gar nicht daran! Glaubt nicht, dass mir das so einfach aus heiterem Himmel eingefallen ist. Schon die letzten Tage auf unserer Insel habe ich immer wieder dran gedacht, wie das wohl wäre, wenn ich einfach noch ein bisschen in Heilbronn Urlaub machen würde. Und dann, schon beim Einsteigen in die Maschine, wars mir eigentlich klar, dass ichs so machen würde. Also«, damit breitete er die Arme aus, »seid umschlungen, Freunde!«

»Na ja«, zweifelnd schaute Claudia ihn an. »Aber du weißt ja, dass unser Ulmer Haus größer war, als das jetzt hier in Heilbronn. Und außerdem haben wir noch gar nicht alles richtig eingerichtet, das Arbeitszimmer zum Beispiel, das ja auch als Gästezimmer ...«

»Macht nix!«, fiel Protnik ihr ins Wort. »Daran habe ich auch schon gedacht. Ich werde halt ein, zwei Tage im Hotel verbringen müssen, und bis dahin hab ich dann sicher eine Ferienwohnung oder was Ähnliches gefunden, wo ich noch ein paar Tage bleiben kann.«

»Ja, sag mal, wie lange willst du denn von Ulm wegbleiben?«, Horst erkannte seinen sonst so pflichtbewussten Kollegen nicht wieder. »Die brauchen dich dort doch! Die warten doch auf dich!«

»Sollen sie ruhig! Ich war denen ja für andere Dinge auch nicht gut genug und meine freien Tage oder den Urlaub wollen sie mir auch nicht auszahlen, also nehme ich, was mir zusteht und hänge noch zwei Wochen dran!« Protnik schien sich durch nichts und niemanden in seiner Haltung umstimmen zu lassen.

Horst nickte und schlug seinem ehemaligen Kollegen kräftig auf die Schulter: »Na dann, herzlich willkommen! Und ein Zimmer für dich werden wir sicher schnell finden. Da fragen wir einfach mal ein paar Kollegen auf dem Revier, wo wir dich unterbringen können. Die wissen uns sicher eine Wohnung!«

Und so hatten sie Protnik, dem es dieses Mal auch auf, wie er sich ausdrückte, zwei Mark fünfzig nicht angekommen war, Kontostand hin oder her, zunächst einmal im ersten Haus am Platze, im Heilbronner Inselhotel einquartiert. Zwei Tage später dann hatte es tatsächlich mit der Wohnung geklappt: ein Kollege von der Schutzpolizei hatte einen vierwöchigen Lehrgang in Stuttgart zu absolvieren und in dieser Zeit, so hatte er sofort eingewilligt, könne er Michael Protnik gerne seine Zweizimmerwohnung in der Weststraße überlassen. So war der Kollege wenigstens noch an ein paar Mark Mieteinnahmen gekommen und Protnik hatte dafür eine Bleibe in Heilbronn: also war allen damit gedient und alle waren es zufrieden gewesen. Die Weststraße konnte man zwar beileibe nicht als Schokoladenseite von Heilbronn bezeichnen, andererseits war Protnik, geprägt durch seine russische Vorgeschichte, alles andere als wählerisch, wenn es um solche Dinge ging. Und außerdem: neben dem Hauptbahnhof lagen sowohl der Kanalhafen als auch der Neckar in unmittelbarer Nähe – und Wasser und Häfen hatten Protnik schon immer interessiert.

Und so kam es, dass sie jetzt beide einander in der Heilbronner Polizeikantine gegenüber saßen und über Sinn und Unsinn von Urlaub im Allgemeinen und in fernen Ländern im Besonderen räsonierten.

Protnik, der wesentlich angenehmer in den Tag gestartet war, als Horst, sah die Dinge etwas entspannter. Kein Wunder, der hatte ja auch bis 11 Uhr vormittags geschlafen und hatte sich dann erst gemütlich auf den Weg in Horsts Dienststelle gemacht. »Na ja, so ein Urlaub tut einem schon mal gut! Ich merk das tatsächlich, wie allmählich alles von mir abfällt und man wieder ruhiger und gelassener wird.« Damit streckte er die Arme über den Kopf und gähnte herzhaft und ausgiebig.

»Du hasts gut«, in Horst stiegen regelrechte Neidgefühle hoch, als er den Kollegen da so entspannt vor sich sitzen sah. »Und ich hab' heute noch meinen Einstand und vorher …«

Wie aufs Stichwort kam gerade in diesem Moment einer von Horsts neuen Mitarbeitern, ein schmächtiger blonder Inspektor namens Florian Jäger, in die Kantine, für den die Welt der Kriminalpolizei mit seinen gerade mal 25 Lebensjahren immer noch spannend und gewaltig aufregend schien. Der Mehltau der Routine hatte sich jedenfalls noch nicht über seinen Arbeitseifer gelegt. Suchend blickte er sich um, bis er Horst am Tisch mit Protnik entdeckte. Eilig kam er heran, um Horst seine Neuigkeit zu überbringen: »Also die Herren vom Landeskriminalamt haben gerade eben angerufen. Sie sind in einer halben Stunde hier! Das wollte ich Ihnen nur sagen, falls Sie noch etwas im Büro vorbereiten müssen«, und dabei warf er einen schrägen Blick auf Protnik, der gelangweilt in seinem Salatteller herumstocherte.

»Nein, nein, schon gut!« Die Routine eines zwanzigjährigen Polizistenlebens ließ Horst beim Stichwort LKA schon lange nicht mehr zusammenzucken oder in hektische Aktivitäten verfallen. Die Burschen dort kochten mit demselben Wasser wie sie hier, manchmal eher mit noch dünnerem, weil sie einfach im wahrsten Sinn des Wortes »weiter weg vom Schuss« waren als die Kripoleute vor Ort.

»Die haben jetzt angerufen? Das heißt, von unterwegs?«

Der junge Inspektor nickte.

Horst schüttelte den Kopf. »Typisch LKA! Immer mit dem Handy, immer von unterwegs! Klingt ja auch irgendwie besser als vom Büroapparat aus! Reines Imponiergehabe!» Und mehr zu Protnik als zu dem jungen Kollegen gewandt, meinte er weiter: »Ich möchte bloß wissen, was die nun wieder Wichtiges wollen. Am Telefon erfährst du ja von denen überhaupt nichts! Und dann soll man da noch vorbereitet erscheinen!« Er schob sich beiläufig eine Gabel mit Kartoffelsalat in den Mund, was der Kollege durchaus richtig als Zeichen interpretierte, wieder ins Büro zurückzukehren. »Ach ja«, fiel Horst dann doch noch etwas ein. »Wie heißen denn die beiden, die da kommen? Vielleicht kenne ich ja einen«, mampfte er mit vollem Mund in Richtung des Inspektors.

Diensteifrig nickte der junge Polizist. »Ja klar, danach habe ich natürlich gefragt. Also der eine, der heißt von Maier«, nach einem raschen Seitenblick auf Horst Meyer ergänzte er eilig: »Maier mit ai, nicht mit ey – außerdem ein ›von‹. Und der andere ist sogar ein Kriminaldirektor. Unterhauser heißt der, Alfred glaube ich, mit Vornamen. Ja, doch: Alfred Unterhauser!«

Horst hätte sich fast an seinem Kartoffelsalat verschluckt und bekam einen regelrechten Hustenanfall, während Protnik mit der flachen Hand auf den Tisch hieb, dass die Teller hüpften: »Da wird doch der Hund in der Pfanne verrückt! Verfolgt mich denn der Affenarsch tatsächlich überall hin!?«

»Ja, hab' ich da irgendetwas falsch gemacht?« Der junge Beamte stand verdattert vor den beiden und war sich keiner Schuld bewusst, irgendetwas gesagt zu haben, was einen solchen Ausbruch hätte rechtfertigen können. Horst, der Husten und Kartoffelsalat mit einem Schluck Wasser mittlerweile hinuntergespült hatte, winkte beschwichtigend ab. »Nein, nein. Ist schon gut, Jäger. Gehen sie nur schon ins Büro. Ich komme dann gleich nach!«

Immer noch verwundert machte der Inspektor kehrt und beeilte sich, aus der Kantine heraus in die Sicherheit seines Büros zu gelangen.

»Das gibts doch auf keinem Schiff?«, Protnik schüttelte wild den Kopf. »Ausgerechnet der! Ausgerechnet hier! Und dann auch noch zusammen mit dem grauen Chamäleon, diesem preußischen Schweinebaron! Der war in den 70ern knallrot, als es gerade in war, jetzt ist er so schwarz, dass er im Kohlenkeller noch Schatten wirft, und wenn morgen die Sozis im Land dran sind, dann ist er wieder knallrot, der Karriereaffe. Der und der Unterhauser zusammen, das hält der stärkste Bulle nicht aus!«

Auch Horst war die Anwesenheit seines früheren Vorgesetzten alles andere als willkommen. Dazu hatte er jahrelang viel zu sehr unter der Unfähigkeit dieses Karrieristen, der die Ulmer Mordkommission hatte leiten dürfen, gelitten. Eine reine Parteikarriere war das gewesen, von keinerlei Sachkenntnis getrübt.

Irgendwann hatte es Horst nicht mehr ausgehalten und sich einen neuen Job in Claudias Heimat, eben in Heilbronn, gesucht. Und nachdem es über ein Jahr gedauert hatte, bis es dann endlich klappte, da war just zu diesem Zeitpunkt auch der Kriminaloberrat Unterhauser versetzt worden: ausgerechnet als Kriminaldirektor ins Landeskriminalamt! Für ein Zurück war es damals bereits viel zu spät gewesen, Horst hatte aber auch angesichts des Einfaltspinsels, der Unterhauser auf dessen Stuhl gefolgt war, wenig Neigung dazu verspürt. Die Kripospitze dort war fest im Würgegriff derselben Partei, die auch Baden-Württemberg, das Ländle, seit Jahrzehnten regierte und es immer mehr mit ihrem eigenen Sumpf und ihrer eigenen Durchschnittlichkeit zudeckte. Kein Wunder lief hier wie dort so gut wie gar nichts mehr, nachdem an den Schalthebeln von Medien, Behörden und Institutionen fast durchweg biedere schwachköpfige (aber stramme) Parteisoldaten untergebracht worden waren, die nichts und niemanden, der mehr Wissen und Verstand als sie mitbrachte, hochkommen ließen. Horst fragte sich immer wieder, wie lange das eigentlich noch gutgehen konnte, merkwürdigerweise war es immer noch nicht zum großen Knall gekommen, auch wenn die Wirtschaftsdaten und die anderen statistischen Anzeichen mittlerweile schon eine überdeutliche Sprache sprachen. Doch – und das war das Glück der »Gesellschaft«, wie Horst diese Gruppierung innerlich nur noch bezeichnete, dass die Opposition heillos zerstritten war und selbst in Machtkämpfen, Pöstchenschacher und Intrigenspielen verfangen war.

Und ausgerechnet dieser Unterhauser musste jetzt in seiner Eigenschaft als Kriminaldirektor beim Landeskriminalamt ihm hier in Heilbronn schon wieder auf die Nerven gehen! Auch Protnik war die Urlaubslaune richtig verdorben. »Dieser Parteihengst – ausgerechnet! Wenn ich den schon sehe, dann würgt es mich! Keine Ahnung von nichts, davon aber eine ganze Menge!« Protnik schüttelte sich und Horst wunderte sich.

»Na komm, Michael! Du bist doch auch bei denen eingetreten! Ich hab dich doch damals noch gewarnt – aber jetzt ist das doch dein Parteifreund, der dich besuchen kommt!« Strafe musste sein und Protnik sollte sich ruhig an seinen Fehler vom vorletzten Jahr erinnern lassen.

»Was heißt hier Parteifreund? Vor unserem Urlaub bin ich ausgetreten! Ich hab einfach die Schnauze voll gehabt von denen!«

Horst stöhnte. »Oh Gott! Das war das Falscheste, was du hättest machen können! Für die ist einer, der aus ihrer Gesellschaft austritt, ein schlimmerer Gegner als ein Sozi! So ein Ausgetretener, das ist ein Feind! Da schauen die aber wirklich, dass der keinen Fuß mehr auf den Boden bekommt!«

»Mir auch egal! Ich will auf jeden Fall noch jeden Morgen in den Spiegel gucken können, und ich frage mich, wer das bei dem Verein eigentlich noch kann! Da wird ja nur noch gedrückt und geschoben, glaub doch nicht im Ernst, dass sich irgendeiner von denen tatsächlich für die Menschen und das Land interessiert. Da gehts nur um Maulhalten und Posten verschieben! Und wenn du dann noch den richtigen Glauben hast, den des Landespaters, (so bezeichneten sie für gewöhnlich den Ministerpräsidenten, der mehr von einem Kardinal, als von einem Politiker an sich hatte) dann erst bist du ein richtiger Mensch!« Wütend ballte der sonst so ruhige und besonnene Protnik die Faust.

Jetzt war Horst schlagartig klar, weshalb Protnik neulich seinen Urlaub ganz spontan verlängert hatte: die hatten ihn bis zur Weißglut geärgert und ihm war klar geworden, dass sie ihn die letzten Jahre als dummen Parteisoldaten nur benutzt, missbraucht und ausspioniert hatten. Und mit der Karriere hatte er ganz ohne Zweifel im Interesse seines Seelenfriedens auch abgeschlossen!

Wie zur Bestätigung nickte Protnik: »Und als die mir dann noch den Schwammler vor die Nase gesetzt haben ...«

Horst schaute verdutzt auf: »Wie – den Schwammler vor die Nase gesetzt? Du willst doch nicht etwa behaupten, dass der ...« Das konnte doch wohl nicht wahr sein!

Protnik nickte zum zweiten Mal. »Doch, genau der. Genau dieses Weichei! Ich wollte dir den Urlaub nicht verderben, deshalb hab' ich dir nichts davon erzählt, aber den haben sie zu deinem Nachfolger gemacht! Du weißt ja, dass ich mich auch beworben habe und meine Chancen waren, glaube ich, gar nicht schlecht. Mir wäre es auch wirklich egal gewesen, wenn sie einen guten Kollegen von außerhalb geholt hätten, das hätte ich noch akzeptieren können, aber nicht diese Null! Und das nur, weil ich nicht auch noch im ND drinstecke!«

Horst konnte durchaus mitfühlen, was da in den Wochen vor dem Urlaub in Michael Protnik vorgegangen war: ohnmächtig hatte er mitansehen müssen, dass man ihm einen Beamten vor die Nase gesetzt hatte, der nichts, aber auch wirklich gar nichts an den dafür nötigen Voraussetzungen mitbrachte. Nur: er war Mitglied in der richtigen Partei (das war Protnik damals zwar auch schon gewesen) und darüber hinaus Mitglied im ND, einer sektenartigen katholischen Vereinigung, die nur Jungen im Alter von 14 bis 15 Jahren aufnahm und sie danach mit straffer Hand durch die Karriere begleitete. Immer wieder hatte Horst Bauklötze gestaunt, wenn er von irgendeiner Karriere aus dem Bekanntenkreis gehört hatte, einer Karriere, die schneller durchgestartet war als normalerweise möglich. Wenn er dann vorsichtig bei seinen Gewährsleuten recherchiert hatte (wobei er manches Mal den Eindruck gewann, der Verfolgungswahn hätte ihn gepackt und es sei in Wirklichkeit alles völlig normal verlaufen), dann hatte er bisher immer die frustrierende Bestätigung erhalten, dass ihn seine Ahnung nicht getrogen hatte. Das ND, nach dem Krieg aus absolut honorigen Gründen von verantwortungsbewussten Katholiken in der Überzeugung gegründet, dass man so etwas wie die Nazizeit nie wieder zulassen dürfe und man deshalb die Jugend mit eindeutigen moralischen Werten und Zielen an die Hand nehmen sowie später in die Schlüsselpositionen von Medien, Staat und Industrie bringen müsse! Längst hatte die in völliger Stille außerhalb der öffentlichen Wahrnehmung operierende Organisation den Charakter eines Geheimbundes angenommen, der sich genauso wenig tolerant und demokratisch gebärdete wie manch andere, von Kirchenseite auf das heftigste bekämpfte Sekte!

Nun war es auch Horst klar, nämlich dass Protnik in der Tat nicht den Hauch einer Chance gehabt hatte, sein Nachfolger zu werden, obwohl ihn Horst nachdrücklich empfohlen hatte! »Sag das mit dem ND bloß nicht öffentlich weiter! Die versuchen sonst, dir einen Strick daraus zu drehen!«

Protnik verzog das Gesicht. »Ich weiß – und an Beweise kommt man ja sowieso nicht ran! Aber trotzdem: wenigstens habe ich denen mit meinem Austritt gezeigt, dass es noch Leute gibt, die nicht alles mit sich machen lassen und denen der aufrechte Gang wichtiger ist als die Karriere!«

Horst nickte zustimmend, doch bevor er die Aussage seines Freundes und Kollegen kommentieren konnte, fuhr dieser fort: »Ach ja, und dann hat mir dieses Schwein von Generalsekretär der Partei doch tatsächlich ausrichten lassen, wenn ich mir einen Wiedereintritt vorstellen könnte, dann könnte er sich im Gegenzug vielleicht vorstellen, dass ich in einer anderen Direktion doch noch befördert werden würde! Na,« mit der flachen Hand hieb Protnik auf den Schreibtisch, »dem hab' ich dann im Gegenzug ausrichten lassen, dass er mir möglichst aus dem Weg gehen solle, falls wir uns mal auf der Straße begegnen. Ich könne sonst für nichts garantieren!« Und nochmal hieb er wie zur Bekräftigung seiner Entschlossenheit auf die Schreibtischplatte.

»Bravo!«, Horst gab dem Kollegen einen aufmunternden Klaps auf den Unterarm. »Und deshalb freue ich mich, dass du diesen Schritt gegangen bist. Wir müssen denen ja schließlich nicht das ganze Feld überlassen, die sollen ruhig wissen, dass es auch noch andere Menschen im Staate Dänemark gibt! So – und den Unterhauser, den verarzten wir beide nachher zusammen! Komm – gehen wir in mein Büro!«

Die zweite Tageshälfte versprach unterhaltsam zu werden. Sie ahnten nicht, dass es in der Nacht noch turbulenter kommen würde ...

Unterhauser und sein Begleiter waren nach einer halben Stunde immer noch nicht eingetroffen, nach 60 Minuten schließlich klingelte Horsts Telefon. Am anderen Ende hörte er den Kriminaldirektor, der Horst darüber aufklärte, dass er auf der A 81 zwischen Pleidelsheim und Mundelsheim gerade in einem Superstau stecke, in dem sich überhaupt nichts mehr bewege. Man müsse folglich damit rechnen, dass er erst in ein bis zwei Stunden in Heilbronn sein könne.

Horst grinste hämisch. »Macht überhaupt nichts, Herr Unterhauser! Wir haben heute eh nichts Besseres vor! Aber sagen Sie mal, als Kriminaldirektor, steht Ihnen denn da nicht ein Blaulicht zu, mit dem Sie am Stau vorbeikommen könnten?«

Horst wusste ganz genau, dass der Stachel saß. Und es war ja auch nur allzu verlockend, das Blaulicht aufs Dach zu setzen und mit dem Sondersignal dann so zu tun, als sei man auf dem Weg zu einem dringenden Einsatz. Wenn der das tun würde ... dann wäre es allerdings zu Ende mit der Karriere, falls es jemand von der Presse mitbekommen würde. Und dafür konnte man ja schließlich sorgen ... Hämisch grinsend legte er den Hörer wieder auf und widmete sich nun um so intensiver seiner längst überfälligen kleinen Einstandsfeier, die er ja in einer guten Stunde für seine Abteilung, die Kollegen und (zwangsläufig auch) die Vorgesetzten durchführen musste.

»Also mit der Menge Wein kannst du ja ganz Heilbronn unter Wasser setzen«, staunte Protnik, der Horst beim Aufbau half. »Da kommen ja auf jeden Teilnehmer mindestens drei Flaschen und überhaupt«, er schnalzte anerkennend mit der Zunge, »nicht gerade vom schlechtesten!«

Horst nickte zustimmend. »Klar – aber das hier ist ja auch eine Weingegend, da vertragen die Leute schon was. Außerdem schauen sie ganz genau darauf, ob auch die Qualität stimmt!«

»Und darin kennst du dich ja wirklich aus«, pflichtete ihm Protnik bei – in Erinnerung an manch denkwürdigen Abend, an dem Horsts Weinvorräte dramatisch abgenommen hatten.

»Siehst du – und das ist auch so ein Grund, weshalb ich dann doch ganz gern hierher gezogen bin. Hier hockst du quasi mittendrin. Und wenn ich die »Heilbronner Stimme« oder den »Neckarexpress« mit ihrem Besenwirtschaftskalender aufschlage, dann fühle ich mich immer wie ein Fisch im Wasser. Das muss ich dir unbedingt mal zeigen, wieviele solcher Besenwirtschaften da an einem einzigen Wochenende geöffnet haben! Sensationell sag ich dir, da muss ich hundertfünfzig Jahre alt werden, bis ich die alle durch habe!« Genießerisch spitzte er die Lippen. »Und die Unterschiede sind dort enorm. Die einen haben mehr trockene Weine, die anderen eher süße, dann hat der eine einen klasse Sekt, der andere Maultaschen zum Essen oder was Gegrilltes!« Protnik lief das Wasser im Mund zusammen wie ein Wasserfall. Aber Horst war noch lange nicht fertig. »Und dann gibts da noch einen ...« Doch ehe er in seiner Beschreibung der kulinarischen Genüsse der Region Heilbronn fortfahren konnte, klingelte erneut das Telefon.

»Schon wieder der Unterhauser? Kann ja fast nicht sein!« Horst griff zum Hörer. »Meyer, Kripo Heilbronn, Guten Tag.« Kaum hatte er seinen Gruß in den Hörer gesprochen, da riss er auch schon entgeistert die Augen auf. Eine nur allzu bekannte Stimme schallte ihm in gewaltiger Phonstärke entgegen.

»Unnnn, wieee?« Der Vetter aus Kirchhausen – das »Kaile«, Kai Leer, der Horror seiner schlaflosen Nächte – saß am anderen Ende der Strippe!

»Ja, was willst du denn von mir?«, Horst war fassungslos. Was wollte der denn nur von ihm?

»Mal wissen, wies euch geht! Habt euch ja nicht gemeldet, seit ihr zurück seid! Na, wie wars denn?«, tönte es aus dem Hörer.

»Gut wars. Aber du, ich bin im Dienst, ich kann da jetzt nicht ...«

Doch das Kaile ließ sich so leicht nicht abwimmeln. »Komm, Dienst! Hab' deine Schwiegermutter angerufen, die hat mir gesagt, dass du heute dort deinen Einstand feierst! Von wegen Dienst! Aber so sind sie halt, die Beamten: ihr könnt im Dienst feiern und bekommt dann immer noch euer Gehalt von uns Steuerzahlern!«

Natürlich! Ausgerechnet von dem! Horst musste sich zusammenreißen, um nicht laut loszupoltern. Gerade der, der jeden Samstag von einer Schwarzbaustelle zur nächsten pendelte, der mehrmals in der Woche abends noch steuerfrei mit dem Werkstattwagen der Firma private Reparaturen ausführte! »Na, ganz so tragisch wird's bei euch wohl auch nicht sein, Kai! Ab und zu kriegst du auf deinen Baustellen doch auch einen Schwarztee eingeschenkt, oder?«

Horst hatte ins Schwarze getroffen. Es sollte ein dezenter Hinweis auf die Tatsache sein, dass der Vetter immer munter mit von der Partie war, wenn es galt, über den Zuzug von Ausländern zu klagen und dass man mit denen sowieso nichts zu tun haben wollte, andererseits arbeitete er, ohne mit der Wimper zu zucken, momentan an so manchem Samstag an einem Mehrfamilienhaus in Gemmingen. Steuerfrei natürlich. Und dass sein Auftraggeber ein Türke war, das schien ihm mit einem Mal ganz egal zu sein. »Isch ja schon gut, Horst! Aber sag mal, ich bin eh in Heilbronn grade. Muss im Wollhauscenter was reparieren. Da kann ich nachher doch noch auf einen Schluck vorbeikommen? Schadet gar nix, wenn die Bullen einen kennen, falls man mal aus Versehen in eine Kontrolle kommt!«

Das hätte ihm grade noch gefehlt! Das Kaile auf seiner Einstandsfeier! Dann hätte er gleich wieder seine Sachen packen können! »Nein du, das geht beim besten Willen nicht! Da kommen meine ganzen Chefs und außerdem muss ich zwischendurch noch zu einer Sitzung.«

»Na, wenigstens einen LKW hättest du mir ja schon rüberwachsen lassen können, oder?«

»LKW? Was ist das denn?«, Horst verstand nicht.

»Na LKW halt: Leberkäsweck. Das ist wie Schniposa!«

Du meine Güte! Sollte das nun zur Stenografiestunde für Anfänger ausarten? »Und was soll das sein?«

»Na Schniposa: Schnitzel mit Pommes und Salat!«

»Gibts heute sowieso nicht. Und auch keinen WuSa mit Pommes!« Das war, soviel er wusste, das Lieblingsessen des Kaile: Wurstsalat mit Pommes! »Also Kai: mit der

Einladung heute wirds leider nichts! Kannst ja ein anderes Mal vorbeikommen!« So ganz vor den Kopf stoßen konnte man die Verwandtschaft ja auch wieder nicht! Horst stöhnte innerlich. Vielleicht hätte er doch besser im fernen Ulm bleiben sollen?

»Na ja – dann halt nicht! War ja nur eine Frage! O. K. – vielleicht kommen wir dann am Sonntag mal bei euch vorbei. Also, Tschüss!« Noch bevor Horst die Chance auf eine Antwort wahrnehmen konnte, hatte das Kaile aufgelegt.

»Nicht das auch noch! Jetzt müssen wir am Sonntag auch noch einen Ausflug machen, damit wir dem Kerl nicht in die Arme laufen!« Horst war wütend, doch Protnik freute sich.

»Na, prima! Dann könnt ihr mir ja mal die Gegend zeigen. Du hast doch gesagt, da in dem einen Ausflugslokal, da oberhalb von Neipperg, da gäbs so einen sensationellen Rostbraten! Da könnten wir doch mal hingehen!« Allein die Vorfreude auf ein gutes Essen ließ Michael Protnik strahlen wie die aufgehende Sonne.

»Mensch, Protnik, denk doch nicht immer nur ans Essen! Da können wir dann stundenlang herumlaufen, bis ich ganz sicher sein kann, dass der nicht doch noch vorbeikommt und …«, doch bevor sich Horst weiter mit den wenig erfreulichen Wochenendperspektiven auseinandersetzen konnte, ging die Tür auf und die ersten Gäste der Einstandsfeier betraten das Büro.

Schnell herrschte eine locker-ungezwungene Atmosphäre, die neuen Kollegen waren allesamt ganz in Ordnung, schien es Horst, der sich auch schon in den vergangenen Wochen immer wieder über die freundliche hilfsbereite Art gefreut hatte, wie man ihm, dem Neuen, von Anfang an entgegengetreten war.

»Na, das habe ich, glaub ich, nicht schlecht erwischt«, raunte Horst dem auf einem Schreibtisch sitzenden Protnik zu. »Wo Wein wächst, sind die Menschen halt irgendwie umgänglicher. Ob das nun am Wein oder am Klima liegt: es ist einfach so!«

Der emsig kauende Ex-Kollege nickte beifällig und hob sein Weinglas: »Na dann, Prost!« Gerade wollten sie anstoßen, da wurde die Tür geöffnet und zwei neue Besucher kamen herein. Protnik verzog schmerzhaft das Gesicht: »Oder vielmehr: Prost Mahlzeit!«

Es handelte sich nämlich um ihren ehemaligen Vorgesetzten Alfred Unterhauser, der da nun doch schon früher als erwartet hereinschneite. Nach einem kurzen Orientierungsblick schritt er zielstrebig auf Horst und Protnik zu. »Na, da schau an! Die ganze Kripo Ulm in Heilbronn versammelt! Und gleich wieder beim Feiern! Na, bravo!« Mit einem kurzen Kopfnicken deutete er einen Gruß an, während der ihm nachfolgende Beamte die Hand zur Begrüßung ausstreckte: »Von Maier vom LKA, Grüß Gott!«

»Meyer. Grüß Gott! Meyer mit e-Ypsilon übrigens und ohne von«, fügte er noch hinzu. »Und das hier ist mein Kollege Michael Protnik. Er war so nett, mich bei meiner Einstandsfeier hier in Heilbronn zu besuchen!« Auch Protnik schüttelte die Hand des LKA-Beamten, während er Unterhauser lediglich finster musterte. Aber die Antipathie beruhte ganz offensichtlich auf Gegenseitigkeit.

In der Zwischenzeit war auch Horsts Chef hinzugekommen und begrüßte den Kriminaldirektor. Interessant: dem schüttelte der Unterhauser die Hand! Kanaille!

»Na«, damit deutete Unterhauser mit dem ausgestreckten Zeigefinger auf Horst. »Wie sind Sie mit dem Kollegen zufrieden?«

Der Chef schürzte die Lippen und nickte anerkennend mit dem Kopf. »Gut, sehr gut bisher. Ich denke, der Herr Meyer wird sich schnell ganz eingearbeitet haben, wenn er ...«, dabei verzog er den Mund zu einem Lächeln, »sich wieder vollends auf mitteleuropäische Temperaturen eingestellt hat.« Damit wollte er andeuten, dass zunächst in der Direktion durchaus eine gewisse Irritation geherrscht hatte, als Horst gleich bei seinem Dienstantritt erklärt hatte, er werde in vier Wochen Urlaub auf den Malediven machen. Der sei nämlich schon längst gebucht und lasse sich so einfach nicht mehr absagen. Doch der Chef hatte das dann durchaus verstanden.

Unterhauser glotzte verständnislos. »Wie meinen Sie das: mitteleuropäisch ...«

Horst sprang in die Bresche: »Weil ich gerade vom Urlaub auf den Malediven zurückkomme, verstehen Sie?«

»Aha!« Für Unterhauser war wieder alles klar. »Noch nicht richtig hier und dann schon im Urlaub gewesen.« Und zu Horsts Chef gewandt fuhr er fort: »Auf den Herrn Meyer müssen Sie acht geben. Der erlebt im Urlaub die tollsten Dinger! Ich hab dem mal den halben Urlaub bezahlen müssen!«

»Na, bleiben wir doch bei der Wahrheit!« In Horst stieg der Ärger auf. »Zwei Telefonate aus Ägypten habe ich in

Rechnung gestellt, weil ich da an einen mysteriösen Todesfall geraten war. Das war effektiv alles! Und bezahlt hat es die Landeskasse und nicht der Herr Unterhauser!«

»Gemach, gemach!«, der Chef hob beschwichtigend die Hände. »Außerdem habe ich von ihrem jetzigen Urlaub noch nicht gehört, dass irgendwas gewesen ist.«

»Na, sagen Sie das nicht«, warf nun Protnik dazwischen.

»Bitte, da haben Sies!« Unterhauser fühlte sich bestätigt. »Der Herr Meyer findet immer etwas, wenn er sucht ...«

»Und wonach soll ich nun für Sie suchen und finden«, unterbrach ihn Horst.

»Suchen und aufspüren überhaupt nicht, nur die Augen offenhalten. Den entscheidenden Schlag führen wir dann schon selber!« Selbstbewusst steckte sich Unterhauser eine Zigarette in den Mund. Typisch LKA! Die Beamten vor Ort durften die Drecksarbeit machen, und die Erfolge heftete sich dann wieder Stuttgart ans Revers!

»Leider sind wir hier im Büro alle Nichtraucher, Herr Direktor!« Auch noch die Luft verpesten: von wegen!

»So, so, auch das noch!«, seelenruhig nahm Unterhauser noch drei lange Züge und blies den Rauch langsam aus dem Mund, bevor er die Zigarette in einem der Weingläser ausdrückte. Dieses Ekel!

»Also – was führt Sie nun zu uns!« Allmählich verlor Horst die Geduld. Und das auf seiner Einstandsfeier!

Mit wichtigtuerischer Miene senkte Unterhauser die Stimme. »Es geht um Folgendes: wir sind da beim LKA gerade einer Auseinandersetzung in der Chinesenmafia auf der Spur. Die haben in Stuttgart, in Böblingen, in Ludwigsburg und in Bietigheim ein paar Lokale abgefackelt. Und das deshalb, weil es innerhalb ihrer Organisation anscheinend eine Spaltung gegeben hat. Da muss ein gnadenloser Machtkampf toben, und die Chinesen sind bei der Wahl ihrer Mittel nicht zimperlich. Wer von den Restaurantbesitzern die neuen Herren nicht anerkennt und denen keine Schutzgelder zahlt, der kann sich seines Lebens nicht mehr sicher sein.«

»Und deshalb haben manche anfangs, als die ersten Gewalttaten passiert sind, lieber doppelt bezahlt«, warf der andere LKA-Beamte namens von Maier dazwischen und handelte sich damit einen kritischen Blick von Unterhauser ein.

»Geduld, Geduld. Darauf komme ich ja gerade zu sprechen. Also: irgendwann konnten die Restaurantbesitzer die doppelten Schutzgelder ganz einfach nicht mehr bezahlen und haben sich dann nur an die eine oder an die andere Seite gewandt. Das führte dann zu den Auseinandersetzungen, denn jede Seite musste daraufhin ihre Macht und ihre Entschlossenheit demonstrieren. Irgendwann, nach dem fünften Brand eines chinesischen Lokals in kürzester Zeit haben wir gemerkt, dass da was im Busche ist.«

»Und weil man ja von den Chinesen nie etwas rausbekommt, sind die Ermittlungen natürlich furchtbar schwierig.« Wieder versuchte von Maier vom LKA tapfer, mit ins Gespräch zu kommen. Und wieder erntete er dafür einen missbilligenden Blick Unterhausers.

»Eben, sag ich ja! So richtig ins Rollen gekommen sind unsere Ermittlungen erst, als sie einen, der offensichtlich die Seite gewechselt hatte, bestialisch umgebracht haben. Dem haben sie, das muss man sich mal vorstellen, die Haut abgezogen. Und zwar bei lebendigem Leib!«

Protnik, der gerade mit einem Brötchen beschäftigt war, würgte.

»Die wollten, dass er singt und seine Mitspieler verrät. Und deshalb haben sie ihn abgebrüht wie ein Schlachtschwein und ihm dann die Haut in Streifen vom Leib geschnitten!«

Protnik legte das Brötchen auf die Seite und griff nach dem Weinglas, um den unangenehmen Kloß in seinem Hals hinunter zu spülen.

Auch Horst schüttelte sich. »Das ist ja wirklich abscheulich. Nur: was haben wir in Heilbronn damit zu tun?«

Unterhauser blickte ihn durchdringend an: »Wir haben Hinweise bekommen, dass die Auseinandersetzung mittlerweile bis nach Heilbronn vorgedrungen ist. Einer unserer Informanten hat uns wissen lassen, dass offenbar in Heilbronn ein chinesischer Gastwirt spurlos verschwunden ist. Haben Sie darüber irgendwelche Erkenntnisse?«

Horst schüttelte den Kopf: »Nein, da ist uns bisher nichts bekannt! Überhaupt nichts!«

»Na, wie auch, wenn man sonstwo im Urlaub ist!« Missmutig starrte Unterhauser auf sein Gegenüber.

»Auch die Kollegen haben diesbezüglich nicht das Geringste vorliegen!« Horst zwang sich dazu, gelassen zu bleiben. »Aber wir können uns selbstverständlich einmal umhören.«

»Mit der größtmöglichen Vorsicht bitte! Sonst geht all das, was wir bisher an Erkenntnissen gewonnen haben, gleich wieder den Neckar hinunter!«

»Natürlich, wir sind ja auch nicht von gestern!«, jetzt wurde Horst aber doch ärgerlich.

Doch Unterhauser ließ sich nicht beirren. »Und falls Sie irgendwelche Neuigkeiten erfahren, bitte sofort zu mir auf den Schreibtisch. Die Ermittlungen gehen einzig und allein von Stuttgart aus, dass das ganz klar ist! Maier«, und damit drehte er sich in Richtung seines Begleiters. »Haben Sie die Kopien der Akten dabei?«

»Selbstverständlich!« von Maier zog ein dickes Bündel Unterlagen aus seiner Mappe.

»Die sind natürlich streng vertraulich. Ich möchte nicht morgen in der Zeitung lesen, dass das LKA bei den Schlitzaugen-Restaurants in Heilbronn ermittelt!«

Während Horst gerade schon eine scharfe Erwiderung auf der Zunge lag, war Protnik – glücklicherweise – schneller: »Und wie ist das mit den vietnamesischen Restaurants? Gilt das auch für die? Da arbeiten doch auch Schlitzaugen? Und die Thailänder? Wahrscheinlich dann eher wohl ein Grenzfall, oder?«

Mit einem vernichtenden Blick auf Protnik drehte Unterhauser sich um und verließ grußlos den Raum, gefolgt von seinem Begleiter und Horsts Chef, der den Gast aus Stuttgart noch bis zu seinem Wagen begleitete.

Bis ein Uhr in der Nacht hatte Horsts Einstandsfeier, die nach Unterhausers Abgang richtig gemütlich verlaufen war, noch gedauert. Dann erst hatten sich die letzten Kollegen fröhlich verabschiedet. Nur Protnik und Horst standen nun noch in dem Büro, in dem sich halbvolle Flaschen, Gläser und Teller auf den Schreibtischen stapelten.

Mit einem hilflosen Blick auf das ganze Chaos ergriff Horst schließlich die Flucht nach vorne. »Komm, Michael. Lass alles stehen und liegen, wie es ist. Ich hab heute keinen Docht mehr darauf, das alles wegzuräumen. Da sollen uns morgen ruhig ein bisschen die Kollegen helfen. Und außerdem«, damit gähnte er laut und inbrünstig, »außerdem kann ich eine Mütze Schlaf jetzt ganz gut vertragen. Schließlich hab ich auch noch Telefonbereitschaft. Und wenn die mich vielleicht morgens um fünf Uhr herausklingeln, möchte ich wenigstens ein paar Stunden geschlafen haben.«

Damit ergriff er seinen Mantel, kramte die Autoschlüssel heraus und schlurfte in Richtung seines Wagens. Protnik schaute verwundert auf. »Sag bloß, dass du noch fahren willst! Also, du hast doch eine Flasche Wein intus – mindestens!«

Horst grinste breit: »Na, einmal im Leben muss es sich doch auch auszahlen, ein Bulle zu sein. Wenn einen alle als Kommissar kennen – und ich glaube, das ist mittlerweile so – dann kann ja nicht viel anbrennen! Und außerdem: die paar Meter bis Sontheim ...«

»Na gut, es ist dein Führerschein und dein Disziplinarverfahren, wenn was passiert!« Protnik wusste, dass es Horst in erster Linie darum ging, das Geld für ein Taxi zu sparen. Und sich von den Kollegen im Streifenwagen nach Hause fahren zu lassen ... Da brauchte dann nur einer der Nachbarn die Zeitung anzurufen ... »Aber weißt du was: irgendwie bin ich noch nicht so richtig müde und diese Greuelstory von dem Chinesen mit der abgezogenen Haut geht mir immer noch im Kopf herum. Nimmst du mich ein Stück mit und lässt mich irgendwo in der Allee raus, dann laufe ich erst mal noch ein bisschen durch die Innenstadt, bevor ich mich ins Bett lege!«

Horst nickte. »Klar, mach ich gern. Du hasts ja auch gut, du als Urlauber kannst morgen früh wieder bis in die Puppen pennen. O.K. – also eine Extrarunde Heilbronn Innenstadt für Herrn Michael Protnik!«

Sie setzten sich ins Auto und fuhren die Allee hoch bis zum Wollhaus. Dort stieg Protnik aus: »Also dann, bis morgen!«

»Alles klar! Du weißt jetzt, welche Richtung du zurücklaufen musst?« Forschend blickte Horst seinem Kollegen in die Augen. »Also erst am besten zum Kiliansplatz und dann einfach die Kaiserstraße entlang, du weißt schon, die neue Fußgängerzone, und dann gradeaus Richtung Bahnhof!«

Protnik wiegte den Kopf. »Na, also eigentlich wollte ich zum Götzenturm und von dort aus über den Neckar in Richtung Wohnung ...«

Horst zuckte die Achseln. »Auch egal. Geht genauso gut! Also dann: Tschüss bis morgen!«

Damit gab er Gas und fuhr davon.

Protnik schlug den Mantelkragen hoch und zog die Mütze tief ins Gesicht. Ganz schön kalt war es plötzlich geworden. War wohl doch keine so tolle Idee gewesen, noch einen Spaziergang durch das nächtliche Heilbronn zu unternehmen. Protnik fröstelte und schlug eine rasche Gangart ein. Vom Neckar stiegen Nebelschwaden hoch, der Götzenturm war deshalb nur schemenhaft zu erkennen, von der Metallskulptur, die wie eine Art Kompass auf seinen Zinnen angebracht war und die Protnik so gut gefallen hatte, war heute nichts zu sehen, zu dick war der Nebel, der sich wie ein Leichentuch über die Stadt gelegt hatte.

Richtig unwirklich, geradezu unheimlich schien die Atmosphäre. Der Eindruck verstärkte sich noch auf der anderen Neckarseite, auf der im Gegensatz zur Innenstadt die meisten Lichter schon längst gelöscht worden waren. Richtiggehend trübsinnige Gedanken konnten einem da durch den Kopf gehen. Hoffentlich fand er seine Wohnung in der Weststraße gleich wieder. Jetzt bloß nicht verlaufen! Stundenlang herumzuirren war nicht gerade das, was er sich heute Nacht vorgenommen hatte. Angestrengt suchte er ein Straßenschild, um sich wenigstens einigermaßen orientieren zu können. Doch es war keines zu sehen. Und natürlich war zu dieser Zeit bei dieser Kälte auch keine Menschenseele mehr zu sehen. Niemand da, den man nach dem richtigen Weg fragen könnte. So eine Schnapsidee aber auch sich nicht heimchauffieren zu lassen!

Doch – da vorne an der Hecke brannte noch Licht. Freudig schritt Protnik auf die Lichtquelle zu. Ein Busch versperrte ihm die Sicht auf das Haus, in dessen Vorgarten die Lampe eingeschaltet war. Aber was war das? Angestrengt spähte Protnik durch den Nebel hindurch auf die Bank, die vor dem Haus stand. Da lag doch etwas. Etwas Großes! Vorsichtig kam Protnik näher. Etwas Großes, dampfendes, schemenhaft vom Licht der Außenlampe beschienen. Das war ein Körper! Ein dampfender nackter Körper, der da auf der Bank vor dem Haus lag! Einfach so! Ein eisiger Schreck durchzuckte Protniks Gehirn: das war doch nicht etwa, das konnte doch nicht, hatte Unterhauser nicht erst vor ein paar Stunden erzählt, was die Chinesen mit dem Mann angerichtet hatten, der nicht reden wollte? Und führte nicht eine weitere Spur nach Heilbronn? Hatten sie da etwa gerade wieder jemanden hingerichtet? Jetzt, in diesem Augenblick? Und ausgerechnet vor seinen, vor Protniks Augen?! Wie mit einer stahlharten Hand umfasste ihn das Grauen. Was aber tun? Mit einem entschlossenen Aufschrei zückte er seine Pistole und brach im selben Moment durch den Busch.

Kapitel XXVII

»Im eigenen Bett ist es doch am schönsten!« Zufrieden zog sich Horst die Decke bis an das Kinn herauf. Dann drehte er sich in Claudias Richtung, drückte seiner schlafenden Frau noch einen Kuss auf die Wange, was von dieser mit einem wohligen Grunzen kommentiert wurde, und schnaufte noch einmal tief durch. Was für ein Tag! Aber geschafft: auch die leidige Einstandsfeier war über die Bühne gegangen, angenehm sogar. So – jetzt noch ein paar Stunden ...

Das Telefon! Horst glaubte, seinen Ohren nicht trauen zu können! Tatsächlich klingelte ausgerechnet in diesem Moment das Telefon! Und er wusste es, es blieb ihm keine andere Chance: er musste den Hörer abnehmen, schließlich hatte er Telefonbereitschaft. Ärgerlich schlug er die Decke zurück und ging zum Apparat.

»Meyer!« Hoffentlich kam jetzt nicht die Antwort zurück, man habe sich verwählt! Oder vielmehr: hoffentlich doch! Dann nämlich müsste er jetzt zu keinem Einsatz ausrücken, sondern könnte wieder in sein Bett zurückschlüpfen.

Doch die Hoffnung trog: »Hallo, Horst! Hier ist Andreas. Tut mir leid, dass ich stören muss. Ich bin heute Kommissar vom Dienst und da ist was passiert. Das fällt in dein Ressort!«

»Schon gut«, murmelte Horst ernüchtert in die Sprechmuschel. »Worum gehts denn?«

»Im Salzwerkhafen haben sie vor einer halben Stunde eine Leiche entdeckt. Die Streife hat vorhin gerade angerufen. Das sieht ganz nach einer unnatürlichen Todesursache aus. Der Notarzt hat gesagt, der Mann sei seiner Meinung nach umgebracht worden und liege schon eine ganze Zeitlang im Wasser!«

»Dann hätte er ja ruhig noch eine Weile liegen bleiben können«, grummelte Horst frustriert. »Ist gut, ich komme!« Damit legte er den Hörer zurück und schlüpfte seufzend in seine Kleider.

Mit vor Müdigkeit verquollenen Augen schenkte sich Horst eine Tasse Kaffee ein. Irgendwie hing ein merkwürdiger Geruch im Zimmer. Er schlurfte zum Fenster, um etwas frische Luft hereinzulassen. Das konnte ihm nur gut tun. Doch der Geruch wurde dadurch noch wesentlich stärker. Ein Geruch nach ... wonach eigentlich? Bratensoße, irgendwie nach Bratensoße! Prüfend schnüffelte er nach draußen. Jetzt konnte er sich nicht mal mehr auf seine Nase verlassen! Das musste die Müdigkeit sein!

»Heut gibts wieder mal Päcklessuppe!« Florian Jäger, sein junger blonder Mitarbeiter, trat zu ihm.

Verständnislos schaute Horst ihn an. Was wollte der denn jetzt mit dem Mittagessen?

»Nein, nicht was Sie meinen! Das ist der Knorr, die machen heute wieder Tütensuppe! Das kann man manchmal bei bestimmten Wetterlagen in der ganzen Stadt riechen, wenn die eines von ihren Fertiggerichten kochen und abpacken!«

»Ach so«, jetzt verstand Horst. Die industrielle Suppenherstellung der alteingesessenen Heilbronner Firma hatte den für ihn aufs erste Hinriechen merkwürdigen Geruch verursacht. »Da ist es dann ja besser, das Fenster wieder zuzumachen!«

Florian nickte, und Horst drückte den Fensterflügel mit einer energischen Bewegung wieder zu.

»Übrigens Chef«, verlegen druckste Florian herum. Der schüchterne Florian! Mit dem hatte er bei seiner Einstandsfeier auf »Du« gemacht und dennoch hatte Florian darauf bestanden, Horst als Chef und Respektsperson weiterhin mit »Sie« anzureden.

»Was gibts denn?« Horst rieb sich die Augen, die ihm allmählich zuzufallen drohten. »Komm schon, raus mit der Sprache!«

»Ich meine nur, glauben Sie denn, dass der Tote im Hafen etwas mit der Schutzgeldsache vom LKA zu tun hat?« Neugierig beäugte Florian seinen Vorgesetzten.

»Mit ziemlicher Sicherheit schließe ich das aus«, verneinte Horst die Frage. »Außerdem«, setzte er hinzu. »Schlitzaugen hat der Tote dort glaub ich nicht gehabt, oder?«

Allein bei der Erinnerung an den Anblick des Toten schien Florian einen verzweifelten Kampf mit seinen Magennerven zu führen. Er schluckte trocken. »Nein, anscheinend nicht. Aber ...«, wieder druckste er herum.

Horst verlor allmählich die Geduld. »Also jetzt aber heraus mit der Sprache, aber plötzlich! Worum gehts denn in Wirklichkeit?«

Der Inspektor war sichtlich verlegen. »Na, ich hab halt vorhin mitgekriegt, dass das LKA ...«

»Was hat das LKA? Jetzt sag schon?« Das war ja nicht auszuhalten, bis der zur Sache kam!

»Ich meine, die haben beim Chef angerufen, hab ich mitgekriegt ..., weil«, wieder ein verlegener Blick auf den Boden. »Weil dem seine Sekretärin und ich ... Sie wissen schon ...«

»Gar nichts weiß ich«, brummte Horst, der sich denken konnte, was er wissen sollte. »Aber was hat denn nun das eine mit dem anderen zu tun?«

»Na, weil die vom LKA sich nach dem Toten im Hafen erkundigt haben, dieser Direktor Unterhauser persönlich sogar!« Ein neuerlicher schräger Blick in Richtung Horst Meyer.

Der hieb mit der Faust auf den Tisch. »Da soll doch gleich ... woher haben die denn schon wieder diese Information! Wer hat sich denn da wieder einmal unbedingt profilieren wollen?« Wütend funkelte er seinen Assistenten an.

Dem schoss die Röte ins Gesicht, doch er hielt Horsts Blick tapfer stand. »Also ich nicht, falls Sie das meinen. Aber die haben schon was über die Sache gewusst. Ich denke, sie ziehen die Ermittlungen heute noch an sich.«

»Auch recht! Dann haben wir wenigstens unsere Ruhe damit!« Horst wars gerade recht. »Diese Sache hat zwar nicht das Geringste mit der Schutzgeldaffäre zu tun, aber bitte schön, der Herr Unterhauser weiß ja eh immer alles besser. Soll er sich doch also in unseren Fall vergraben, solange er will. Dann können wir uns wenigstens wieder um andere Fälle kümmern. Von mir aus!« Horst wusste andererseits ganz genau, dass die Ermittlungen im Fall des Toten vom Salzwerkhafen über kurz oder lang dann doch wieder bei ihm landen würden, wenn das LKA gemerkt hatte, dass es auf dem Holzweg gewesen war. Nur, dass dann sämtliche Spuren endgültig verwischt waren und so viel Zeit ins Land gegangen wäre, dass es schier unmöglich schien, den oder die Täter noch jemals dingfest zu machen. »Na gut«, und damit lehnte er sich in seinem Bürostuhl zurück, »was liegt also für heute sonst noch alles an?«

Bevor der Assistent allerdings antworten konnte, wurde an die Tür geklopft und ohne ein »Herein« abzuwarten, betrat ein uniformierter Beamter von der Schutzpolizei das Büro. »Tag, Kollegen!«, grüßte er die beiden freundlich. »Ich hätte da mal eine Frage!«

»Ja bitte«, antwortete Horst. »Nur zu!«

»Also: kennen Sie einen Mann namens Protnik, Michael Protnik?«

Horst durchzuckte es eiskalt. Ruckartig richtete er sich auf. »Ja sicher. Weshalb denn?«

»Weil wir den Mann in der letzten Nacht ein paar Stunden lang auf dem Revier festgehalten haben!«

»Na, Gott sei Dank!« Horst sank erleichtert in den Sessel zurück. Seine übermüdeten Nerven ließen ihn offenbar immer gleich das Allerschlimmste vermuten!

Irritiert sah ihn der Beamte an. Nach einer Weile fuhr er fort. »Also, dieser Protnik ist angezeigt worden wegen versuchter Körperverletzung, Störung der Nachtruhe und Amtsanmaßung. Übrigens«, er deutete mit dem Daumen hinter sich, »da ist er. Er behauptet, Sie zu kennen und ein Kollege von Ihnen zu sein!« Verlegen lächelnd schob sich Michael Protnik durch die Tür.

»Tag, Horst! Wie gehts dir?«

Verwundert starrte Horst den Ex-Kollegen an. »Mensch, Michael! Was ist denn nun schon wieder? Was soll das Ganze? Und wie siehst du überhaupt aus?«

Mit tief gesenktem Kopf erzählte Protnik seine Geschichte: wie er in der vergangenen Nacht durch das kalte, nebelverhangene Heilbronn geirrt war. Wie ihm die Schilderung des Chinesenmordes nicht mehr aus dem Kopf ging und wie er – zugegebenermaßen nicht ganz ohne fantasiesteigernde Promille im Blutkreislauf – plötzlich den dampfenden leblosen Körper auf der Gartenbank im fahlen Lampenlicht hatte liegen sehen. Wie er dann die Pistole gezogen und versucht hatte, die Verbrecher auf frischer Tat dingfest zu machen. Wie sich der leblose dampfende Körper plötzlich aufgerichtet habe und er angebrüllt worden sei, ob das ein Überfall werden solle. Wie die Hausbewohner ihn überwältigt und die Polizei gerufen hätten und wie ihm dann ganz allmählich die ganze Wahrheit aufgegangen sei, nämlich dass er sich ganz offensichtlich im Eifer des Gefechts kräftig vergaloppiert habe.

»Ja, und dann ist mir klar geworden, dass der da nur spät nach Hause gekommen war. Und weil er offenbar so ein Kratzen im Hals gespürt hat, ist er noch zur Vorbeugung in seine Heimsauna gegangen. Und zum Abkühlen hat er sich nach draußen auf die Bank gelegt. Da hat der dann gedampft wie eine gebrühte Sau!« Verlegen schaute Protnik mit gesenktem Kopf in Richtung Horst. »Da war ich halt wirklich auf der falschen Fährte. Und wie ich auf ihn zugesprungen bin, da hat der gedacht, ich wolle ihn überfallen und hat ein Mordsgezeter angefangen. Ja, und das Ende vom Lied war dann das Polizeirevier und dass die Kollegen erst gar nicht glauben wollten, dass ich einer von ihnen bin. Weil ich nämlich auch meinen Dienstausweis nicht dabei gehabt habe!« Hilflos zuckte er die Achseln. »So ists halt! Und jetzt bin ich da!« Wie ein Häuflein Elend stand er vor Horst.

»Ja – und jetzt bist du da! Jetzt geh erst mal in die Kantine und hol dir einen Kaffee, du Unglücksrabe! Und den

Kollegen von der Streife«, dabei sah er dem uniformierten Beamten fest in die Augen, »den lädst du auch zu einem Kaffee ein, und dann sagt der: Schwamm drüber und schließt die Akte! O.K.?«

»In Ordnung«, versprach der Uniformierte. »Und dann brauchts halt noch ein paar Flaschen Wein für den Überfallenen, der hätte nämlich fast einen Herzinfarkt gekriegt vor lauter Schreck! Aber danach, denke ich, können wir Gras über die Sache wachsen lassen!«

»Gut«, Horst klatschte in die Hände und winkte die beiden hinaus. »Also erst mal ab in die Kantine. Und wir, Florian«, dabei rieb er sich die Augen und gähnte, »wir machen in Gottes Namen weiter. Was steht denn momentan an? Ist das der Tagesbericht von gestern? Komm, gib ihn mir mal her!« Und schon streckte er die Hand aus, um den Polizeibericht zu lesen, in dem aufgeführt war, was sich am gestrigen Tag alles im Bereich der Polizeidirektion Heilbronn ereignet hatte. Solch ein Bericht war zwar in über 90% aller Fälle nur für die Presse interessant, selten ergab sich daraus ein Querverweis auf einen anderen Fall, in dem man gerade eben nicht weiterkam, aber zumindest stellte er jetzt erst einmal eine bequeme Lektüre dar, um einigermaßen geruhsam den Rest des Vormittages zu absolvieren. Hoffentlich!

Also, was war Großartiges passiert? Horst überflog den vielseitigen Bericht mehr, als dass er ihn intensiv durchforstete. Ein Handtaschenraub, ein überführter Scheckbetrüger, zwei Verkehrsunfälle mit Fahrerflucht, diverse Einbrüche. Zwei Diebe waren beim Einbruch in einen Computerladen in der Heilbronner Innenstadt auf frischer

Tat erwischt worden. Eine Hausdurchsuchung bei ihnen hatte ergeben, dass es nicht der erste Bruch war, den sie unternommen hatten. Mehrere Computermonitore, Laufwerke, CD-Player, Fernseher und andere Elektronikgeräte waren sichergestellt worden. Eine ansehnliche Summe Devisen, hauptsächlich Dollars, im Wert von zirka 40.000 Mark. Daneben Schlüsselrohlinge, Schmuck, zum Beispiel eine goldene Kette mit einem Anhänger aus schwarzen Korallen und Perlen, ein außergewöhnliches Stück, zwei Armreifen aus Silber ... Halt! Horst fuhr sich mit der Hand durch das Haar. Was war das gerade eben? Eine Goldkette mit einem Anhänger aus schwarzen Korallen und Perlen? Wo hatte er schon einmal davon gehört?

Intensiv zwang er sich zum Nachdenken, trotz der bleiernen Müdigkeit, die immer mehr Besitz von ihm ergriff. Richtig: bei Chrissie in der Tauchbasis! Der war doch eine solche Kette damals gestohlen worden! Horst war nun wie elektrisiert. Er beugte sich vor und blickte intensiv auf den Bericht. Hatte Chrissie nicht gesagt, sie habe die Kette von einem Heilbronner Juwelier gekauft, der selbst als Taucher auf den Malediven war und seine Begeisterung über die Traumwelt im Indischen Ozean praktisch in Edelmetall gegossen hatte? Natürlich: das war der Juwelier Luithle in Heilbronn! Und jede Kette war ein Original, man konnte also den Besitzer über den Juwelier auf jeden Fall zweifelsfrei ermitteln!

Zufrieden lehnte sich Horst wieder zurück: vielleicht konnte er den Kollegen vom Einbruchsdezernat so helfen, einen Fall aufzuklären und den rechtmäßigen Besitzern zu ihrem Eigentum zu verhelfen.

»Florian!« Wo steckte der denn schon wieder?

»Ja, Chef?« Wie aus der Pistole geschossen ertönte hinter Horst die Antwort. Florian Jäger war nur gerade in den hinter ihm an der Wand hängenden Dienstplan vertieft gewesen.

»Ich geh mal kurz zu den Kollegen vom Einbruch. Halt du mal so lange die Stellung!« Damit stand er auf und verließ sein Büro.

Kapitel XXIX

Beim Einbruchsdezernat kam er wie gerufen. Die hatten nämlich gerade die beiden Einbrecher von gestern in die Mangel genommen, als Horst zur Tür hereinschneite. Fragend schauten die beiden Beamten ihrem neuen Kollegen von der Abteilung für Kapitalverbrechen in die Augen. »Tag zusammen. Ich glaube, ich hab da vielleicht was für euch! Und zwar«, damit wies er mit dem Zeigefinger auf die beiden, die gerade vernommen wurden, »weiß ich, woher ein Teil der Beute stammt, die ihr gestern bei denen sichergestellt habt! Es geht dabei«, fügte er noch hinzu, »um die Goldkette mit den schwarzen Korallen, die ihr bei denen gefunden habt!«

»Das ist gut«, zufrieden nickte einer der Beamten mit dem Kopf. »Unsere Vögelchen haben zwar schon ein ganz schönes Lied zusammen gesungen, aber es ist immer besser, wenn die Informationen noch von einer anderen Seite bestätigt werden.«

Resigniert stierten die Einbrecher vor sich auf den Boden. Wenn das kein besonders raffinierter Trick der Bullen war, dann mussten sie jetzt mit der vollen Wahrheit herausrücken, denn sonst würde ihnen ein Geständnis im Prozess auf keinen Fall mehr strafmildernd angerechnet werden. Und darauf hatten sie sich ja bereits festgelegt: lieber zu singen als auf Jahre hinaus im Knast zu schmoren. Vielleicht kämen sie in diesem Fall ja sogar mit einer Bewährungsstrafe davon!

»Also, was schon ein bisschen komisch ist: Sie geben zu, dass sie die Kette gestohlen haben. Nur: der Diebstahl ... wann war das, habt ihr gesagt?«

»Na ja, vor vier Tagen, in etwa«, druckste der eine verlegen herum.

»Also: der Diebstahl ist gar nicht gemeldet worden! Komisch, nicht?«

»Leute gibts!«, wunderte sich auch Horst. »Kann doch wohl nicht sein, dass die das gar nicht gemerkt haben, oder?«

»Kaum«, der Kollege schüttelte energisch den Kopf. »Also, auf gehts: sagt uns nochmal, wo ihr die Kette herhabt! Und die Rohlinge für die Sicherheitsschlösser auch!«, setzte er noch hinzu.

»Hab ich doch grade schon mal gesagt«, brummte der offenbar etwas gesprächigere Einbrecher.

»Das ist so schön, das hören wir uns gerne auch noch ein zweites Mal an. Also, auf gehts!«

»Meinetwegen.« Der Gesprächige sah auf und blickte nun Horst direkt in die Augen. »Da gibts doch in der Oststraße, ganz in der Nähe vom Landratsamt, einen Schlüsseldienst. Und den haben wir uns vorgenommen ...«

»Ausgerechnet einen Schlüsseldienst ...«, kicherte einer der Beamten in Richtung Horst.

»Ja, ausgerechnet einen Schlüsseldienst. Wir haben uns halt dabei gedacht, wenn wir an die Rohlinge von Sicherheitsschlössern kommen, dann tun wir uns beim nächsten Bruch wesentlich leichter, oder?« Zustimmung heischend schaute er sich im Vernehmungsraum um.

»Halts Maul, du Blödmann!«, zischte da der andere wütend.

»Quatsch! Die wissen doch eh schon alles!« Der Bann war endgültig gebrochen, der Vogel wollte jetzt richtig singen und ließ sich auch von seinem Kumpan nicht mehr aufhalten. »Na ja. Es ging alles viel leichter als erwartet. Sollte man eigentlich gar nicht glauben. Und das bei einem Schlüsseldienst!« Ungläubig schüttelte er den Kopf. »Aber wahrscheinlich denken die, dass sich sowieso keiner an sie ran traut. Weil jeder denkt, sie hätten das perfekte Sicherheitssystem. Pustekuchen!« Verächtlich schnaubte er in Erinnerung an den Einbruch. »Da hat kein Mensch was gemerkt. Und wie wir schon drin waren, da haben wir natürlich geguckt, was es denn außer den Rohlingen sonst noch zum Mitnehmen gab. Und da haben wir das Geld liegen sehen und die Kette! Logisch, dass wir da zugegriffen haben, oder?« Offensichtlich erwartete er nun Beifall für die gloriose Tat, doch als der ausblieb, ließ er den Kopf allmählich wieder sinken und blickte dumpf auf den Fußboden.

»Komisch nur, dass wir bisher keine Anzeige erhalten haben, dass da eingebrochen worden ist!«

»Wahrscheinlich hat sich der Besitzer einfach nicht getraut. Ist ja auch nicht gerade eine Super-Werbung für einen Schlüsseldienst, wenn bei ihm eingebrochen wird und der Chef merkt noch nicht mal was davon, sondern pennt nebenan friedlich weiter. Da wird sich die Zeitung aber freuen, wenn sie das spitz kriegen!«

»Glaube ich auch«, pflichtete Horst der Mutmaßung bei. »Nun gut, jetzt haben sie ja sogar ohne Anzeige ihre Kette und die Schlüssel wieder. Jetzt brauchen wir gar nicht erst beim Juwelier Luithle in seinen Unterlagen den Besitzer ausfindig machen. Das nenne ich Glück gehabt!« Und damit verließ er das Einbruchsdezernat wieder.

Der darauffolgende Tag, ein Samstag, begann vielversprechend. Die Meyers wurden dieses Mal von keinem Anruf im Schlaf gestört und auch die Kinder schienen ihren Wochenendschlaf zu genießen. Und so kam es, dass die Familie erst gegen neun Uhr aufwachte und sich zusammen auf ein richtig schönes, ganz gemütliches Frühstück freuen durfte.

»Ich gehe schnell zum Bäcker und hole uns Brötchen, Croissants und ein paar süße Stückle!« Horst war mit sich und der Welt zufrieden. So ein üppiges Frühstück, wenn man genügend Zeit dafür hatte, war etwas Wunderbares.

»Und ein paar Eier kannst du auch noch mitbringen!« Claudia war ebenfalls in ihrem Element. »Ach, weißt du was? Ich ruf den Michael an, der kann ruhig noch dazu kommen, bevor er einsam in seiner sogenannten Ferienwohnung verschimmelt! Außerdem müssen wir ihn ja noch über seinen Schock von gestern Nacht hinwegtrösten, den Armen!«

Horst grinste beifällig. »Gute Idee! Er soll sich halt in Gottes Namen einmal im Leben ein Taxi leisten und schnell herüberkommen. Das kostet ja nicht die Welt. Und wenn du ihm sagst, dass er zum Frühstück eingeladen ist, dann gleicht sich das mit den Kosten ja wieder aus!«

Claudia musste lachen. »Genau! Unser Musterschwabe! Ausgerechnet Protnik! Also, abgemacht!«

Wenig später saßen sie alle am Frühstückstisch: die Meyers samt Kinder und der glücklich mampfende Protnik. »So hab ichs gerne! So könnte ich den ganzen Tag gemütlich dasitzen und mich entspannen ... Fehlt zum absoluten Glück eigentlich nur noch die Zeitung!«

»Dem Mangel kann abgeholfen werden!«, Horst stand auf und ging zur Tür. »Ich hab vorher nur alle Hände voll gehabt, sonst hätte ich sie schon mitgebracht. Sie steckt draußen im Briefkasten.«

Sprachs und ging hinaus, um die Zeitung zu holen. Wenig später kam er zurück und legte das Blatt vor Protnik auf den Frühstückstisch. »Hier, bitte schön, der Herr. Einmal »Heilbronner Stimme« – was darfs denn sein, die große weite Welt, der Sport oder der Lokalteil etwa?«

»Dann bitte den Lokalteil!« Protnik griff sich den zweiten Teil der Zeitung und schlug ihn auf. »Mich interessiert in fremden Städten nämlich komischerweise immer, was dort so alles ...« Plötzlich stockte er. Entgeistert starrte er auf das zweispaltige Foto auf der ersten Lokalseite, das einem der Artikel dort beigefügt war. »Aber das ist doch ... ja gibt's denn sowas!«

Horst spähte auf Protniks Zeitungsseite. Klar, da war der Artikel mit der Schlagzeile: »Einbruch in Schlüsseldienst aufgeklärt!« Nebendran das Foto mit der Kette aus der Maledivenkollektion des Juweliers Luithle. Und kurz darauf durchfuhr auch ihn ein Impuls, als hätte er an eine Starkstromleitung gefasst. In dem Artikel stand der Name des Schlüsseldienst-Inhabers abgedruckt. Nach dem zu fragen, hatte er gestern völlig vergessen, als der Fall quasi aufgeklärt gewesen war, und er hatte es auch nicht für wichtig angesehen, schließlich kannte er ja in Heilbronn immer noch so gut wie niemanden. Der bestohlene Schlüsseldienst hieß Feierabend! Hans Feierabend!!

»Mensch! Das darf doch wohl nicht wahr sein! Die Feierabends! Die waren doch mit uns auf den Malediven! Und irgendwo aus der Ecke zwischen Heilbronn und Stuttgart waren sie dem Dialekt nach zu urteilen auch her, da gibts gar keinen Zweifel. Das waren die! Das kann niemand anderes sein! Soviele Zufälle kanns ja gar nicht geben!«

Claudia schaltete sich ein: »Aber das ist ja ... Das heißt ja ... wenn denen die Kette gestohlen worden ist und wenn die nichts von dem Diebstahl gemeldet haben, dann bedeutet das ja! Aber das ist ja unglaublich!« Entgeistert starrte auch sie auf die Zeitungsseite mit dem Bild der Kette.

»Und für so einen war es ja wohl auch kein Problem, Toms Safe auf der Tauchbasis zu knacken! Logisch!« Protnik hieb mit der Faust auf den Tisch. »So ein Dreckschwein!«

Horst erhob sich entschieden. »Michael, komm mit! Der Sache gehen wir jetzt auf den Grund!«

Sekunden später saßen sie im Auto und rasten los in Richtung Landratsamt. Denn Horst erinnerte sich wieder, bei der Vernehmung der Einbrecher war von der Oststraße beim Landratsamt die Rede gewesen.

Kapitel XXXI

Mit quietschenden Reifen stoppte Horst seinen Wagen vor dem Laden mit der Aufschrift am Schaufenster »Schlüsseldienst Feierabend«. Die Tür des Ladens war sperrangelweit geöffnet und aus dem Verkaufsraum drangen merkwürdige Geräusche nach draußen. Dumpfe Schläge, angstvolles Gewimmer und wütende Flüche schienen sich in immer kürzeren Intervallen abzuwechseln.

»Horst, da stimmt was nicht!«, rief Protnik und eilte hinein.

Horst Meyer folgte seinem Kollegen unmittelbar. Mist, dass er in der Hektik seine Waffe zu Hause vergessen hatte! Wer weiß, was einen da drinnen erwartete! Und da sah er es auch schon: überall auf dem Boden waren Dekorationsgegenstände verstreut, auf den Steinplatten lag eine zusammengekrümmte aus Mund und Nase blutende Gestalt, über der ein Mann, offenbar rasend vor Wut, kniete. Ein ums andere Mal hob der Rasende die Faust und donnerte sie dem unten liegenden in den Leib. Noch ein paar solcher Schläge und Horst konnte den Leichenwagen rufen!

»Zurück!« Protnik schrie den Schläger an, so laut er konnte. Doch der zeigte keinerlei Reaktion. Wieder und wieder drosch er auf den anderen ein.

»Aufhören!«, brüllte auch Horst, und mit vereinten Kräften schafften sie es, den Mann an den Oberarmen zu packen und von seinem leblosen Opfer loszureißen. Er wehrte sich mit allen Mitteln gegen den Griff der beiden Polizisten, drehte den Oberkörper hin und her, bis sie schließlich alle drei nach hinten kippten. Protnik reagierte als Erster und ergriff die Gelegenheit beim Schopf, indem er sich auf die Brust des Schlägers setzte und seine Knie in dessen Oberarme drückte. Horst packte den Mann am Haar und riss seinen Kopf herum.

»Tom!«, entfuhr es ihm. »Das ist ja Tom!«

»Lasst mich los!«, keuchte der zwischen den zusammengepressten Zähnen hindurch. »Lasst mich das Schwein fertigmachen!« Wieder versuchte er, Protnik abzuschütteln, doch der gab keinen Millimeter nach und hielt Tom eisern in Schach.

»Tom! Bist du noch ganz bei Sinnen? Komm zu dir! Du hättest ihn ja beinahe umgebracht!« Horst war sich nicht ganz sicher, ob Tom das nicht sogar bereits geschafft hatte, denn die jämmerliche Gestalt auf dem Boden gab keinen Ton mehr von sich.

In diesem Moment stürmten zwei uniformierte Beamte durch die Tür. »Was ist denn hier los? Aufhören!« Mit gezückten Pistolen gingen sie vor den Kämpfern in Stellung.

Horst richtete sich auf. »Alles soweit in Ordnung, Kollegen. Ich bin Horst Meyer von der Kripo. Mein Freund und ich, wir sind gerade erst dazugekommen und haben die Schlägerei beendet. Bitte fordert sofort über Funk einen Notarzt an, der sich um den da drüben kümmern soll!« Um wen es sich bei der am Boden liegenden Gestalt nur handeln konnte, war Horst völlig klar. Und dass Feierabend eine ordentliche Tracht Prügel mehr als verdient hatte, auch das war noch vollkommen in Ordnung. Aber ihn zu Tode zu prügeln? Nein, das ging dann doch entschieden zu weit.

»Gebt mir mal ein paar Handschellen, nicht dass es sich unser Tom wieder anders überlegt und gleich nochmal ausflippt!« Michael Protnik streckte die Hand aus und mit wenigen geschickten Bewegungen hatte er Toms Hände gefesselt. Zu zweit schleppten sie ihren Gefangenen zu einem Stuhl.

»So – und nun ganz langsam zum mitschreiben! Wie kommst du dazu, dich hier aufzuführen wie die Axt im Walde?« Eigentlich lag die Antwort ja auf der Hand, aber Horst wollte es ganz genau wissen.

»Ist doch klar«, schnaubte Tom. »Ich bin heute Morgen mit dem Zug von Bietigheim nach Heilbronn gefahren und hab am Bahnhofskiosk die Zeitung gekauft. Ich war noch zu früh dran, denn eigentlich wollte ich beim Juwelier fragen, ob der der Chrissie nochmal so eine Kette machen könnte, wie die, die ihr das Schwein da gestohlen hat.« Verächtlich warf er einen Blick auf den nun wieder qualvoll stöhnenden Hans Feierabend, der immer noch bewegungslos am Boden lag.

»Und dann«, fuhr Tom keuchend fort, »dann schlag ich die Zeitung auf und denk, mich tritt ein Pferd: das Foto von Chrissies Kette. Dazu die Einbruch-Story und damit war ja wohl alles klar. Das Schwein da wars und nicht der Charlie!«

Wütend bäumte er sich auf und hätte sich wahrscheinlich von neuem trotz seiner Handschellen auf Feierabend gestürzt, wenn sich nicht Horst und Protnik unter Aufbietung ihrer ganzen Kraft gegen ihn gestemmt hätten.

Horst packte ihn an den Haaren: »Was heißt das, Charlie wars nicht? Hast du das etwa doch immer noch geglaubt? Hast du ihn etwa doch absichtlich verloren?« Er verpasste Tom eine schallende Ohrfeige: »Jetzt red schon: Hast du den Charlie auf dem Gewissen? Hast du ihn umgebracht, weil du ihn für den Dieb gehalten hast?«

Doch von Tom war keine Antwort mehr zu erwarten. Von einer Sekunde auf die andere schien er regelrecht in sich zusammenzufallen, so als ob er sich der ganzen Tragweite dessen, was sich in den letzten beiden Wochen an Schrecklichem ereignet hatte, erst schockartig bewusst geworden sei. Und das war mehr, als ein normaler Mensch ertragen konnte!

»Ab in die Klinik, aber vorsichtig!« Der Notarzt, dessen Eintreffen die beiden Kommissare gar nicht bemerkt hatten, erhob sich vom Boden, wo er den Schwerverletzten Feierabend untersucht hatte, und kam auf sie zu. »Der hat Prellungen, Quetschungen und sicher auch ein paar Knochenbrüche. Aber er wird davonkommen. In den nächsten Tagen möchte ich mit dem aber nicht tauschen, der wird höllische Schmerzen haben ...«

»Geschieht ihm grade recht!«, warf Protnik ein, womit er sich einen erstaunten Blick des Notarztes einhandelte. Bevor der sich aber nach dem Grund dieser Bemerkung erkundigen konnte, deutete Horst auf den apathischen Tom und wies die beiden Streifenbeamten an, ihn mit auf die Wache zu nehmen. Dann packte er seinen Kollegen an der Schulter und schob ihn nach draußen.

»Ich muss unbedingt an die frische Luft, ich halte es hier drinnen einfach nicht mehr aus. Das ist ja ekelhaft, das Ganze!«

»Und was jetzt?«, ratlos blickte Protnik dem mit eingeschaltetem Blaulicht wegfahrenden Rettungswagen hinterher.

Horst zuckte mit den Schultern. »Keine Ahnung! Ich weiß auf einmal gar nichts mehr! Ich weiß nur, dass da auf den Malediven ganz offensichtlich der Falsche ums Leben gekommen ist und dass der Richtige, wenn man so sagen will, dass der mit einer gewaltigen Tracht Prügel davongekommen ist! Denn beweisen ...«, er machte eine kurze Pause, um nachzudenken, »beweisen wird man weder das eine noch das andere können!«

Protnik nickte frustriert: »Das fürchte ich auch! Dem Tom wirst du den Mord nie und nimmer nachweisen können. Und auf den Malediven schon gleich zweimal nicht. Ihn dort ins Gefängnis zu stecken, das hieße ja auch, ihn lebendig zu begraben und hier? Wer kann ihm von hier aus denn schon etwas nachweisen? Die Ermittlungen in Male waren ja schließlich abgeschlossen. Tauchunfall! Aus! Schluss! Basta!«

»Eben! Und was ist mit dem Feierabend? Bei dem taucht eine Kette auf, die am anderen Ende der Welt einem anderen gestohlen worden ist! Wer will da schon gerichtsverwertbar beweisen, dass das auch der Dieb ist!? Und das Geld: das kann auch nicht erzählen, wem es gehört hat!«

Wieder stimmte Protnik Horsts Schlussfolgerungen zu. »Und das bedeutet, dass alles ausgeht wie das Hornberger Schießen! Keine Anzeige, keine Ermittlungen, keine Gerichtsverhandlung, keine Strafe!«

»Leider ja! Allerdings möchte ich weder in der Haut des einen, noch in der des anderen stecken. Der Feierabend muss jeden Tag darauf gefasst sein, dass ihm der Tom doch noch irgendwo auflauert und ihn alle macht und Tom, oh Gott Tom! Das ist ja eigentlich kein Rambo, sondern ein ganz sensibler Mensch!« Bekümmert blickte er in den Himmel. »Kann der noch jemals wieder seines Lebens froh werden, mit dieser Hypothek, jemanden umgebracht zu haben, der völlig unschuldig war, der nichts getan hat? Auch wenn er weiterhin auf freiem Fuß bleiben wird: eine schlimmere Strafe kann es für ihn gar nicht geben, als mit dieser Last auf der Seele weiterzuleben!«

Horst nahm seinen Kollegen am Arm. »Komm, lass uns schnell zu mir nach Hause fahren. Ich möchte nur noch weg von hier! Lass uns einen Ausflug mit Claudia und den Kindern machen. Irgendwohin übers Wochenende. Und zwar jetzt sofort – egal was das kostet! Einfach fort und weg!«

Protnik nickte heftig. »Die erste vernünftige Aussage, die ich in den letzten 60 Minuten vernommen habe! Also – auf gehts! Lass uns fahren!«

ENDE

Eiskalte Riffhaie
lauern auf Kommissar Meyer ...
Wo Sie auf Riffhaie lauern können
sagt Ihnen Aquanaut
das Reisemagazin nur für Taucher
Unverbindliches Probeexemplare anfordern!
Aquanaut - Inselgasse 16 - 78462 Konstanz